# Le duel des centaures

Bertrand-Pierre Galey

# Le duel des centaures

## Quand le cheval était une affaire d'État

*Roman*

éditions du
ROCHER

*Collection « Cheval, chevaux »,*
*dirigée par Jean-Louis Gouraud*


Éditions du Rocher
28, rue Comte Félix Gastaldi – BP 521 – 98015 Monaco

*www.editionsdurocher.fr*

ISBN : 978-2-268-10734-9
EAN Epub : 9782268107523

*À Nicolas Chaudun, mon ami à pied, à cheval et la plume en main, mon parrain en littérature, grâce auquel je suis allé au bout de cette entreprise ; ce que ce livre a de bon lui doit beaucoup – les défauts qui restent lui ont échappé…*

*à Sophie, ma femme, irréductible piétonne qui a sans faiblir accueilli pendant deux ans deux centaures sous le crâne de son mari, et n'a pas hésité à les toiletter avec précision,*

*à la mémoire du Maître Michel Henriquet, le plus grand écuyer de notre époque, digne héritier de Baucher mais aussi de La Guérinière, dont j'ai trop peu profité des leçons,*

*au souvenir de mon père, qui m'a appris et aidé à aimer les chevaux et l'équitation comme il les aimait,*

*et bien sûr à Pétulant, Une surprise, Rumba, Coyote, Douce, Dispuesto – et tous les autres –, qui m'ont enseigné et m'enseignent encore qui je suis.*

# Avertissement

Ce roman raconte la rivalité profonde, inexpiable et fameuse qui opposa les deux plus grands cavaliers du XIXe siècle, Antoine d'Aure et François Baucher, divisa la France de leur vivant, et oppose depuis leur mort leurs disciples et thuriféraires, dont beaucoup de lecteurs seront peut-être surpris d'apprendre qu'ils sont encore nombreux et passionnés.

Il faut donc ici demander pardon aux Bauchéristes et d'Auristes d'aujourd'hui d'avoir invité leurs idoles dans ce roman historique dont, comme eux, tous les personnages ont existé et se sont rencontrés – ou auraient pu le faire compte tenu de leur milieu. L'un d'entre eux est d'ailleurs à la fois réel et romanesque puisque le marquis de La Genevraye a inspiré à son petit-neveu La Varende le magnifique *Nez-de-Cuir*.

Les événements publics, et celui du 23 septembre 1840 en particulier, se sont produits comme ils sont racontés, mais c'est un roman dont de nombreux épisodes sont imaginés, notamment toutes les rencontres entre les deux « duellistes » en dehors de celle qui est relatée au chapitre VII. Cette dernière est la seule attestée, connue par un récit de Gaussen unique, énigmatique, et postérieur aux faits de quarante ans. Imaginer ce qu'auraient pu être les autres et en faire les jalons d'une sorte d'histoire cavalière du temps a semblé une bonne manière de rendre chair à ces deux monstres sacrés, sens à leur querelle, et vie à la passion équestre du romantisme.

Peu d'hommes et peu d'époques ont autant chéri les chevaux et l'équitation : c'est cet amour que l'on a voulu peindre à travers la rivalité qui unit, dans les mémoires comme dans l'esprit du temps, ces deux protagonistes.

Première partie

# Escarmouches

# Chapitre I
# Les états d'âme d'un élève-écuyer

## *« Nous aurions pu nous lier… »*

*Versailles, avenue de Sceaux, octobre 1814*

Aux balcons du château, on voit sécher du linge : Louis XVIII a laissé s'y installer des gentilshommes pauvres revenus d'émigration à sa suite, qui campent plus ou moins dans les appartements que se disputaient autrefois les plus grands seigneurs du royaume, avec leurs arrière-cabinets obscurs et leurs garde-robes sans air. Ils cultivent des légumes dans les parterres, et ont ajouté des cabanes de jardiniers aux divers édicules et appentis laissés par tous ceux qui ont été logés ici depuis le départ de la Cour : ouvriers de l'armurier Boutet, invalides des guerres de la République et de l'Empire, anciens serviteurs devenus occupants sans titre… Le grand vaisseau a été drossé par la tempête. Les naufrageurs révolutionnaires l'ont démeublé, dépouillé de ses œuvres d'art, mais n'ont pas osé s'attaquer aux bâtiments.

Depuis quelques semaines, des centaines d'ouvriers sont au travail pour rendre à nouveau habitables les appartements du roi, qui est venu donner ses ordres le 10 août, jour anniversaire de la prise des Tuileries en 1792.

Face au château, les deux écuries ont retrouvé un semblant de vie depuis que Napoléon a voulu imiter les rois en rétablissant l'école des pages, où ceux du Bourbon viennent de remplacer les siens. Voulant renouer ici comme ailleurs le fil brisé du temps, le roi a appelé le vicomte d'Abzac à reprendre comme écuyer-commandant sa carrière, commencée sous Louis XV et fâcheusement interrompue par la Révolution. Auprès de lui son frère le chevalier, et quelques assistants, dont le plus jeune – qu'a recommandé son cousin le duc de Gramont, capitaine des gardes du roi –, se trouve pour l'heure en fâcheuse posture, et se nomme Antoine Cartier d'Aure.

« Sa-ta-née bour-ri-que !!! » À chaque syllabe son coup de cravache, et la voix fraîchement muée dérape un peu dans les aigus pendant qu'Antoine frappe, ouvre les doigts, talonne tant qu'il peut – mais rien à faire : Voltigeuse ne veut plus faire un pas. Il est furieux, comme on peut l'être à quinze ans quand on porte un bel uniforme et qu'on en est réduit à quia par sa monture devant… pas grand monde heureusement, juste ce garçon trapu un peu plus vieux que lui qu'il voit souvent dans le quartier, traînant autour des écuries et du manège comme s'il cherchait à savoir ce qui s'y passe.

Quelle idée aussi de ne pas être revenu comme hier, rênes longues et au gré de la jument, alternant un pas trop allongé avec des trottinements inconfortables, mais vite réprimés… Mais l'écuyer-commandant avait froncé le sourcil en le voyant arriver, et c'est pour éviter un refroncement que ce soir, dès qu'il est entré en ville après sa promenade dans la plaine de Satory, Antoine s'est efforcé de prendre un pas plus conforme à ce que l'on attend d'un écuyer – « le pas, c'est l'allure du maître », répète-t-on autour des manèges depuis le temps de La Guérinière, un temps que par moments on pouvait se demander si le vicomte ne l'avait pas connu lui-même tant il semblait sorti d'une gravure du siècle passé…

Mais ses élèves sont des jeunes gens de leur temps, comme Antoine qui, tout vicomte qu'il est lui aussi, sait bien que le monde a changé et rêve d'autre chose : un jour, peut-être que même ici, à Versailles, on pratiquera l'équitation de la vitesse et du plein air, née des courses en Angleterre et de la charge en masse à travers les champs de bataille de l'Empire. Et l'on montera ces beaux chevaux longilignes au ventre harpé comme celui de lévriers, à la robe soyeuse comme la peau d'une femme, à l'œil globuleux un peu fou, au-dessus de naseaux buveurs d'espace et de vent : les pur-sang anglais !

Voltigeuse est un peu leur cousine, puisqu'ils descendent tous de trois étalons orientaux : venue en 1808 de Constantinople où l'ambassadeur Sébastiani organisait des convois de remonte, elle a guerroyé sous la selle d'un officier de la Garde impériale avant d'arriver à l'école des pages. On l'a attribuée au jeune Antoine comme cheval d'école pour sa douceur, en considération de ses hautes protections… et de son ignorance à peu près complète de l'équitation car, au prytanée de La Flèche d'où il arrive, on ne la pratique pas. Le peu qu'il en savait, il l'avait appris en vacances avec l'oncle Noël à Rieux-Volvestre, et cela n'allait guère plus loin que de tenir ferme aux trois allures. Mais il tenait quoi qu'il arrive et ce talent lui a servi de passeport auprès de Jardin, l'ancien piqueur[1] des écuries royales, puis impériales, qui dispense des leçons particulières à l'unique « élève-écuyer » de l'école.

Voltigeuse est d'une autre trempe que les braves chevaux de Rieux-Volvestre, plus habitués à tirer la carriole qu'à parader : elle exécute gentiment les airs de manège, mais c'est sur la plaine qu'elle retrouve son perçant, dans les longues promenades qu'on accorde comme des récréations à ce jouvenceau si bien recommandé qu'il vaut mieux lui passer ses caprices.

Au reste, Antoine aime à changer de monture, prend plaisir à la rapidité avec laquelle son corps s'adapte aux différences d'allures et de comportement, résolvant en un instant l'équation que représente chaque cheval, celui-ci lymphatique et cet autre embarqueur, celui qui colle aux autres et celui qui les botte… Il se découvre ce talent, et le plaisir de se trouver en quelques instants capable de partir en plaine avec n'importe lequel des chevaux du manège. Sa timidité du début s'est vite évanouie avec la sensation presque immédiate qu'il était né cavalier comme d'autres ont l'oreille musicale. À peine plus vieux que les pages, il les a rapidement dépassés, et ses progrès ont été d'une rapidité inouïe, de l'aveu même de monsieur d'Abzac.

Grâce à Dieu, jamais il n'a pris au vieil écuyer la fantaisie d'aller à sa rencontre ou de faire un tour en plaine lui aussi – il est vrai que c'est bien rare et qu'il y faut de grands motifs comme d'aller au-devant de quelque altesse, car pour le vicomte d'Abzac, ce n'est qu'au manège que fleurit l'équitation. L'auguste vieillard n'aurait jamais rangé parmi ses fastes les

1. Voir p. 259 le glossaire des termes techniques équestres apparaissant dans l'ouvrage.

charges en terrains tour à tour montueux et dévalants, franchissements de fossés et sauts de barrière auxquels Antoine vient de livrer Voltigeuse, lancée de halliers en chemins creux dans un galop comme il les aime, fluide et étendu, l'encolure libre et dégagée, la bouche libérée, l'équilibre procuré par la vitesse elle-même. Une hérésie pour les anciens vénérant la légèreté de chevaux qu'ils menaient comme assis sur leurs jarrets, mais un bonheur pour le jeune Gascon qui sentait à chaque sortie le pied de sa jument plus sûr et son allure plus coulée.

Car Voltigeuse aimait ça, la bougresse ! Alors bien sûr, quand il fallait revenir aux allures classiques pour le retour aux écuries, autant vouloir arrêter une avalanche : on aurait dit que vingt chevaux pesaient et tiraient sur les rênes dès qu'il voulait les raccourcir… et s'il cédait pour l'amadouer, ou dans l'illusion d'une accalmie, hop, le nez en l'air et vas-y que je trottine à te secouer comme sac de pois chiches, du trot fameux et ridicule dit « vite à la mangeoire », inadmissible pour un futur écuyer de sa majesté.

« Du moins ce qu'ils appellent ici un écuyer, songeait-il, car en Angleterre on est déjà passé à autre chose : on galope en terrain varié et on cherche la vitesse, comme à la guerre… tandis qu'ici le suprême exploit est de galoper quasi sur place, et ainsi de prendre une heure pour traverser la place d'armes ! »

Combien de fois devra-t-il s'entendre seriner cet exploit du « grand La Bigne » par d'Abzac ? Combien de fois lui demandera-t-on de « faire la pomme cuite sur sa selle au lieu de rebondir comme une pomme crue » – alors que son assiette est irréprochable, il le sait – et de mollir dans sa main « comme dans des œufs montés en neige » alors qu'il est de force à tenir à pleins bras n'importe quel cheval ?

Il crève d'ennui dans ces leçons. Les chevaux de plus en plus difficiles qu'on lui donne à monter ne rendent pas plus plaisants les exercices interminables de tape-cul sans étrier, et la répétition sans trêve de l'inégalable épaule en dedans, cet assouplissement qui consiste à faire marcher son cheval de travers sur la ligne droite, l'encolure fléchie et le postérieur suivant la trace de l'antérieur opposé, ce tour de magie qui a fait la gloire du grand La Guérinière au milieu du XVIIIe siècle parce qu'elle permet de soumettre, ou mieux de placer, n'importe quel cheval.

Quittant l'épaule en dedans, on peut partir du côté où la tête est tournée et faire marcher son cheval de côté, croisant ses membres comme un danseur à l'entrechat : c'est ce que l'on appellera plus tard un appuyer. Et l'on peut enchaîner ces exercices, dans le même pli latéral ou en les alternant, sur la ligne droite, le cercle, la serpentine, à chacune des trois allures du pas, du trot ou du galop, tête au mur ou hanche en dehors… On peut aussi faire pirouetter son cheval, tournant sur lui-même au pas ou au galop, autour de ses postérieurs qui marquent le pas sans bouger ou presque… Et puisque le galop des quadrupèdes n'est pas symétrique, on apprend aux chevaux à changer à la demande le côté qui s'avance le premier – on dit « changer de pied ».

Toute cette basse école conduit à la haute, celle des airs relevés et sauts d'école : le cheval trotte sur place en élevant majestueusement ses antérieurs à chaque foulée, c'est le piaffer ; il s'avance toujours au trot avec la même élévation qui fait durer le temps de suspension, passage ; il se tient sur ses postérieurs en fléchissant des hanches pour la pesade, lève un peu plus haut les antérieurs et sautille un peu sur place pour le mézair, enfin se dresse de toute sa hauteur et voici la courbette. Il peut aussi ruer des postérieurs dans le vide, c'est la croupade, ou bondir en ramassant ses membres sous lui, c'est la ballottade. Combinez les deux et c'est la cabriole : le cheval saute en l'air des quatre pieds comme un cabri, puis en l'air jette ses postérieurs derrière lui avant de retomber.

Antoine a très vite appris, et sur les chevaux d'école bien dressés ces exercices lui ont semblé faciles, à l'étonnement de ses maîtres. Mais toutes ces acrobaties lui donnent envie de vomir.

Ce qu'il aime, c'est mettre les chevaux aux ordres vite fait – parfois il lui semble que ses longues jambes travaillent toutes seules et rares sont ceux qui lui résistent longtemps – et filer loin du manège pour « un peu de promenade »... et tagada, toujours tout seul, pour que personne ne le voie sauter du premier au dernier tronc d'arbre oublié par les bûcherons, s'imaginant sur un champ de bataille à la poursuite d'un ennemi en fuite. Il y a un moment qu'il ne rêve que de rejoindre l'armée. Monsieur le duc de Gramont, son cousin et protecteur, n'est-il pas le capitaine des gardes du corps du roi, la glorieuse unité où le père d'Antoine avait servi sous ses ordres jusqu'à la révolution ?

Par moments il se demande s'il n'aurait pas préféré, malgré le confort et le prestige de sa position d'élève-écuyer, rejoindre Saint-Cyr comme ses camarades de La Flèche, au lieu de se trouver promis à une carrière qu'il n'a pas choisie et que les talents peu communs qu'il se découvre ne lui rendent pas plus attrayante. Mais le duc ne lui a pas demandé son avis : la lettre qu'a reçue Antoine, fort aimable, disait clairement que la place d'un d'Aure était à Versailles.

« Dresser des chevaux, ce n'est pas un métier pour un gentilhomme, se répète-t-il. On n'est plus au temps des carrousels et c'est à la guerre qu'on sert le roi, alors à quoi bon enseigner aux chevaux ces affèteries de danseuse ? Un cheval est un moyen de transport qu'il faut monter hardiment et vite, sur tous les terrains, et non forcer à piétiner en rond dans un manège... Combien de mes collègues écuyers auraient pu me suivre ce matin ? Alors que moi je fais leurs singeries mieux qu'eux... »

En attendant il faut monter deux fois par jour au manège, prendre son mal en patience et trouver sans cesse des astuces pour griller quelques étapes d'un dressage.

Et ce soir il faudrait rentrer à pas comptés ! Mais rien à faire, ce sera la trottinade car pire encore que cette honte serait celle de manquer à l'ordre du soir. Antoine renonce à toute dignité, abandonne les rênes et fouaille un bon coup. Voltigeuse lève la croupe puis se campe la tête très haute, refusant de faire un pas de plus. Il en pleurerait – mais pas devant ce type qu'il voit souvent dans le quartier, et qui semble non pas s'amuser de son embarras mais les observer comme un naturaliste scrutant une mouche prise dans une toile d'araignée. Est-ce donc pour surprendre l'un de ses membres en difficulté qu'il rôde sans cesse autour de l'école ? « Drôle de distraction, songe Antoine quand il le voit quitter sa borne et venir vers lui sur ses petites jambes. Quelle silhouette, grand Dieu ! » pense-t-il, imaginant l'horrification de son maître à danser devant un élève ainsi conformé, voire celle du maître de manège lui-même car la cuisse semble bien être ronde, vice rédhibitoire pour un écuyer selon La Guérinière.

Large front, larges épaules, bras plutôt courts et, sous un buste puissant qui aurait convenu à de longues jambes, ces petites pattes rappelant celles des faunes par la puissance musculaire des cuisses, sous le pantalon collant qu'il porte avec des bottes et une espèce de tunique d'allure vaguement militaire. Là-dessus, une grosse tête ornée d'un nez fort, qui semble prête à se décrocher pour tomber entre ses genoux, surmontée d'un chapeau bizarre, genre bicorne, porté en bataille.

Il n'est pas bien plus vieux qu'Antoine, de quelques années tout au plus, mais de celles qui comptent à cet âge en séparant des grands garçons les hommes qui ont voix grave et barbe au menton.

Le bonhomme s'approche, et le saluant fort civilement dit simplement, d'une voix bas placée, un peu monocorde :

— Vous n'arriverez qu'à la blaser si vous continuez ainsi ; laissez-moi vous tirer d'embarras.

Et joignant le geste à la parole, il se place à l'épaule de Voltigeuse et s'empare des rênes entre sa bouche et les mains d'Antoine – ces rênes auxquelles de fait elle n'obéit plus, ayant trouvé refuge dans l'immobilité.

— Votre gourmette n'est pas ajustée – et il ajuste la petite chaîne qui passe sous le menton du cheval et renforce l'action du mors.

Aussitôt Voltigeuse cesse sa défense et redescend sa tête à une altitude normale.

— Observez ce tour de main, il pourra vous être utile.

Antoine sent que le drôle tire à droite la rêne de bride en résistant à gauche du filet, puis dans ses mains une impression nouvelle – comme celle que lui fait Voltigeuse en mâchant des feuilles arrachées à un buisson ; « cric-croc » dit-il pour lui-même, et la tête de Voltigeuse pivote à droite, puis le haut de son encolure. Il répète à gauche puis revient à droite, et cette fois Voltigeuse ploie toute sa longue encolure et vient presque mordre la botte de son cavalier, de même à gauche. « Bien », chuchote le curieux personnage qui se place de face et cette fois-ci se sert des deux rênes ; Voltigeuse esquisse un pas en arrière, elle qui n'a jamais reculé sur commande.

— Donnez des jambes, je vous prie, elle ne doit pas reculer.

Antoine s'exécute, puis reprend ses esprits pendant que le chanfrein de sa jument passe en arrière de la verticale. « Pour qui se prend-il, ce faquin ? On n'est plus au temps des jacobins que diable ! » peste-t-il *in petto*, et le sang du garde du corps son père se met à bouillir dans ses veines.

— Au large, l'homme, je n'ai rien demandé et je prétends diriger mon cheval moi-même, s'écrie-t-il, cambré de nouveau dans son bel uniforme.

— Et voilà, répond l'autre en s'écartant ; vous n'aurez pas de mal à le faire maintenant.

Antoine donne des jambes sans y penser et Voltigeuse marche au pas, la nuque haute, mâchant son mors, avec un calme et une majesté qui permettent au jeune élève-écuyer de toiser son sauveur et de passer son chemin dignement, comme on le fait à quinze ans quand on n'a pas encore la repartie bien aiguisée. Mais des larmes d'humiliation lui montent aux yeux et sans se retourner, d'une voix poussée vers les aigus par la rage, il jette :

— Que je te reprenne à toucher mon cheval et tu tâteras de ma cravache !

Le coin de la rue tourné, il s'arrête et tâche de reproduire ce qu'il vient de sentir ; ce n'est pas difficile car Voltigeuse a bonne bouche et au fond bon caractère. Cric-croc, puis plier à droite, puis à gauche, puis en ramenant la gourmette vers le poitrail. Et voilà la jument légère, la bouche galante, pour regagner d'un pas régulier la cour où, hélas, personne n'est là ce soir pour le regarder passer, sauf un vieux piqueur qui a vu la scène de loin.

— Alors, monsieur, il vous a fait son numéro ?

— Quel numéro ?

Sans mot dire, le piqueur mime les gestes du cheval en tournant sa tête chenue de droite puis de gauche.

— Il le fait à tous les cavaliers qu'il voit en difficulté ; le fait est qu'il y a là quelque chose de nouveau.

— Je n'étais pas en difficulté ; nous avons échangé quelques mots voilà tout ; tu connais ce drôle ?

— Tout le monde le connaît à Versailles, c'est François, le fils de Baucher, le marchand de vin ; il est allé en Italie faire le piqueur chez le prince « Bourgèse ». Il est sans cesse autour des écuries à vouloir voir passer nos écuyers en chef. Il a demandé si on n'embauchait pas, mais il est enragé jacobin paraît-il, et puis on n'a point de place à donner…

— En effet ; et s'il s'en trouvait une elle ne serait pas pour de pareils malotrus, j'espère. J'ai bien cru qu'il allait affoler ma jument.

— Oh pour cela, point de danger, murmure le vieux piqueur dans sa moustache, tu t'en étais bien chargé tout seul.

— Ne me parle plus de ce bélître, s'il te plaît !

— Comme monsieur le vicomte voudra – et le vieux piqueur s'incline dans une courbette sarcastique…

Et à part lui, retournant à ses occupations : « Monsieur d'Aure, tu ne parlerais pas ainsi à un vieux brave qui a fait six campagnes si "l'autre" n'était pas à l'île d'Elbe et si tu n'étais pas le cousin du duc de Gramont. »

Baucher s'en va de son côté, pensif et silencieux. « Pour une fois que je pouvais prendre langue avec quelqu'un du manège, je l'ai vexé en lui faisant la leçon ; ce n'est pas ainsi que je retrouverai une place... Mais cette pauvre bête m'a fait pitié... C'est dommage, car en fait il monte bien, je l'ai vu. Et il a presque le même âge que moi, nous aurions pu nous lier... Je n'ai pas tant de camarades pour parler équitation. »

Et il retourne chez son père, où ne l'attendent en fait de chevaux que ceux qui tirent les chariots de barriques.

Il est bien loin de Turin où pendant quatre ans son oncle bien-aimé l'a fait échapper à la conscription en l'embauchant dans la maison du prince Camille Borghese, le mari de Pauline Bonaparte, la sœur préférée de l'Empereur, plus célèbre pour sa beauté que pour ses vertus de bonne épouse. On ne la voyait guère à Stupinigi, le palais de campagne des Savoie dont son mari avait fait sa demeure, une fantaisie baroque de dimension royale, toute blanche, construite autour d'un bâtiment rond dont le toit était surmonté par la statue colossale d'un cerf à la ramure imposante – presque autant, disait-on, que celle offerte par la volage princesse au prince, qui s'en consolait en menant le grand train convenant au gouverneur des « départements d'au-delà des Alpes », autrement dit le Piémont, rattaché à la France par l'Empereur.

À petite distance, de l'autre côté de Turin, l'Empereur avait établi dans un autre palais plus ancien, la Venaria reale, l'un des onze haras et l'une des onze écoles d'équitation de l'Empire. Les anciens écuyers du roi de Piémont y officiaient toujours.

C'est là que Baucher fut initié au bonheur sensuel de dompter entre ses cuisses la force d'un cheval, d'accueillir et de maîtriser dans ses mains les vagues que l'on fait monter par ses jambes, et de plier sa monture aux vieux airs d'école que les écuyers de Turin avaient appris à imiter du Versailles de la grande époque.

Mais les Italiens avaient aussi leurs propres façons, venues d'encore plus loin, des écuyers de la Renaissance comme Fiaschi ou Grisone, qui bridaient les chevaux d'instruments de torture soigneusement conçus pour ne leur laisser le choix qu'entre l'esclavage et la géhenne. À chaque « vice », à chaque défaut ou résistance, on opposait une embouchure à la férocité calculée pour la détruire – et si cela ne suffisait pas le cheval rétif était mis « aux piliers », la tête attachée de chaque côté à un solide poteau de chêne qui, contrairement au cavalier, ne lâchait jamais prise. Ainsi brêlé, monté par un élève cramponné au pommeau, le cheval était poussé à la chambrière jusqu'à ce qu'il comprenne que toute défense était inutile. Ils en sortaient brisés mais dociles, dégoûtés à vie de tendre leurs rênes et prêts pour le manège à l'ancienne, mis au bouton – faciles à mener en tenant les rênes à leur jonction, le plus loin possible d'une bouche que le souvenir des jouets à picots et des dentelures des mors d'école rendait pour toujours craintive de la main.

Les piqueurs comme lui n'étaient pas supposés voir malice ni poser de questions. Au reste les Français évitaient ce supplice à leurs chevaux : troupiers ou officiers allaient comme ils pouvaient, « le cul dans la brouette, les pieds dans la gourmette ». Ils n'avaient que mépris pour ce qu'ils ignoraient pour la plupart, la belle pose des écuyers d'autrefois, ceux que l'on voit sur les gravures exécuter comme en se jouant, cambrés comme des cygnes et la jambe allongée sur le flanc du cheval telle une sorte de tentacule amoureux, « toutes ces singeries qui n'ont nulle utilité quand il s'agit de charger l'ennemi », ainsi que son oncle appelait les airs classiques.

Mais Baucher regardait les Italiens et tâchait de les imiter avec les chevaux qu'on le chargeait de travailler – chevaux de la Cour et non chevaux de guerre, qu'il s'agissait surtout de rendre faciles à monter pour le prince, sa famille et ses invités.

Au manège de La Mandria, il eut un jour une idée : pourquoi ne pas remplacer les piliers par deux hommes – ou par les deux mains d'un seul homme placé face au cheval ?

Et pourquoi ne pas remplacer les exercices anciens qui rendaient les chevaux un peu fous par d'autres, plus réfléchis, imposés à pied par un cavalier délivré de la crainte de se faire déposer, car si les piliers empêchaient les chevaux de vous emmener, ils semblaient décupler la force des ruades !

Il n'avait pas eu droit à beaucoup mieux qu'un haussement d'épaules, mais un jour où on lui avait confié un jeune cheval il essaya quelque chose : au lieu de l'attacher entre ses deux piliers, il se planta devant lui et tint ferme les deux rênes en tirant un peu sèchement sur l'une puis sur l'autre – il savait déjà qu'il faut diviser la force du cheval pour lui résister. Un instant, il crut que le cheval allait se cabrer et lui retomber dessus, mais il était déjà assez fort pour lui tenir tête et, pour finir, le poulain céda avant de se mettre à reculer à grands pas… jusqu'au pare-bottes où il fallut bien qu'il se rende, bloqué derrière et coincé devant mais soumis, ne cherchant plus à résister au mors.

On l'avait vu faire et l'on applaudit en riant l'enfant qu'il était encore, mais par la suite il vit plus d'un cavalier dont le cheval rétivait, en descendre, le coller croupe au mur et lui faire face, une rêne dans chaque main.

Il perfectionna son idée en pensant mécanique : le mors doit être mâché pour que le cavalier puisse freiner ou diriger son cheval – dans le cas contraire, on dit qu'il prend le mors aux dents et c'est assez dire. Au-dessus de la bouche, la nuque doit être un pivot pour que le cheval regarde où il va – et aille où il regarde ; et enfin, pour que le cheval ne puisse ni arracher les rênes ni lever haut la tête mais tourne franchement de côté et d'autre et s'arrête à la demande, il ne faut pas qu'il raidisse son encolure mais qu'il la ploie – sans cesser de la tendre, là est toute la difficulté.

François avait vu les soldats de la garde du prince gouverneur faire l'exercice et répéter cent fois les mouvements d'arme – à la bretelle ; à l'épaule, tirer, recharger, à la bretelle... etc.

Alors, avant de monter les chevaux du prince – son travail de piqueur était de les exercer, même si on ne lui confiait pas encore leur dressage –, il leur faisait répéter, à pied, à côté d'eux : mâcher le mors, tourner la tête, ployer l'encolure... et cette gymnastique, il le voyait bien, les rendait légers et obéissants à la main.

Ce soir, à Versailles, Antoine essaie lui aussi de faire répéter l'exercice à Voltigeuse, mais il s'y prend mal, il est brutal et de mauvaise humeur comme s'il voulait se prouver que le procédé n'a pas d'effet – et il y parvient. Demain tout sera oublié et il rentrera simplement au petit trot, ce qui lui évitera de devoir engager la conversation avec le moustachu, s'il se trouve toujours là sur sa borne.

Et, pour plus de sécurité, le lendemain après la leçon, il s'approche de l'écuyer qui recrute les piqueurs et s'enquiert du dénommé Baucher.

— Oui, en effet, il a bien écrit à plusieurs reprises, mais tout de même il a servi chez la sœur de l'Ogre, alors on le fait attendre, mais on dit en ville qu'il monte bien, et c'est le fils d'un commerçant honorable qui fait des prix pour la table des écuyers ; alors, si vous vous intéressez à lui…

On ne refuse rien au protégé du duc de Gramont, n'est-ce pas…

— Point du tout, j'ai au contraire les plus mauvais renseignements sur lui : il serait en correspondance avec l'île d'Elbe que cela ne m'étonnerait pas…

Et prenant un air mystérieux pour répéter ce qu'il a lu dans une feuille légitimiste, il ajoute que la princesse Borghese, sœur de l'Ogre corse, lui rend régulièrement visite dans son exil où Dieu seul sait ce qui se complote !

— Oh oh, dit l'autre, ne faudrait-il pas le signaler au préfet ?

Ce serait aller un peu loin… D'Aure laisse entendre que c'est déjà fait et se rassure : le prétentieux faquin ne rejoindra pas la maison du roi.

L'instant d'après, un remords le prend : « S'il allait avoir des ennuis par ma faute ? Il n'a voulu que m'aider au fond, et son tour est bien inventé… Mais aussi, pourquoi me faire ainsi la leçon alors qu'il a à peu près mon âge ? S'il l'avait fait en camarade, qui sait ? Nous aurions pu nous lier… »

Se doute-t-il que, dès le lendemain, François saurait quelle réputation lui était faite, et par qui ?

Versailles a perdu les deux tiers de sa population depuis 1789 : c'est un village, et la boutique d'un marchand de vin l'endroit rêvé pour savoir ce qui se dit parmi les hommes d'écurie, toujours prêts à venir déguster une chopine au comptoir, tant manier l'étrille et la fourche donne soif. Le père Baucher est un brave homme qui sait faire crédit à bon escient, alors on ne va pas laisser son fils, un bon gars lui aussi, ignorer ce que cet aristo monté en graine a osé raconter à son sujet. Le père se désole et s'inquiète de l'avenir de François.

Lui ne fait que hausser les épaules : il commence à avoir sa petite clientèle de propriétaires de chevaux qui ont besoin qu'on les leur remette aux ordres, ou dont les enfants cherchent des leçons, et il peut survivre – et puis il y a cet homme rencontré dans la diligence, ce Franconi dont il a découvert qu'il est ici célèbre et admiré, qui peut-être lui proposera quelque chose. Au demeurant, ce qu'on lui a dit de la discipline militaire et de l'esprit très « Coblence » de l'école le fait hésiter sur sa vocation. Quant à être un agent bonapartiste...

— Il faudrait le prouver, dit-il d'un air de conspirateur à son père terrifié.

Le père Baucher ne trouve pas la blague amusante :

— Tout cela n'est pas fort bon pour mon négoce, grommelle-t-il en retournant à ses tonneaux et maudissant ce Corse dont tout le monde dit qu'il ne songe qu'à une revanche, et alors adieu les espoirs de voir revenir la Cour, fut-ce à mi-temps, et avec elle la prospérité de Versailles.

Le marchand de vin ne se trompe pas : après les Cent-Jours, Louis XVIII évitera de donner prise à l'opposition par un retour trop marqué à l'Ancien Régime, et se contentera comme résidence d'été de Saint-Cloud – au demeurant plus proche de Paris et des ministères que le château du Roi-Soleil, son aïeul.

# Chapitre II
# Le Moyen Âge comme si vous y étiez

## *« Je ne fais pas partie du spectacle ! »*

*22 septembre 1820, rue du Mont-Thabor,*
*Cirque olympique*

On vient applaudir ici les Franconi, devenus une véritable institution sous le Directoire, qui les a vus triompher dans des courses à l'antique organisées au Champ-de-Mars, l'un des frères à cheval et l'autre sur un char romain. Ils ont depuis lors fait bien du chemin, fournissant les chevaux du transfert au Panthéon des cendres de Rousseau et Marat, puis reprenant l'« hippodrome » d'Astley. Ils y présentent tour à tour des numéros d'animaux dressés – chevaux, mais aussi cerfs, éléphants, et encore les serins des Canaries qu'avait montrés leur père en arrivant à Paris, mais surtout des pantomimes équestres comme celle de ce soir : « Gérard de Nevers et la belle Euriant, pantomime équestre et chevaleresque »

– adaptation libre d'un authentique conte médiéval par messieurs Cuvelier et Franconi le jeune.

La salle, construite en 1806 quand les Franconi ont migré du Faubourg du Temple, est immense : le public est installé autour d'une piste ronde de treize mètres de diamètre – deux longueurs de chambrière – à laquelle est greffée, reliée par des plans inclinés, une vaste scène rectangulaire de dix-huit mètres sur vingt. Des milliers de chandelles, en lustres, girandoles et torchères, éclairent brillamment les tribunes et les loges garnies de velours rouge où se presse tout Paris, assurant une recette qui approche celle de l'Opéra royal et dépasse celles de tous les théâtres du boulevard. La peinture dorée n'a pas plus été ménagée que les moulures en plâtre et les colonnes en faux marbre. Plus de deux mille spectateurs affluent ici chaque soir : les étudiants amènent leurs grisettes avant de finir la soirée juste en face, au bal de Tivoli, et de pousser leur avantage dans les bosquets ; les hommes du monde viennent avec leurs maîtresses, et leurs épouses avec les enfants sages ; les bourgeois viennent en famille et font doctement leçon sur la chevalerie à leur progéniture endimanchée ; et pour les ouvriers, c'est la grande sortie des jours de bonne paye.

Sur la scène, une colline et un pavillon gothique accueillent des acteurs auxquels le privilège du cirque, qui n'est pas un théâtre, n'autorise que de brefs dialogues – ce qui vaut mieux de l'avis général des connaisseurs, plus séduits par les exercices équestres que par leur jeu malhabile. Mais le bourgeois juge instructives ces reconstitutions historiques, et le populaire est ému par les malheurs de l'héroïne jetée en prison, accusée de meurtre, menacée du bûcher – que madame Franconi mime avec ardeur dans ses atours moyenâgeux en faisant ondoyer son hennin de papier mâché – et hue copieusement le méchant Lisiard qui ose lui témoigner un amour répugnant. Un peu plus tard, c'est le même qui triche vilainement au jeu de bagues comme à la course de têtes, et fait piètre figure au carrousel donné par une vingtaine de cavaliers en armures, heaumes et cimiers, montés sur des chevaux superbement caparaçonnés...

Les lumières, la musique, les cris de guerre et les petits verres de liqueur du buffet magnifient les costumes d'étoffes communes aux couleurs éclatantes, les hauberts de fer-blanc, les casques et les armures de carton peint : tout est toc et clinquant, sauf les chevaux que les Franconi savent mieux que personne choisir, dresser et soigner.

La suite se déroule dans une forêt : on y croise des bûcherons un peu rustres, mais surtout une chasse à courre derrière le cerf dressé Actéon, l'une des vedettes des Franconi, qui s'échappe en franchissant un précipice devant chiens, chevaux et veneurs stupéfaits, mais qui n'en font pas moins un bruit de tous les diables à sons de trompes, d'abois et de cris... et le pauvre Gérard de Nevers menace de mettre fin à ses jours en brandissant son épée et en roulant des yeux désespérés.

Tout cela est raconté par gestes et se passe à cheval le plus souvent possible. La piste est sans cesse traversée par des gentilshommes empanachés, des hérauts d'armes dorés sur tranche, des juges du camp martiaux et, comme s'il en pleuvait, chevaliers, pages, écuyers, paysannes, bûcherons... « Et deux porte-clés », ajoute la feuille de distribution qui n'oublie pas ce personnel indispensable aux scènes de geôle et de cul-de-basse-fosse.

Au final, ce sont une bonne trentaine de cavaliers qui manœuvrent en bon ordre malgré l'étroitesse de l'espace, et font cortège aux heureux jeunes mariés dont l'amour triomphe à la grande joie de tous, faisant rouler des larmes sur les joues des dames et soupirer les demoiselles.

Dans la coulisse, un homme bien mis mâchonne son cigare avec un peu d'impatience – la quarantaine élégante, plutôt petit que grand mais bien campé, il porte avec aisance l'uniforme du parfait dandy, dont il s'impose l'impassibilité avec tant d'effort qu'il semble en vibrer : linge blanc comme neige, pantalon pied-de-poule à sous-pied, et deux gilets superposés – l'un rouge et l'autre jaune – sous la redingote pincée qui juponne à la taille. Le col lui mange les joues, souligné par une cravate bleu roi… mais le haut du visage est dissimulé par le masque de cuir le plus célèbre du Boulevard comme de la Normandie, celui du marquis de La Genevraye, autrement dit, pour les gens du monde comme pour les cochers de fiacre ou les cocottes de tout Paris, pour les villageois comme pour les châtelains de l'Orne, l'homme que l'on n'appelle que Nez-de-Cuir quand on parle de lui en son absence – car quand on l'a devant soi, ce n'est pas un risque à prendre.

Il est le plus parisien des Normands et le plus normand des Parisiens : faisant la navette entre son village éponyme de l'Orne dont il est le maire, l'école d'équitation qu'il a créée à Sées, et une garçonnière élégante dans la Chaussée-d'Antin, il mène avec la même ardeur deux vies. Gentilhomme campagnard, éleveur primé et édile attentif dans l'Orne, il tient à Paris un rang élevé parmi les dandys, ami de lord Seymour et familier du Boulevard, du Café de Paris, et bien sûr des courses du Champ-de-Mars ou des Sablons.

À ces deux faces – homme des prés et des bois d'un côté, des salons et du Boulevard de l'autre – répond l'ambiguïté de son allure de fauve habillé, comme encore fumant de la violence des batailles de l'Empire, juste contenue par l'art de son tailleur.

Mais à Paris comme sur ses terres, outre les belles dames que l'on dit attirées en nombre par le trouble désir de soulever le masque dissimulant le ravage infligé par les sabres russes à la bataille de Reims en 1814, il n'a dans l'esprit que les chevaux, et la bonne manière de les élever et de les monter.

À côté de lui se tient un homme un peu trapu, dont il lui semble qu'il le regarde avec insistance.

— Je ne fais pas partie du spectacle, vous savez ! lance-t-il d'un ton presque menaçant.

— Pardonnez-moi, monsieur, répond l'autre du tac au tac sans presque tourner la tête vers lui ni forcer sa voix sourde... Ce serait en effet une grave accusation car je vous avoue que je suis assez accablé de voir que l'on se bouscule pour applaudir cela...

La Genevraye n'est pas d'un avis très différent : s'il admire les talents équestres de Laurent Franconi, avec lequel il prend des leçons, ces pantomimes bêtifiantes lui semblent des prétextes superflus pour les faire admirer – d'autant que, sauf son jeune frère Henri, les autres cavaliers sont loin d'avoir à cheval sa maîtrise, même si les mouvements d'ensemble sont impeccablement réglés.

Ce qu'il déteste le plus et qui n'est heureusement pas au programme de ce soir, ce sont les numéros de chevaux savants qui se mettent à genoux ou s'asseyent sur leurs jarrets à la demande, ou jouent les chiens rapporteurs dans une parodie de chasse à tir. Il doit cependant confesser qu'il rit beaucoup aux intermèdes comiques de Rognolet, figurant un homme du peuple ayant la prétention de monter à cheval, et ridiculement secoué puis jeté à terre… Il prend quand même la défense de ses amis : qui est ce personnage courtaud pour critiquer une distraction innocente du peuple de Paris, qui a besoin de s'amuser pour ne pas penser à mal ?

— Ma foi, monsieur, rien ne vous oblige à venir : ce ne sont pas les théâtres qui manquent à Paris…

— On m'y a invité, monsieur, et je vois que j'ai eu, comme souvent, tort de parler sans détour, car je crois bien que c'était pour vous rencontrer ; je me nomme François Baucher et voici nos amis Franconi qui vont vous en dire la raison.

— Je la connais, mais après vos commentaires elle pourrait bien ne plus exister. On n'a pas idée de dénigrer ses bienfaiteurs devant un de leurs amis !

Les deux frères arrivent vers eux, souriant dans leurs armures factices ; ils ont joué les deux rôles principaux, celui du héros généreux ayant échu à l'aîné tandis que le cadet incarnait le traître libidineux, évidemment confondu et vaincu. Il est vrai que, dès le début, les chances des deux personnages n'étaient pas égales : l'écuyer du beau Gérard se nommait Montjoie, et celui de Lisiard… Féloneau.

— Les dîners de famille doivent être animés chez vous, plaisanta La Genevraye en leur serrant la main.

— Je vois que vous faisiez connaissance, répondit Laurent en souriant. Monsieur de La Genevraye, je vous présente François Baucher ; François, voici monsieur de La Genevraye. Je vous laisse car je dois me changer pour ma reprise.

L'instant d'après, il reparaît sur la piste en redingote noire et gibus, monté sur un immense bai brun dont le modèle longiligne s'accorde à sa haute taille. Après l'écœurant tohu-bohu de la pantomime, on déguste le silence et la lenteur de son entrée comme un sorbet après une pièce montée. Phénix est un magnifique anglo-normand du modèle affectionné par les officiers de la cavalerie de ligne, puissant mais sans lourdeur. Le travail que propose Franconi est classique et simple, et son cheval l'exécute sans effort apparent ; il se borne aux exercices de base, mais en leur donnant la grandeur d'un rituel.

Baucher se dit qu'on ne l'appelle pas sans raison « la majesté à cheval », tant il donne l'image d'un écuyer d'autrefois, à la fois droit comme un I et toujours lié à sa monture, avec laquelle il effectue dans une sorte de grâce virile un bref échantillon de basse école puis quelques minutes de passage et de piaffer, avant un salut qui vaut à lui seul le billet d'entrée par la douce élégance avec laquelle le haut-de-forme passe devant son visage et glisse au bout du bras tendu, où il reste pour la sortie à pas comptés, lents et solennels.

Hélas, peu de spectateurs ont attendu si longtemps : ils ont commencé à rassembler leurs manteaux, leurs parapluies et leur marmaille dès que l'héroïne et son soupirant ont rejoint la coulisse, et comme chaque soir Franconi offre son bouquet final au brouhaha de la sortie.

La Genevraye tire sans rien dire sur son cigare, surveillant du coin de l'œil son voisin qu'il voit attentif et presque ému, les bras demi-fléchis, esquissant des doigts et des poignets les aides qu'il voyait employer par Franconi… Quand le cavalier sort, il se tourne vers Baucher et lui serre la main :

— Allons, je n'aime pas que l'on critique mes amis, mais au fond je crois que nous pensons la même chose : ce que nous venons de voir est la seule partie du spectacle qui vaille.

Déjà, les frères Franconi revenaient vers eux avec leur père Antoine, le fondateur de la dynastie, l'homme qui avait émerveillé toute la France dès les années 1760 en montrant des oiseaux dressés, des combats de taureaux, et pour finir, à l'imitation d'Astley qui les avait inventés en Angleterre et importés à Paris, ces spectacles équestres dont ses fils ont maintenant le privilège royal. À quatre-vingt-deux ans passés il n'y voit plus très clair, mais il est là chaque soir et même parfois participe encore au spectacle, à la grande émotion des Parisiens qui connaissent tous sa silhouette toujours droite en selle. C'est lui que François a rencontré dans la diligence qui le ramenait de Turin en 1814, après la chute de l'Empire et la dispersion des écuries du prince Borghese. Le vieillard avait voulu revoir Udine, sa ville natale, avant que sa cataracte soit trop avancée, et avait bien failli se trouver bloqué par l'avancée des Autrichiens.

En douze jours, ils eurent le temps de faire connaissance, et se réjouirent vite tous deux de partager le goût de l'équitation et des chevaux, et d'être lecteurs des mêmes vieux maîtres. Franconi a appris l'équitation avec un ancien écuyer du roi de Piémont-Sardaigne, nommé Payr Morello, dont Baucher avait entendu parler à Turin. Ils passèrent le temps à comparer les écoles italienne et française, tombant d'accord pour dire qu'en équitation comme dans bien d'autres arts, de la peinture à la cuisine, l'Italie avait été l'éducatrice de la France, mais que l'élève avait dépassé le maître – du moins jusqu'à cette Révolution, funeste pour l'art équestre comme pour toutes les autres fleurs de la civilisation.

« Plus personne ne monte correctement aujourd'hui à Paris, disait le vieil Italien, hormis mes fils… » Il y avait déjà quelques années qu'il leur avait cédé les rênes de sa troupe.

Ils s'étaient séparés presque à regret, ayant oublié dans leurs conversations les cahots de la route et la cuisine des relais, et en le quittant, Antonio lui avait proposé de le présenter à son fils : « Nous pourrions peut-être vous trouver une occupation ; venez un matin au Cirque, je vous présenterai à Laurent. »

Baucher croyait encore pouvoir se glisser dans le personnel du manège de Versailles, et il tergiversa jusqu'à la fin des Cent-Jours. Laurent Franconi voulut le voir monter et quand il mit pied à terre :

— La seule place qui vous conviendrait, c'est la mienne, mais il faudrait pour cela corriger votre posture qui n'est pas élégante… Travaillez-la et revenez dans quelque temps, nous verrons si l'on peut vous écrire des rôles ou si je peux en tenir un peu moins.

— Des rôles ? Mais quels rôles ?

— Eh bien, ceux que l'on joue ici : vous serez tour à tour chevalier du Moyen Âge, soldat de l'Empire, courtisan de Louis XIV ou émir d'Arabie ! répondit en souriant Laurent qui aimait à se déguiser.

Baucher ne riait pas du tout :

— Je ne suis pas sûr que ce carnaval soit mon affaire, grommela-t-il.

Moins attendri que son père, même s'il était d'âge à être celui du Versaillais, Laurent Franconi trouvait surtout le jeunot un peu bougon… et en le voyant tourner les talons, il se dit qu'un caractère aussi entier ne saura se faire aux mimiques et aux grands gestes que requiert la pantomime – « pas assez expressif », conclut-il en lui-même. Il pensa quand même à lui quelques mois plus tard quand son élève le duc de Berry, dont on montait la maison en vue de son mariage, lui dit que s'il avait de bons piqueurs à lui donner, il serait heureux de se fier à son choix :

— Si vous préférez la livrée aux costumes de théâtre, voilà votre affaire !

C'est ainsi que Baucher rejoignit les écuries du duc de Berry, au Roule, où pendant quatre ans il préparerait les chevaux de son Altesse royale et ceux de son épouse, une amazone particulièrement intrépide, et les accompagnerait de temps à autre à la chasse, comme ce jour de septembre 1818 où il avait à nouveau croisé d'Aure, devenu entretemps écuyer en titre, dans la forêt de Meudon.

La vénerie royale était de sortie, mais sans le roi bien sûr : Louis XVIII n'a jamais beaucoup goûté la chasse à courre et son obésité la lui interdit désormais. Son frère et héritier le comte d'Artois est veneur et cavalier pour deux, excellant dans les deux exercices tout comme son fils Berry qui l'accompagne aujourd'hui. Ils ont pris un peu de retard sur la chasse, mais sont sûrs de rejoindre bientôt sur leurs coursiers anglais. Fort vain d'être encore aussi leste à soixante et un ans – et en effet il joignait comme peu les grâces de l'ancienne école et la hardiesse de la nouvelle –, Artois n'esquive aucune difficulté du terrain varié des bois de Meudon, stimulé par la présence d'un spectateur de choix, le vicomte d'Aure qui lui fait aujourd'hui suite, très à l'aise dans le vieil habit des compagnons de chasse royaux – habit bleu galonné à boutons d'argent, gilet écarlate, culotte de velours bleu. Apercevant un fossé assez large, Artois s'écarte du chemin pour le sauter dans la foulée, et s'écrie :

— Voilà comment saute un prince, monsieur d'Aure!

Berry et son piqueur approchent juste à temps pour voir d'Aure aller vers un fossé bien plus escarpé et le franchir dans les deux sens sans que son assiette parfaite bouge d'un demi-pouce, pour revenir en déclarant, l'air un peu trop faraud de l'enfant gâté de la Cour qu'il est :

— Et voilà comment saute un écuyer, monseigneur!

Derrière Berry vient un piqueur portant l'habit vert et or de sa maison. D'Aure l'entend murmurer entre ses dents : « Mais un écuyer est-il un sauteur? »

Berry n'est pas aussi facile à vivre que son père avec la domesticité, même supérieure. Il entend la formule, éclate de rire, et la reprend en homme qui n'a pas assez d'esprit pour ne pas en emprunter quand l'occasion se présente de le faire à propos, ajoutant :

— Celui-là n'est encore que piqueur, mais il monte comme un écuyer.

Et Baucher a la faiblesse de joindre le geste à la parole de son maître en exécutant une courbette, faisant sautiller quatre fois sa jument, debout sur ses postérieurs. Artois rit aussi, sans malice mais pas mécontent de voir contré celui qui vient de lui damer le pion, même s'il fait partie de ses serviteurs favoris comme tous ceux des écuries et de la vénerie.

— À écuyer, écuyer et demi, dirait-on, conclut-il avant de piquer des deux vers les fanfares qui sonnent la vue.

D'Aure est resté silencieux; il a déjà vu cette grosse tête et cette moustache, mais où? Et quel souvenir désagréable éveillent-elles au fond de sa mémoire sans qu'il parvienne à le distinguer?

Tout en galopant, il regarde du coin de l'œil la tenue à cheval de leur propriétaire… un peu en avant dans sa selle, mais surtout sa monte sent le manège, pense-t-il en voyant comment le cheval rassemblé sur des rênes demi-tendues tient une allure cadencée qui jure avec le décor forestier. Il se dit que la maison du duc de Berry sera celle du Dauphin dès que le vieux roi cédera sa place pour rejoindre Saint-Denis, ce qui ne saurait tarder, et qu'il n'aura sans doute pas le temps de vieillir avant qu'elle ne devienne royale... Il faudra compter avec cet homme-là, se dit-il vaguement.

De son côté, Baucher reste assez loin pour ne pas engager la conversation, et s'en veut d'avoir voulu se mettre en avant « J'espère qu'il ne m'a pas reconnu car il ne manquerait plus qu'il reparle de bonapartisme pour me faire perdre ma place », songe-t-il.

Il ne la gardera pas longtemps : dix-sept mois plus tard, Berry sera assassiné, sa maison dissoute, et Baucher sans emploi alors qu'il est marié et père de famille. Les Franconi qu'il a continué à fréquenter en voisin – il n'y a pas loin de l'Élysée, résidence du duc, au cirque installé rue du Mont-Thabor – n'ignorent rien de ses vicissitudes et si Laurent continue à ne pas discerner en lui de talent pour la scène, il l'a vu dresser et monter assez de chevaux pour lui faire confiance en cette matière : il a donc naturellement cité son nom à La Genevraye, chargé par monsieur de Châtillon, maître de manège au Havre, de lui trouver un assistant « venu de Paris » pour aguicher la clientèle où commencent à se remarquer les estivants venus de la capitale « prendre la lame » dans l'océan à Sainte-Adresse, exercice dont d'ailleurs la pauvre duchesse de Berry est grande propagandiste.

— Oui, mais il faut qu'il sache parler aux élèves gens du monde, a répondu Nez-de-Cuir.

— Voyez-le et faites-vous votre propre idée, répondit Franconi. S'il ne vous convient pas, d'Aure vous trouvera un écuyer mondain

— Un ami de d'Aure au Havre, vous plaisantez ! Pourquoi pas au Canada ! Ce sont des gens pour qui le monde s'arrête au pont de Saint-Cloud, conclut le marquis.

— Venez un soir voir Gérard de Nevers, ça vous plaira, c'est un véritable conte médiéval dont le manuscrit est à la Bibliothèque royale, vous savez…

Sans le dire, Franconi était un peu piqué du peu d'intérêt du marquis pour ses pantomimes.

— Sans doute, mais je suis bien certain que M. Cuvelier et Henri auront troussé l'affaire à leur façon… Allons, soit, je viendrai le 22 si cela vous convient.

L'entretien avait assez mal commencé, mais se termina bien : Baucher et La Genevraye prirent rendez-vous pour le lendemain matin afin que le premier démontre au second ses talents d'écuyer et de pédagogue.

— Dans les foires on essaie les chevaux, moi j'essaie un écuyer, conclut le mutilé en s'en allant vers un bal du noble Faubourg.

— François, je vous prêterai Phénix, dit Franconi avec un sourire engageant. Je ne doute pas de vous pour l'équitation, mais tâchez d'être un peu aimable.

Le lendemain La Genevraye manqua le rendez-vous, et quand Baucher se présenta chez lui le valet de chambre lui fit comprendre que son maître n'a pas dormi là… Mais l'après-midi, Baucher reçut un mot de recommandation dont M. de Châtillon se contenta pour prendre le jeune homme à l'essai – qui sera concluant.

La Genevraye ne s'en repent pas quand, l'année suivante, il rend visite à son protégé : Châtillon ne tarit pas d'éloge et compte, hilare, une recette mirobolante. Les bons bourgeois du Havre se précipitent aux leçons, ceux qui n'étaient pas en selle se pressant à la tribune, et les braves chevaux normands de l'écurie semblent avoir grandi chacun de trois pouces, et raccourci de six. Baucher met consciencieusement à cheval les débutants des deux sexes, y remet ceux qui se croient avancés, et surtout leur prépare des montures qui semblent devancer leurs désirs, ayant oublié leur vieille habitude de leur arracher les bras tantôt en tirant sur le mors et tantôt en semblant y peser de tout leur poids.

Tout à coup, les carnes les plus retorses vont à droite quand on ouvre la rêne droite, et à gauche quand c'est la gauche, prennent le galop quand on place ses jambes comme le prescrit le maître au lieu d'allonger le trot nez en l'air jusqu'à rompre les reins de leurs cavaliers, et s'arrêtent quand on pose les mains et descend les jambes... Un véritable miracle, dont la plupart se contentent puisqu'il les rend capables d'aller se promener dans la campagne ou sur les grèves, ou parader sur le boulevard, sans courir le risque d'être trop ridicules, ou de faire une mauvaise chute.

Quelques-uns même entrevoient un autre monde – celui où les chevaux ne se contentent pas d'obéir, mais donnent l'impression de se plaire à un jeu partagé. Ils n'en sont pas encore là, et n'aborderont sans doute jamais celui des chevaux avec lesquels on danse...

Un jour, La Genevraye propose au jeune écuyer de venir donner pendant quelques jours des leçons à son école de dressage de Sées :

« Vous ne tirerez rien de ces lourdauds, Baucher ; à Sées, vous trouverez des cavaliers qui savent se tenir en selle, et des chevaux qui ne sont pas contrefaits – ou plutôt abrutis par des années de moulin à l'ancienne. Ce n'est pas si loin : du Havre, avec le vapeur vous serez en une heure à Honfleur ; je vous enverrai une voiture, et en douze à quinze heures de poste, vous voilà à La Genevraye pour souper. Je vous garderai une semaine et nous passerons de bons moments à cheval et à table : qu'en dites-vous ?

— Je serais bien ingrat de refuser, dit simplement Baucher qui vint le mois suivant.

Il renouvellera l'expérience l'année suivante, puis à nouveau celle d'après – Baucher ayant entretemps racheté le manège du Havre –, et son hôte le voit ainsi à l'œuvre aussi bien les pieds dans la sciure, avec son verbe bref et comme enrhumé, qu'à cheval pour mieux démontrer ce que les élèves ont du mal à comprendre.

On ne manque jamais de flexionner les chevaux avant de les monter :

— Voyez-vous, messieurs, explique Baucher, il y a une évidence dont on ne s'avise pas assez : le cheval est supérieur à l'homme au point de vue de la force musculaire. Il faut donc, comme un général dont les forces sont inférieures, les diviser et les vaincre une à une... Et nous allons commencer cela avant d'être sur leur dos où nous sommes en position d'infériorité puisque nous pouvons tomber, et pas eux ! Commençons par la flexion de mâchoire vers la droite : placez-vous à la hauteur de l'épaule gauche de votre cheval et passez la main la plus proche de lui sous l'encolure pour saisir la rêne de bride opposée à seize centimètres du mors ;

de l'autre main, prenez la rêne gauche à dix centimètres du mors seulement ; tout le monde y est ? Alors, messieurs, soyez attentifs : vous allez rapprocher votre main droite de vous en éloignant un peu la gauche, de manière à contourner le mors dans la bouche. Si le cheval fait mine de reculer, avancez vos mains sans cesser le mouvement. Exécution !

Face à lui, six cavaliers choisis parmi ce que la Normandie pouvait offrir de meilleur, et six jeunes demi-sang bien faits mais parfois un peu vifs... L'exercice réussit tout de suite avec quatre, Baucher dut aider les deux autres à calmer des résistances un peu désordonnées...

La flexion d'encolure, ainsi préparée, s'avère facile... et les élèves montent sur des chevaux bien disposés, pour commencer aussitôt à en assouplir l'autre extrémité par des demi-pirouettes renversées, faisant tourner la croupe autour des épaules.

Au début La Genevraye se tient à la tribune mais, très vite, il se joint aux élèves.

Le soir, ils dînent d'un gigot de pré-salé et d'une bonne bouteille de bordeaux en parlant du travail des chevaux. Le Nez-de-Cuir raconte aussi Paris à son hôte, le Paris des fashionables et des bourgeois dont l'équitation devient la savonnette à vilains.

— Bonaparte a mis la France à cheval et maintenant le premier calicot venu veut se pavaner au Bois sur un « pur-sang » de louage ; le spectacle est souvent amusant, il faut dire... Vous pourriez faire beaucoup de bien en allant enseigner à tout ce petit monde, comme vous le faites ici...

— Ici, cher ami, j'ai des élèves que vous avez choisis, et qui sont capables de me comprendre : je n'ai pas besoin de leur apprendre à tenir à cheval, et ils commencent là où mes

Havrais finissent en général de prendre des leçons ; à Paris ce serait pire, j'en ai bien peur… Il n'y manque d'ailleurs pas de bons maîtres de manège.

— Votre place est à Paris, Baucher, ou plutôt à Versailles, au manège royal. Connaissez-vous le vicomte d'Aure ? Je le croise souvent à Paris, aux courses ou chez Seymour, ou au Café de Paris – ce qui est presque la même chose puisque Seymour loue au café le rez-de-chaussée de son hôtel. Je pourrais lui parler de vous si vous voulez… il n'a que le titre d'écuyer ordinaire mais il est très influent, et s'il vous voit à cheval…

— Je préfère le climat de la Normandie ; il convient bien à ma femme et à notre fils, coupa Baucher sans répondre à la question. Et puis, voyez-vous, le manège est un excellent laboratoire pour les recherches que je mène : chevaux et élèves sont autant d'éprouvettes pour de nouveaux procédés, surtout les plus mal disposés ; ce qui permet d'obtenir de bons résultats avec un cheval pesant et sans souplesse est à coup sûr efficace tandis que parvenir au même but avec une monture qui semble née pour cela ne démontre finalement rien ; et il en est de même des hommes. À Versailles les écuyers sont gâtés : il n'y a que de bons chevaux, choisis pour leur belle conformation et tous plus ou moins du même modèle, et des jeunes gens choisis pour leurs aptitudes… Ce qui n'empêche pas que l'on y pratique une équitation bâtarde, mélange des souvenirs de jeunesse des d'Abzac et de ce que demandent leurs élèves, qui sont de futurs officiers pour la plupart et ne rêvent que de galoper à travers champs, les rênes en guirlandes… .

— Vous semblez bien informé !

— Je suis versaillais de naissance, ne l'oubliez pas…

On en reste là pour cette fois, et quand Baucher ajoute à la direction du manège du Havre celle du vieux cirque Franconi de Rouen, il ne peut plus poursuivre ses excursions dans l'Orne. Nez-de-Cuir fait alors de temps à autre le détour de Rouen quand il court la poste de Paris à La Genevraie, mais quand il apprend qu'un événement important se prépare au haras du Pin, il se dit que si Baucher ne va pas à Paris, il ne pourra refuser que Paris vienne à lui.

# Chapitre III
# Le vicomte maquignon

*« C'est de cet homme-là qu'il s'agit ? »*

*Au haras du Pin, 8 septembre 1827*

L'été normand va sur ses fins, escorté de cumulus fessus comme des Amours baroques, qui meublent à ravir le ciel bleu pâle, parcouru de traînées laiteuses ; l'air est frais, et un je-ne-sais-quoi qui n'est pas de l'humidité mais le souvenir de la dernière averse, à moins que ce ne soit l'avant-goût de la prochaine, lui donne quelque chose de scintillant à l'œil et de pétillant en bouche. De la terrasse du petit château du directeur, qui survole comme un tapis volant le pays du Merlerault, le paysage n'est que collines vertes à l'herbe grasse, quadrillées des lisses blanches qui signalent les prés à chevaux, et l'on aperçoit de-ci de-là les robes alezanes des poulinières – en regardant bien, on peut même voir souvent leurs poulains de l'année à côté d'elles, tétant leur mamelle ou sautillant maladroitement sur leurs trop longues jambes.

La vue est assez bonne aussi vers la gauche, sur la route de Nonant-le-Pin, qu'empruntera tout à l'heure le cortège de Son Altesse royale madame la Dauphine en tournée dans la région et qui, partie ce matin de Sées, passera deux heures au haras avant de gagner Argentan pour déjeuner.

Deux hommes sont accoudés à la balustrade, comme absorbés par une inhalation de verdure ; l'un porte l'uniforme gros-bleu à boutons d'argent des haras royaux, c'est le baron de Bonneval, ci-devant page de la Grande Écurie du roi et pour l'heure directeur du plus beau haras de France et peut-être du monde, maître de maison provisoire de ce joli château de calcaire gris au toit d'ardoises, si peu normand d'allure qu'il semble une lointaine dépendance de Versailles venue par la grande route royale qui longe la pièce d'eau des Suisses, à deux journées de poste en droiture. Si c'est bien le Grand Roi qui a décidé de transférer ici son haras de Saint-Léger, il a fallu attendre deux ans après sa mort pour qu'il commence à fonctionner, et sept ans encore pour achever le château. Florissant sous ses successeurs, il a fermé pendant la Révolution qui voyait dans le monopole de l'étalonnage un privilège aussi sulfureux que les autres, et dispersa les reproducteurs comme elle avait dispersé les trésors du mobilier royal. Ce n'est qu'en 1806 que l'Empereur a rétabli les haras sur le pied de l'Ancien Régime, étendant leur champ d'action aux nouvelles frontières de la France.

Le deuxième homme est une célébrité que sa haute taille et son collier de barbe rendent facilement identifiable dans ce département où il est, depuis quelques années, un habitué des foires aux chevaux, et a même trouvé l'épouse qui vient de lui donner un fils : c'est le vicomte d'Aure, écuyer de manège aux écuries de Versailles, considéré comme le meilleur homme de cheval de l'époque. Il pourrait porter à son choix son uniforme d'écuyer ou celui de colonel, mais il est en civil, bien cintré dans une redingote impeccablement juponnante. Pantalon mastic, bottes à revers fauves, et un haut tube de castor complètent une mise digne de paraître avec honneur sur le Boulevard ou à la promenade au Bois, que mettent en valeur sa longue silhouette et ses poses flexibles ; il porte à la main une gaule de noisetier ébranchée, qu'il aime à tenir à cheval dressée « en cierge » comme les écuyers d'autrefois. Elle signale à tous qu'ils auront tout à l'heure le privilège de le voir monter « à première vue » quelques-uns des étalons du haras.

Pour l'heure il attend et se demande s'il a oublié quelque détail qui pourrait gâcher cette visite princière dont il a obtenu sans trop de peine qu'elle soit ajoutée au programme de la tournée : il est clair qu'entre la messe à la cathédrale de Sées et l'inauguration de la halle aux toiles d'Alençon, c'est une récréation pour Son Altesse royale, bonne cavalière et amatrice éclairée de chevaux, qui rend souvent visite au manège depuis sa résidence de Villeneuve-L'Étang. Mais il faut que tout soit parfait pour l'ancienne prisonnière du Temple, qui n'a pas gagné d'être appelée « le seul homme de la famille » par Napoléon en faisant preuve d'un caractère facile.

— La campagne d'ici me fait penser au Hameau de la Reine, marmonne rêveusement Bonneval qui se souvient du bon vieux temps de Versailles ; on dirait un décor tout prêt pour une bergerie.

D'Aure, accoudé près de lui, plisse les yeux pour voir quelque chose – mais non, toujours rien sur la route –, tire un chef-d'œuvre de Bréguet de son gousset pour constater qu'il a encore une bonne heure à attendre, et répond de sa voix douce qui étire les mots presque en traînant, comme alanguie par la froide indifférence, toute proche d'un ennui accablé, qui sied au dandy en toutes circonstances :

— Je ne sais si vous reconnaîtriez les Trianons, et surtout le Hameau de la Reine après ce qu'ils ont subi ; il y a encore d'affreuses gargotes dans les fabriques, vous savez…

— J'espère surtout que la Dauphine ne fera pas la même association d'idées car cela lui mettrait de tristes idées en tête, comme tout ce qui lui rappelle sa malheureuse mère.

— N'ayez crainte, mon cher, Son Altesse n'a pas l'esprit d'associations d'idées, et si elle pense à quelque chose en parcourant la campagne, c'est au terrain favorable qu'offrait le bocage aux embuscades que tendaient aux Bleus les hommes de Frotté. D'ailleurs, il faut que vous me disiez s'il s'en trouve parmi les invités, que je les lui présente.

— Vous pensez à tout… mais je ne suis pas le meilleur expert pour cela.

Il se tourne vers le sous-préfet, Eugène, comte de Valori, qui secoue la tête au-dessus de son col brodé de feuilles de chêne :

— Je ne suis ici que depuis un an et quelques mois, et je ne connais pas tous les anciens chouans par cœur ! Frotté a levé jusqu'à six mille combattants, vous savez… Il faudrait que je consulte les dossiers de la préfecture ; j'y trouverais au moins la liste des soixante-sept récompenses distribuées à la Restauration… Mais voilà l'homme qu'il vous faut, vicomte, et vous le connaissez, je crois, c'est le président de notre commission hippique départementale. Monsieur de la Genevraye, voudriez-vous vous joindre un instant à nous ?

Nez-de-Cuir accoudé un peu plus loin s'approche de l'écuyer, tout sourire :

— Cher ami, je n'ai pas encore eu l'occasion de vous féliciter ! Peste, il ne fait pas bon se trouver votre supérieur : deux morts en quelques semaines et vous voilà commandant en second à Versailles – à vingt-sept ans, c'est assez beau ! »

D'ennuyé le ton de l'écuyer se fait funèbre :

— Monsieur d'Abzac avait quatre-vingt-huit ans et monsieur de Boisfoucaut dix de moins, ce qui fait quand même un bel âge pour mourir... Si j'avais été d'humeur assassine, il y a déjà quelques années que j'aurais fait mon office, mais je suis patient de mon naturel – et je regrette vivement de ne plus pouvoir bénéficier de leurs leçons...

— Je n'en crois rien... Et vous voilà aussi colonel honoraire, comme l'étaient les d'Abzac. Vous êtes en bon chemin !

— Sa majesté a bien voulu me donner cette marque de confiance... murmure dans un sourire l'écuyer qui frémit d'aise : ces cinq galons, même honoraires, lui étaient peut-être plus précieux que des promotions écuyères qu'il savait de toute manière inéluctablement dues à son talent et promises par l'âge de ses supérieurs.

— Et se souvenir de votre belle conduite en Espagne ! s'écrie La Genevraye avec un enthousiasme qui pouvait sembler un peu exagéré...

D'Aure parlait peu de son Espagne, sans jamais bien préciser s'il y avait suivi le Dauphin comme aide de camp ou écuyer... et ne portait pas la Légion d'honneur qu'il en avait rapportée ; il avait de bonnes raisons pour cela, qui lui firent sentir une sorte d'ironie dans l'accent du Normand, dont on ne savait jamais si le nasillement métallique venait de sa blessure ou marquait un doute, si la ride flottant au bord des lèvres était d'ironie ou d'amertume, et le plissement incessant des coins des yeux de sarcasme ou de tristesse, tant les mouvements se succédaient dans ces morceaux de physionomie que le masque rendait impossible à unir dans une expression lisible.

Nez-de-Cuir aimait dire qu'il était craint : « Être monstrueux à voir, disait-il, n'a pas que des inconvénients : ma haine est réputée mortelle, même pour les braves habitants du village dont je suis le maire mais en vérité le seigneur naturel, et qui ont l'habitude de me voir passer la nuit montant un cheval et menant l'autre en tandem, drapé dans mon manteau comme un messager du Diable – en vérité comme un pauvre hère qui court ainsi les chemins pour être à l'aube à quelque rendez-vous, le plus souvent... de chasse. »

Né en 1787, il était bien trop jeune pour avoir chouanné lui-même, mais ceux qui l'avaient fait étaient les amis ou les parents de son père, et il les connaissait mieux que personne. On l'interrogea sur leur présence en ce jour où venait dans leur pays la fille de Louis XVI, seule rescapée du Temple, celle que l'on avait surnommée « l'Ange de la France », qui avait été comme un talisman de légitimité pour ses oncles auxquels la Révolution n'avait coûté que les incommodités de l'émigration.

— Les chouans du pays, nasille-t-il... Eh bien la plupart d'entre eux sont morts et les autres s'efforcent d'oublier...

— D'oublier ? s'étonne le sous-préfet... Mais ils passent leur temps à protester qu'on les oublie, justement !

Nez-de-Cuir le regarde et il semble dans cet instant qu'il est très loin, comme replié derrière son masque et ses souvenirs d'enfance, et a du mal à discerner à cette distance la silhouette galonnée de son interlocuteur.

— C'est bien cela, monsieur le sous-préfet, ils ne veulent pas qu'on oublie la chouannerie, mais chacun d'entre eux préfère oublier ce qu'il a vécu, et en particulier ne plus penser à sa tristesse amère d'avoir attendu sans espoir que viennent se mettre à leur tête des princes qui ne semblaient pas y voir un devoir naturel. Passe encore pour Louis XVIII, qui était déjà podagre et devait se préserver, mais le roi actuel, que Frotté est allé supplier à Édimbourg, était encore plus beau cavalier qu'aujourd'hui... Et vous l'avez dit vous-même tout à l'heure : ils étaient des milliers pour soixante-sept qui ont été récompensés officiellement !

— Monsieur de La Genevraye, dois-je vous rappeler au respect de Sa Majesté ? coupe tout frémissant le fonctionnaire.

— C'aurait été folie qu'ils viennent et vous le savez bien ! ajoute Bonneval du ton de l'homme sérieux.

— Oui-da, monsieur, je vous en donne acte ; mais ce fut aussi folie pour le général Bonaparte de laisser son armée en Égypte pour venir claquer le museau de la Révolution... C'était un temps de folies que ce temps-là, conclut-il en portant sa main à son visage avant de tourner les talons en chuchotant :

— Mon masque me gêne, je vais le rajuster.

— Il a toutes sortes de pommades pour soulager ses douleurs, explique le sous-préfet un peu embarrassé.

— Il a raison, dit d'Aure, inutile d'organiser ce genre de présentations : imaginez que l'un de ces héroïques gentillâtres tienne à la Princesse ce langage... Et puis n'oubliez pas : elle est là pour voir le haras, les chevaux, et surtout les produits de sa jument.

— Ah oui, la célèbre Nichab ! s'écrie le sous-préfet pour montrer qu'il s'est renseigné en vue de la visite et connaissait l'histoire de cette jument arabe de grand sang, supposée descendante des chevaux du roi Salomon.

Lady Stanhope, une anglaise excentrique qui vivait au Liban en châtelaine ermite, propre nièce de Pitt, avait voulu l'offrir à Bonaparte dont elle ignorait la chute, ou au roi de France. Trop petite pour le souverain, Nichab avait fini dans les écuries de la Dauphine, dont l'écuyer O'Hegerty n'avait jamais réussi à se rendre maître, pas plus que l'étalon du petit haras voisin de Meudon. Envoyée au Pin, elle s'était laissée séduire par les reproducteurs les plus triés, et elle serait présentée tout à l'heure suitée d'une demi-douzaine de poulains et pouliches, fruits de leurs amours.

Revoir cette belle jument dont elle avait peut-être admiré l'indépendance d'esprit est l'un des prétextes qui ont permis à d'Aure de faire ajouter par la princesse, au programme de sa tournée dans l'Ouest, cette visite au Pin. Pour l'écuyer, c'est aussi l'occasion de placer sous l'auguste patronage ses efforts pour s'affirmer non seulement comme celui qui dirige effectivement le manège des pages et l'emporte sur tous les autres par son génie de cavalier, mais comme l'inspirateur d'une grande politique répondant à tous les aspects de la question chevaline, celui qui réunira un jour, comme sous l'Ancien Régime, la direction du manège royal à celle de tous les haras, ou au moins de celui-ci, et régnera à la fois sur l'élevage et sur l'équitation – sans oublier pour faire bonne mesure les remontes militaires.

On trouve sur la terrasse tous les protagonistes de cette fameuse question chevaline qui se résume assez simplement ainsi : comment se fait-il que la France doive acheter à l'étranger non seulement l'essentiel de ses chevaux de luxe, mais aussi, ce qui est bien plus grave, la majorité de ceux dont son armée a besoin pour la cavalerie, l'artillerie et les charrois ? Trente à quarante mille bons chevaux par an, et cent mille en temps de guerre, était-ce trop demander à un pays où l'on en comptait, selon les statistiques les plus sérieuses, au moins deux millions ?

D'Aure a son idée là-dessus : après la Révolution qui a tout laissé aller à vau-l'eau et fermé les haras, après l'Empire qui a épuisé la population des chevaux comme celle des hommes, on a subi la mode des chevaux anglais découverts par les émigrés, et d'abord par le futur Charles X qui n'en monte plus d'autres. Au lieu de s'inspirer des méthodes d'outre-Manche pour développer l'élevage français, on a importé des chevaux : chevaux de luxe anglais, mais aussi chevaux de cavalerie ou de carrosse ramenés en masse des Allemagnes par des marchands qui traitent en gros, à des prix si bas qu'aucun éleveur français ne peut s'aligner. Or la Normandie au moins peut produire d'excellents chevaux, à condition qu'on lui en achète… à un prix qui ne fasse pas de leur élevage un loisir coûteux.

Pousser la qualité par des haras bien organisés et la quantité par des achats de l'armée qui soutiennent le marché, remonter si possible la Cour elle-même en chevaux de Normandie, quitte à y importer des étalons d'Angleterre, éduquer les jeunes chevaux dans les régions d'élevage mêmes, telles sont quelques-unes des idées exprimées dans la brochure qu'il a publiée trois ans plus tôt.

Il apporte ainsi de l'eau au moulin des défenseurs d'une politique chevaline active de l'État, qui s'écharpent tous les ans au moment du vote du budget avec ceux qui prétendent qu'au contraire, tout le mal vient de sa trop étroite attention pour cette branche de l'élevage qui se porterait beaucoup mieux d'être libre comme les autres – et comme dans les autres pays. On verrait alors ce qu'on verrait, et surtout la renaissance de ces races locales devenues presque introuvables malgré leurs qualités reconnues depuis des siècles : l'élégant limousin si brillant au manège et dans les parades, le vaillant navarrais tant apprécié de la cavalerie légère, et même le carrossier noir du Cotentin qui avait si longtemps fait prime pour tirer les équipages les plus distingués de Paris.

De juments de cette race et d'étalons de sang plus chaud, anglais ou orientaux, naissent les meilleurs chevaux de chasse et de guerre qui soient : d'Aure a déjà obtenu que les gardes du corps se remontent dans l'Orne, et ne compte pas s'arrêter en si bon chemin. Et il écume les foires aux chevaux, essayant même en selle des poulains qui, comme on dit, « n'ont porté que des mouches », et qu'il met à la raison en deux temps trois mouvements.

Passant de groupe en groupe, il reçoit de tous bon accueil, surtout de ces hommes un peu rubiconds, serrés à éclater dans des redingotes bleues à la mode de l'Empire bien usées, qui s'épongent le front avec de vastes mouchoirs à grands carreaux et passaient sans cesse un doigt dans leur col pour atténuer la torture inhabituelle d'une cravate mal entortillée. Ces cultivateurs aisés, propriétaires tenant le milieu entre la paysannerie et les hobereaux qui épousent parfois leurs filles, sont l'épine dorsale de l'élevage, ceux qui peuvent se permettre de consacrer une partie de leurs pâtures à deux ou trois poulinières, de prendre le temps de les mener à un étalon approuvé, et d'élever avec un peu de soin des chevaux fins qu'ils ne pourront pas vendre avant trois ans, ni faire travailler aux champs en attendant.

— Pour sûr, monsieur le vicomte, voilà une belle journée !

— N'est-ce pas ! Vous pouvez vous féliciter d'avoir gardé vos poulinières, c'est grâce à elles que vous serez tout à l'heure présentés à la future reine de France, mes amis !

Les amis sentent un peu la cour de ferme, mais au fond d'Aure les aime bien pour ce qu'il a appris des chevaux grâce à eux sur les foires ; un jour il a entendu l'un d'entre eux dire à l'autre, sans savoir qu'il entendait : « V'là un vicomte qu'a l'œil d'un maquignon » – marquant son dépit de ne pas lui avoir fourgué un cheval panard – et il en a été presque aussi heureux que de ses galons de colonel honoraire. « Maquignon honoraire, se dit-il, voilà qui n'est pas donné à beaucoup... »

Il est vrai que ce n'est pas un maquignon comme les autres, car si pour l'œil il vaut le meilleur d'entre eux, il les étonne tous en montant de pauvres poulains qui, après une résistance pétaradante de sauts de mouton et ruades, capitulent devant le poids et la force de l'écuyer, qui s'offre le luxe de quelques tours aux trois allures avant de les rendre tout pantelants à leurs vendeurs.

Il continue sa ronde passant auprès de groupes plus ou moins enthousiastes, celui-ci maudissant les pur-sang si « chanceux » à élever, les autres parlant de la fixation en cours de la race percheronne, d'autres se félicitant plus discrètement de leurs succès, comme monsieur Neveu dont la jument Cérès a gagné le prix royal deux ans auparavant.

Antoine le salue avec respect, mais passe son chemin d'un air pressé car il connaît les récriminations des propriétaires d'écuries normands, furieux d'un arrêté récent qui permet aux Parisiens d'envoyer courir chez eux leurs chevaux… et non l'inverse. Cette unification des circonscriptions est une sottise mais il n'y peut rien, il faudra qu'il trouve moyen de faire comprendre au ministre son erreur… Arrivé au bout de la terrasse, il s'arrête net : du diable si la silhouette un peu tassée qu'il aperçoit à l'écart ne lui rappelle pas quelques souvenirs… et pas des meilleurs. Pas le temps de vérifier car on l'appelle. « Je dois confondre », pense-t-il en courant vers la grille où s'annonce le cortège princier.

Il joint sa redingote impeccable aux habits brodés de Bellegarde et Valori pour prendre la tête du comité d'accueil, et ne laisse à personne le soin d'offrir le bras à la princesse qui descend du landau préfectoral. Le préfet, monsieur Séguier de Saint-Brisson, est ravi de l'interruption d'une conversation que ses souvenirs de l'armée des Princes et les propos sur l'agriculture locale ne suffisaient plus à nourrir – et songe avec tendresse au moment où le départ de l'illustre invitée le rendra à ses travaux d'helléniste. Il ne doute pas que ses prochaines *Lettres critiques sur les traductions de Ménandre et Philémon* soient promises au même succès que sa dernière publication – qui remonte déjà à 1814 – sur *L'Emploi des conjonctions suivies des modes conjonctifs dans la langue grecque.*

Il descend pesamment de la voiture et suit à petits pas la visite : il est ici dans une enclave où son pouvoir ne s'exerce guère et ne dispute pas à Bonneval le rôle du maître de maison, ni à d'Aure celui du cicérone, chacun d'un côté de la silhouette alourdie de celle chez qui l'on disait avoir pu revoir autrefois les grâces de sa mère, la reine martyre.

Ce temps est bien passé, si tant est qu'il eût existé, et d'ailleurs la princesse préfère sans doute au fond d'elle-même que l'on dise qu'elle se met à ressembler à son père.

La beauté de sa mère n'a servi, songe-t-elle souvent, qu'à la faire encore un peu plus haïr de la populace…

La visite se passe bien : la Dauphine a un faible pour d'Aure, fils d'un membre de cette compagnie des gardes du corps dont elle a invité une centaine à son mariage d'exilée avec son cousin, et qui est si beau cavalier ; elle aime les chevaux un peu comme elle s'attache aux enfants des autres, elle qui est privée du bonheur de la maternité. Elle s'en veut de faire grise mine à Nichab qu'entourent trois de ses fils – l'un qui la tète encore, l'autre bondissant comme un enfant joyeux, le troisième déjà plus grand qu'elle à deux ans. Enfin vient le moment où l'on amène High Flyer devant d'Aure, sur la carrière improvisée entre les deux grands bras des écuries de brique.

C'est un pur-sang très typé, bai brun : pas très grand mais de l'air sous le ventre, efflanqué, l'encolure longue, la tête petite et sèche, et comme disent les Normands « le ventre collé au dos ». Il lève haut la tête et danse autour de l'homme qui le tient en main. D'Aure s'avance, se place face au cheval et commence par lui flatter l'encolure en lui parlant doucement, avant de se glisser le long de son flanc gauche et de se mettre à cheval en un instant.

Et le dandy devient centaure.

Poussant ses fesses en avant pour mieux s'asseoir dans sa selle, il enveloppe les flancs de High Flyer de ses longues jambes négligemment étendues jusqu'à des étriers très longs, et fait quelques pas pour s'écarter de la foule, soudain silencieuse et attentive après la dissipation qu'avait engendrée la présentation de sa jument à Son Altesse. L'étalon roule des yeux blancs. Tout étonné de ne pas avoir droit à sa promenade habituelle en main, ou à son moment de liberté dans le grand manège, ce poids sur son dos lui semble une offense. Il se met à tourner sur lui-même, mais d'Aure « met la pince » en fermant énergiquement les mollets et le pur-sang se fige sur place en trépignant ; les connaisseurs peuvent voir qu'en levant la main l'écuyer obtient pendant quelques instants une sorte de piaffer.

Prenant un peu de champ, d'Aure enveloppe tout à coup l'étalon de deux magistraux coups de sa gaule de noisetier, à gauche en passant le bras devant lui, puis à droite, directement, en poussant un « « Alleeer » rauque et chantant.

High Flyer se dresse, outragé, couchant les oreilles et presque debout sur ses postérieurs, mais une sèche attaque d'éperons le renvoie en avant vers la porte ouverte du mors libéré par la main : et c'est parti pour un galop furieux qui, dans l'instant, traverse la route pour dévorer comme un fauve le tapis vert un peu montant qui fait face au château.

Le temps de le gravir, la foulée se règle et au retour, obligé à s'équilibrer dans la descente, High Flyer passe de lui-même au trot pour revenir vers le public ébahi par le spectacle. D'Aure le pousse dans une allure étendue, l'encolure allongée, la tête basse, mais les postérieurs bien engagés ; il trotte enlevé, à l'anglaise, en se laissant soulever par une foulée sur deux, les rênes demi-longues, le cheval tranquillement posé sur son mors. Il quitte et rejoint sa selle en souplesse, ne laissant qu'un souffle d'air entre elle et son séant, compensant chaque élévation par la flexion de ses chevilles le long des étriers. La cravache remontée, le haut du corps aisé, libre, et droit : il semble en promenade au bois de Boulogne.

— Il a jeté son feu, dit à son voisin monsieur Neveu qui connaît bien le cheval, il en fera ce qu'il voudra maintenant... Mais fallait rester dessus après ces coups de bâton !

— Oui, mais cette façon de trotter en levant le cul par intermittence est ridicule.

Neveu glousse grassement :

— Ça me rappelle une fille de chez madame Renée…

— Oui, c'est celle qu'on appelle "l'amazone", je parie…

Les deux hommes se tiennent les côtes…

Pendant ce temps, d'Aure avait tracé un huit de chiffre, puis changé de main par un élégant double demi-cercle, pour repartir vers le tapis vert dans un galop qu'il allonge et raccourcit maintenant à volonté, sans paraître tirer le moins du monde sur ses rênes, passant à volonté d'un beau galop de course allongé qui lui donne l'impression de chevaucher les ondulations d'un serpent et met en valeur la belle foulée du pur-sang, à une cadence de galop de chasse, plus tranquille et plus rythmée.

Il revient cette fois au petit trot assis et dessine quelques figures simples dans la carrière avec la correction et l'élégance d'un écuyer de l'ancienne école, obtenant même de High Flyer qu'il ramène un peu sa tête en redressant son encolure, et fasse quelques pas de côté. Puis il refait une ou deux voltes au galop ralenti – sinon rassemblé – et s'arrête net devant la princesse avant de la saluer avec grâce et de sauter à terre sous les applaudissements. On lui amène déjà Eastham qu'il monte aussi fort galamment mais avec moins d'éclat, pendant que l'on montre à la princesse le premier fils de Nichab, Calif, qui servait déjà des juments « bien plus grandes que lui, et avec bien du succès », ne peut s'empêcher de préciser monsieur de Bonneval que la duchesse domine d'une demi-tête – à peu près comme elle domine son mari.

Le directeur croit bon d'ajouter que les produits de Calif tiennent de lui leurs qualités : « Le sang paternel, n'est-ce pas, domine toujours. »

Toute cette fertilité la lasse tout à coup et, de sa voix un peu éraillée, elle demande s'il n'est pas l'heure de reprendre la route ; allant vers sa voiture elle se fait présenter les principaux éleveurs et ne manque pas de leur dire que, dans sa visite, elle a tout particulièrement admiré les chevaux nés dans le département. Puis elle tend sa main à baiser au sous-préfet, à Bonneval et à d'Aure, auquel elle adresse une espèce de sourire et dit :

— À bientôt, monsieur l'écuyer, vous voir à cheval fut comme toujours un plaisir.

Le préfet s'est hissé à côté d'elle, ses dames dans la voiture de suite, les gendarmes de l'escorte sur leurs alezans, et le cortège, en un instant, file sur la route d'Argentan.

Autour du château, la foule se trouve dans l'espèce de langueur qui suit les visites de grands dignitaires : le système est privé de son astre central et chacun divague sur une orbite incertaine, attendant que le directeur montre le chemin de la terrasse où sera servie la collation. Chacun s'approche de d'Aure pour le remercier d'avoir obtenu cette étape chargée de promesses d'un avenir radieux pour l'élevage normand. Quand la presse se dissipe, La Genevraye s'approche et prend d'Aure sous le bras pour l'entraîner un peu à l'écart :

— Il faut que je vous présente l'homme dont je vous ai parlé.

— Qui donc ? Ah oui, cet écuyer que vous dites admirable…

Le vicomte est affamé d'avoir monté deux étalons, l'appétit libéré par le soulagement du succès de cette visite, et ne cache pas son ennui d'avoir à retarder une collation dont il comptait bien faire un festin, mais il aime bien La Genevraye, vrai passionné d'équitation, qui connaît tout le monde à Paris, ayant table ouverte chez Tortoni et au Café de Paris. Il lui a présenté un jour un jeune aristocrate anglais, lord Seymour, riche comme seuls le sont les lords et amoureux lui aussi des divins quadrupèdes dont il possède dans ses écuries des spécimens qui donnent des fourmis dans les jambes rien qu'à les voir marcher dans sa cour... Tout à coup, il pivote et entraîne La Genevraye vers les écuries :

— C'est de cet homme-là qu'il s'agit ? murmure-t-il en avisant un personnage un peu courtaud, planté sur de fortes jambes, qui pour l'heure présente son profil remarquable par un long nez tombant, celui-là même qu'il avait aperçu de dos juste avant de monter High Flyer.

— Eh bien oui, c'est lui ; il se nomme François Baucher et tient manège au Havre ; il met au bouton les chevaux les plus difficiles et monte admirablement, dans un style très pur... Il faut que vous vous connaissiez, il met l'équitation en théories comme personne et la pratique comme bien peu. Je le tiens pour le meilleur écuyer de France après vous et je trouve dommage qu'il végète au Havre alors que l'armée, et tout simplement Paris, ont besoin d'hommes comme lui pour enseigner. Je me suis dit que vous pourriez l'aider...

— Si vous m'aviez dit son nom, j'aurais brisé là. C'est un bonapartiste enragé !

La Genevraye sourit :

— Pas plus bonapartiste que moi qui ai risqué ma vie pour l'usurpateur quand il s'agissait de défendre la patrie... Il a servi chez sa sœur, c'est entendu, mais depuis lors il a été piqueur chez le duc de Berry. Vous le connaissez ?

— Assez pour ce que j'en ai à faire... Vous me ferez plaisir en m'épargnant sa compagnie.

Et d'Aure s'écarte brusquement, laissant tout penaud La Genevraye que Baucher rejoint, souriant de ce sourire indécis et presque triste qui est son expression habituelle. Il lui prend le bras à son tour et de sa voix un peu sourde, au son mat et au débit régulier, qu'il ne force jamais même pour donner ses leçons au manège où tant d'autres gueulent, il le réconforte :

— Vous n'y êtes pour rien, et je vous l'avais dit, mon cher, monsieur d'Aure m'en veut je ne sais trop pourquoi... Nous nous sommes à peine croisés une fois ou deux.

— Je vous avoue que j'étais loin de penser qu'il réagirait ainsi en vous voyant. Il a prétendu que je ne vous avais pas nommé à lui. Peut-être fallait-il qu'il vous voie pour retrouver ces mauvais souvenirs... qui au demeurant ne me regardent pas, je pense.

Il y avait de la curiosité dans sa voix, mais Baucher ne vit pas de raison de divulguer des épisodes qui, de prime abord, n'étaient pas à l'avantage de d'Aure, mais dont il n'était pas sûr d'être lui-même très fier. Il resta dans le vague :

— Vous savez que je peux être... maladroit.

— Ce sont là des gamineries... Nous-mêmes n'avons-nous pas failli nous empointer lors de notre première rencontre au Cirque olympique ? Je suis passé là-dessus... Vous savez, le vieux Franconi vous aime toujours beaucoup ; il parle parfois de vous ; vous devriez aller le voir de temps en temps pour causer avec lui.

— Je le fais chaque fois que je passe par Paris bien sûr... car ce soir de 1820, j'ai bien compris que c'était pour lui faire plaisir que vous m'aviez mis en relation avec monsieur de Châtillon… auquel j'ai maintenant succédé.

— Et je crains fort que, si cela dépend de monsieur d'Aure, vous restiez longtemps au Havre.

— Je m'y plais, dit simplement Baucher ; et avec Rouen j'ai beaucoup à faire.

— Sans cesse sur le vapeur pour aller et venir, j'imagine. Mais dites-moi quand même ce que vous avez pensé de la démonstration de d'Aure ?

Baucher corna sa moustache et élargit son sourire :

— Monsieur d'Aure est un centaure, et j'avoue que le voir monter ces chevaux superbes était un spectacle à payer sa place. Je n'ai jamais vu plus bel homme de cheval.

— N'est-ce pas ?… Mais il y a un « mais », je le vois dans votre œil.

— Ma foi, ce n'est pas là ma partie : moi je dresse les chevaux, je ne m'accommode pas de leur sauvagerie ! Monsieur d'Aure est très habile à utiliser les défenses de ce genre de cheval, mais tout le monde n'a pas ses moyens athlétiques, ni son intuition. Dresser un cheval, c'est se rendre maître de ses forces en permanence, pas les canaliser pour un court moment en jonglant avec ses défenses. C'est ce que l'on appelle l'équitation, et ce n'est pas ce que nous avons vu, qui est admirable dans son genre – mais c'est un autre genre.

— Vous êtes sévère ! Mais au manège il fait aussi merveille, vous savez ; il faudrait que vous le voyiez monter le Cerf.

— On le dit… Mais il paraît aussi qu'il enseigne plutôt ce que nous venons de voir. Si je montais mes chevaux comme il vient de le faire, ils auraient tous peur de moi d'abord et bien vite de tout être humain.

— Il y aura d'autres occasions, j'en suis sûr.

— Sans doute… Mais allez rejoindre vos amis : je vois le sous-préfet qui fait le sémaphore dans votre direction.

— À tout à l'heure.

— C'est cela…

Baucher repart à petits pas, toujours souriant, cornant sa moustache d'une main experte ; quand La Genevraye lui a parlé de cette présentation, il s'est dit que ce n'était pas à lui de le mettre en garde en lui relatant ses précédentes passes d'armes avec d'Aure… qui après tout avait peut-être décidé de passer l'éponge. Mais sans doute avait-il accepté la proposition de rencontrer un écuyer local sans trop prendre garde à son nom, et n'avait fait le rapprochement qu'en le voyant.

Baucher se dirige vers les tentes dressées sur la terrasse de la maison du directeur quand le sous-préfet, qui le connaît un peu, vient à lui :

— Monsieur Baucher, je suis navré mais il y a eu un malentendu et vous n'êtes pas compté pour la collation.

— Un malentendu ou une suggestion d'un certain écuyer auquel aujourd'hui rien ne saurait être refusé ?

Le sous-préfet bredouille.

— Ne vous mettez pas en peine, monsieur le sous-préfet, je trouverai bien un quignon de pain à l'auberge… Auriez-vous l'amabilité de prévenir monsieur de La Genevraye que je l'y attendrai ? Il a la bonté de me recevoir chez lui ce soir.

Nez-de-Cuir expédie la collation et les politesses, saluant tout juste d'Aure dont il ne comprend pas l'attitude à peine polie, et passe chercher Baucher pour le ramener chez lui. Le retour, dans le cabriolet attelé en tandem qui file comme le vent, est d'abord silencieux. Ils ne parlent guère jusqu'à l'arrêt, à mi-chemin, pour permuter le cheval qui tirait la petite voiture, une merveille de légèreté signée Binder, avec celui qui trottait librement devant lui, seulement guidé aux longues rênes par Nez-de-Cuir, glissant à un train d'enfer sur ces chemins dont il connaît le moindre cahot.

Le Normand rompt alors le silence :

— Je suis navré de vous avoir exposé à cette nasarde, mon cher ami ; me direz-vous s'il y a entre monsieur d'Aure et vous quelque épisode qui puisse justifier sa haine ?

Mais Baucher resta bouche cousue et finit par lui dire un peu brusquement :

— Si cela vous intéresse tant, demandez-le-lui !

Ce que l'autre se promit bien de faire à l'occasion, un de ces soirs où les cigares parfumés de Seymour, ses alcools de toutes paroisses et le choc des billes multicolores sur le drap vert mettraient le vicomte en humeur de confidences…

# Chapitre IV
# L'impossible alliance

*« Pour tout vous dire, je monte le moins possible. »*

*Versailles, 15 juillet 1829, avenue de Sceaux*

Le cheval – un bai brun presque noir – n'est ni très grand ni très spectaculaire, et pourtant c'est une vedette dont tous les amateurs d'équitation connaissent le nom et les prouesses, sous la selle d'un maître avec lequel « il ne fait qu'un », selon le mot favori de la duchesse d'Angoulême. Par son modèle, il ne paye pas de mine – pas plus que le joli cheval qu'aurait pu ramener d'Orient n'importe quel voyageur –, mais sa manière de se mouvoir est celle d'un être divin. Aucun écuyer ne peut fabriquer des allures à ce point.

Le Cerf marche d'un pas tranquille, étendu par le geste de chaque antérieur allant chercher le terrain loin devant lui, pour déposer délicatement une empreinte nettement dépassée, à chaque foulée, par le postérieur associé ; l'encolure s'étend librement entre les rênes demi-molles, dessinant un arc descendant jusqu'à la nuque qui dodeline à hauteur des épaules du cheval. Il s'avance avec la souplesse et la sérénité d'un chat qui se glisse vers sa demeure, détendu mais toujours disponible, comme doit l'être un cheval après le travail, à la fois confiant et soumis envers son cavalier. Tout écuyer aurait pu lire dans cet état de grâce, mieux encore que dans l'exécution des airs les plus difficiles, les marques d'un parfait dressage et de l'entente harmonieuse que seules peuvent obtenir des années de travail partagé.

De fait, il y avait plus de quinze ans que d'Aure s'était fait attribuer ce cheval un peu petit pour lui, né à Rodez d'une vieille jument ramenée d'Égypte en 1801 nommée La Momie et de Kochlany, un étalon barbe tunisien acheté en Espagne dix ans plus tard. Il avait la finesse de l'une et la solidité de l'autre, et d'Aure avait lu, dans le regard un peu écarquillé du jeune cheval que l'on présentait en main dans la cour de la Petite Écurie, quelque chose comme une invite, et demandé à l'essayer.

Il n'y eut pas de lutte entre le jeune cheval de quatre ans et l'écuyer de dix-sept qui se glissa en selle comme dans les bras d'une jeune maîtresse, prit les rênes et fit deux ou trois tours au pas, puis au trot, puis dans un galop déjà tranquille. Le cheval avait été bien débourré, sans brutalités inutiles, et d'Aure le sentit aussitôt à sa main. Ils grandirent ensemble dans la science des exercices, et d'Abzac lui-même fut parfois content de son élève. Aujourd'hui le vicomte ne le monte plus tous les jours, mais chaque fois qu'il faut démontrer ses talents, c'est lui qu'il fait seller, et c'est sans doute le seul qu'il monte parfois pour le plaisir.

Ce matin, ils ont fait une promenade assez courte, et relativement tranquille ; il s'agissait de le détendre, de retrouver les sensations partagées, de s'assurer qu'il répondait toujours au souffle de la botte, à la moindre inclinaison d'assiette, à l'infime variation du poids d'une rêne – ou bien plus simplement à un soupir un peu prononcé qui, par l'affaissement du corps qui l'accompagnait, suffisait à modérer l'allure ou à obtenir un arrêt tout en douceur. Tout à l'heure, après quelques heures de repos et une bonne provende, il sera temps de répéter les exercices du lendemain.

Baucher était assis sur la même borne que dix ans auparavant ; il lisait *Le Constitutionnel*, mais l'avait abandonné pour admirer en connaisseur la perfection de la locomotion du cheval. Il leva les yeux vers le cavalier quand celui-ci s'arrêta à sa hauteur et le salua avant de mettre pied à terre et de confier les rênes à un page de l'école qui le suivait.

Baucher se lève et rend le salut.

— Mes compliments, monsieur d'Aure, vous avez là un cheval superbe et qui semble fort bien mis...

D'Aure sourit :

— Mieux que la jument que je montais lors de notre première rencontre ici même, c'est certain... et vous voyez que l'extension d'encolure donne d'aussi bons résultats que votre flexion.

— On peut combiner les deux, fit Baucher d'un air conciliant.

— Je ne monte à peu près que celui-ci, continua d'Aure... Et pour tout vous dire, je monte le moins possible... Je n'ai plus rien à apprendre des chevaux et les jeunes sont là pour dresser les recrues.

Baucher se retient de répondre : il ne s'agit pas de mal commencer l'entretien, et en se remémorant l'épisode auquel d'Aure a fait allusion, Baucher se demande s'il n'aurait pas dû trouver une autre manière de se rendre aux raisons inlassablement exposées par La Genevraye venu quelques semaines plus tôt à Rouen prendre leçons dans le cirque rond des Franconi. La conversation était venue sur la brochure que d'Aure avait publiée deux ans auparavant, mais que Baucher venait juste de lire : elle prônait la création à Paris d'une grande école d'équitation civile et militaire « afin de doter la France d'instructeurs nécessaires à sa cavalerie, d'officiers instruits pour les haras, d'écuyers habiles pour ses manèges ». Baucher trouvait le projet intéressant, mais doutait de son avenir : plus familier que Baucher des rumeurs de la Cour et de la ville, La Genevraye se disait convaincu de ses chances de succès :

— Saumur ne prend pas, disait-il, et Versailles ne forme pas les élèves officiers alors que Saint-Cyr est tout proche... et de toute façon, vous le savez bien, il y a un besoin considérable d'écuyers civils et d'hommes de cheval bien formés en dehors de l'armée; l'idée de d'Aure est de créer une école polytechnique de l'équitation à Paris et si cela arrive, mon cher maître, vous vous devez d'en être.

Il détaillait les appuis dont se targuait d'Aure, et d'abord celui de la duchesse d'Angoulême, Dauphine de France, très agacée de l'espèce de patronage que sa belle-sœur, la duchesse de Berry, s'était arrogée en allant à Saumur l'année précédente assister au carrousel des instructeurs de l'école, une sorte d'enchaînement de mouvements très simples, sans aucun air de haute école... une vraie pitié.

La réponse de la Dauphine n'allait pas tarder : à la mi-juillet elle assisterait à une présentation de l'école de Versailles conduite par d'Aure en personne, et on verrait bien qui détenait les saintes huiles de l'École française, que le père

Cordier, un sabreur formé à la hâte par d'anciens piqueurs, n'avait pu emporter avec lui en Anjou, alors qu'à Versailles les d'Abzac, anciens écuyers du roi Louis XV, avaient fait revivre dans ses murs la vieille maison des pages royaux.

Mais l'idée de d'Aure était plus large, plus ambitieuse encore : il voulait que depuis Versailles, l'école contrôle et organise les haras, donc l'élevage chevalin, et la remonte de l'armée. Jouant sur le statut mi-civil mi-militaire qui était déjà celui de Versailles, d'où la plupart sortaient sous-lieutenants de cavalerie, il la voyait comme une sorte d'intermédiaire entre l'armée et le monde des éleveurs, formant les cadres des deux côtés et aidant les seconds à produire selon les besoins de la première. De même pour les hommes : l'école formerait des maîtres de manège qui prépareraient les jeunes gens au service à cheval.

Baucher s'interrogeait : c'était bien de l'emphase et il se demandait où l'on trouverait dans les finances du royaume de quoi réaliser un projet aussi grandiose – c'était bien de la politique et de l'intrigue aussi, et le peu qu'il avait pu approcher la Cour et le gouvernement, pendant ses années de piqueur du duc de Berry, ne lui avait pas laissé d'envie de s'y frotter davantage. Sans compter Paris où tout ce qui était chevalin – élevage, utilisation, dressage – était l'objet de débats aussi féroces que dérisoires entre amateurs et mondains, dont il lisait parfois quelques échos dans la presse, et où la nouvelle institution aurait aussitôt ses thuriféraires et ses détracteurs, se bombardant de crotte par journaux interposés, discutant âprement aux terrasses du Boulevard avec les arguments les plus ineptes et les plus péremptoires. Il se voyait déjà héros malgré lui, ou plutôt enjeu d'une nouvelle querelle des Anciens et des Modernes, et accablé, chaque fois qu'il mettrait le pied dehors, des encouragements des uns et des représentations des autres.

La Genevraye avait insisté : au nom de tous les hommes de cheval, il l'adjurait de ne pas laisser cette grande affaire entre les seules mains de d'Aure, qui en équitation voyait large et loin, mais n'approfondissait guère. Sans jamais le dire, l'homme était conscient de ses limites et avait parlé de s'entourer d'une sorte de collège où on le trouverait, lui, La Genevraye, mais aussi Pellier et Franconi, et bien sûr ceux de Saumur qu'il faudrait bien agréger, Ducroc de Chabanne et Cordier… La Genevraye avait convaincu d'Aure qu'il lui fallait Baucher pour qu'il y ait un peu de nouveauté dans la doctrine que cette nouvelle école devait reconstruire, en faisant la synthèse du meilleur de la tradition et des nouveautés venues du monde des courses et de l'équitation militaire.

— Mais, mon cher ami, répondit Baucher pour finir, cet homme me déteste et vous savez qu'il m'a nui sciemment en plus d'une occasion.

— Il m'a tout raconté… Il regrette cet enfantillage, mais croyez-vous sincèrement qu'il vous ait nui en 1814 en vous écartant de la vieille école où vous seriez devenu fou sous le chapeau de voltigeur et les vieilles perruques qu'il a lui-même si mal endurés avec quatre années de moins, ce qui compte à cet âge ? Et croyez-vous que vos références de piqueur chez le beau-frère de l'Usurpateur n'auraient pas été connues sans lui ? Vous n'en aviez pas d'autres à l'époque !

— Cela n'a pas empêché monseigneur de Berry de m'employer…

— Ce qui vous a permis de vous venger de d'Aure. Savez-vous qu'il arrivait encore au roi, longtemps après, de le taquiner en l'appelant « le sauteur » ?

— Mais depuis, toute la Normandie m'a vu chassé du Pin après la visite de la duchesse d'Angoulême.

— Là je vous rends le point, c'était mesquin de sa part… mais le « sauteur » était encore dans la bouche du roi : il avait peu d'esprit et quand une histoire l'avait fait rire, elle resservait souvent… Écoutez, d'Aure veut vous revoir et sait que vous vous rendez de temps en temps à Versailles chez vos parents : il attend votre visite à votre prochain voyage et serait heureux de vous inviter à son fameux carrousel.

Baucher avait grommelé, retroussé sa moustache, puis repris la leçon sans plus évoquer la question.

Et finalement il s'était trouvé une bonne raison de venir à Versailles à la mi-juillet; il avait choisi non pas de se présenter à l'école pour y rencontrer dans tout l'appareil de sa charge celui qui la dirigeait de fait sous l'autorité nominale de Boisfoucaud, mais de se poster sur cette borne où, tout jeune homme, il avait accoutumé de regarder passer les cavaliers, et avait un jour assisté aux difficultés d'un jeune élève écuyer…

Devant l'amabilité de son interlocuteur, il regrette maintenant sa faute de goût.

Et maintenant les deux hommes marchent de conserve, le cigare au bec, à petits pas, en devisant tranquillement; sans rien perdre de son ton d'ennui, parlant comme s'il s'agissait d'un devoir fastidieux de son projet, d'Aure l'avait décrit à peu près comme La Genevraye mais sans évoquer les autres écuyers auxquels il songeait, puis formulé une proposition du ton dont il aurait décrit une corvée dont il fallait bien que quelqu'un le délivre.

— Vous seriez l'un des maîtres écuyers, payé comme un lieutenant-colonel, logé, servi, avec quatre chevaux à vous nourris par l'école, et une charge qui vous laisserait le temps de vos recherches car je vois en vous, d'après ce que j'en sais, un véritable innovateur, fidèle à la tradition mais toujours en quête d'idées nouvelles et de procédés inédits... Vous jouiriez d'une grande liberté... à condition de lire cette... littérature ailleurs, bien sûr, termine le vicomte en souriant d'un air de suprême lassitude, touchant de sa badine le journal que Baucher a gardé roulé dans sa main droite.

*Le Constitutionnel* est l'organe officiel de l'opposition à Charles X...

Mais rien de politique dans le projet dont on lui parle : au contraire, il s'agit de fondre le corps des pages qui sentait si fort son ancienne Cour dans une institution dont il trouve l'allure plutôt napoléonienne, et dont le côté rationnel devrait plaire aux libéraux.

Il remercie, tergiverse, évoque la liberté dont il jouit comme maître de deux manèges.

— Allons donc, mon cher, je sais ce qu'est cette vie : celle d'un forçat qui enchaîne les leçons à des élèves dont un sur dix est intéressant, avec des chevaux abêtis par le « moulin » ; tandis que notre école recevrait la crème des cavaliers militaires et des meilleurs élèves des manèges civils. Et nous aurions les moyens d'acheter de bons chevaux en Normandie où je pense qu'à nous deux nous savons où trouver les meilleurs ! Le carrousel que j'ai organisé pour recevoir la Dauphine et le duc de Nemours vous donnera une idée de ce que j'ai pour ambition. La Genevraye m'a promis que vous viendriez : il passera vous chercher si vous le voulez bien – et cette fois je vous présenterai, n'en doutez pas. Vous ne pouvez pas me refuser cette occasion de racheter mes mauvaises manières !

Le ton de lassitude s'était fait caressant, le sourire presque timide et suppliant, et il y a quasiment de l'humilité dans la manière dont il penchait la tête de côté... une poignée de mains scella ces retrouvailles.

Revenant chez ses parents, Baucher peste en lui-même : ils n'ont pas dit un mot de l'équitation ni de ses principes – et surtout d'Aure lui fait cette proposition sans l'avoir jamais vu à cheval, sauf un quart d'heure en forêt douze ans plus tôt... Se peut-il que ce que le Nez-de-Cuir lui avait dit de ses prouesses normandes lui suffise ? C'en était presque injurieux... « On verra bien demain », se dit-il.

Le lendemain soir il n'est pas plus avancé : le spectacle a été superbe dans son genre, majestueux et bien réglé, avec ce qu'il faut d'uniformes galonnés, de selles soutachées et de crinières enrubannées, dans le décor glorieux des exploits de La Bigne. La Genevraye n'a pas trop eu à le pousser du coude pour qu'il applaudisse, mais un je-ne-sais-quoi l'a empêché de partager l'enthousiasme de son ami normand, surtout au moment du solo final de d'Aure qui exécuta au grand galop son fameux « tête-à-queue », avant de faire mine de charger la princesse et le petit prince descendus dans le manège pour s'arrêter pile devant l'enfant tremblant d'une peur délicieuse et la vieille dame ravie. Plus tard, invité à faire sa révérence devant l'orpheline du Temple et le tout jeune duc de Nemours, Baucher fut saisi d'une impression étrange, comme s'il avait devant lui deux morceaux d'histoire, l'une majestueuse et dépassée, l'autre encore en puissance.

— Voici monsieur Baucher, madame, l'un des plus savants écuyers qui soient, qui servit en son temps votre regretté beau-frère, monseigneur le duc de Berry.

La princesse était grande, un peu hommasse, souriant à la commande en gardant toujours dans son expression quelque chose de mélancolique qui rappelait ses épreuves. Elle eut la grâce de murmurer : « Oui, oui, je me souviens fort bien d'avoir croisé monsieur dans les chasses » – ce qui était après tout possible car elle montait beaucoup et fort bien.

Baucher ne s'attarde pas, félicite et salue le héros du jour très entouré, et file attendre La Genevraye à l'auberge limousine, fameuse pour son gigot aux haricots, autrefois fréquentée par les maçons de Versailles qui venaient de cette province, et qui pour l'heure brillent par leur absence : depuis l'achèvement sous la direction de Dufour du pavillon qui porte désormais son nom, on n'a plus rien construit et à peine restauré le château qui rappelle à Charles X de mauvais souvenirs. Il chasse assez souvent dans le parc, et voilà tout. La ville reste somnolente, et prend décidément des airs de province.

La Genevraye laisse s'émousser la pointe de leurs appétits avant d'entreprendre Baucher :

— J'espère que vous êtes convaincu.

— Sans doute, mais de quoi ? J'ai vu des pages qui montent bien à cheval dans le goût des d'Abzac, c'est-à-dire comme sous Louis XVI ; ils ont convenablement déroulé leur reprise où le plus difficile était de garder un bel ensemble, ce qui fut bien le cas, leurs chevaux sont soumis sinon bien mis… il n'y a rien à dire. Mais il faudrait les voir un par un pour se faire une idée, et savoir combien d'entre eux peuvent dresser un cheval…

— Et d'Aure ?

— J'ai mieux aimé ce que j'ai vu ici qu'au Pin, c'est certain ; ce qu'il tire de son cheval est remarquable, mais il faut plus d'un cheval mis pour faire un écuyer, et il ne semble guère vouloir en faire d'autres. Nous avons tous la chance, de temps à autre, de rencontrer un cheval avec lequel nous nous entendons d'emblée ; c'est ce que recherchent naturellement les amateurs, qui ont bien raison de le faire puisqu'ils montent pour leur plaisir. Mais un écuyer se juge aux chevaux mal disposés qu'il soumet, pour les donner à des cavaliers peu doués qu'il a formés à monter indifféremment l'un ou l'autre, sans que jamais la violence soit nécessaire.

— Vous n'êtes pas facile à faire changer d'avis, ma parole !

— Des élèves qui ratiocinent et un maître génial qui improvise ne font pas une école... d'Aure monte comme personne, mais qu'a-t-il enseigné à ses élèves de plus ou de mieux que n'importe quel maître de manège ? C'est toujours le même salmigondis de vieux maîtres mal compris et des faux principes de l'équitation des troupes de l'Empire – quand on formait les recrues en six jours.

— Mais le projet de d'Aure n'est-il pas bon dans son esprit ? Il veut justement que l'on cesse de tenir une école de pages comme autrefois et que l'on organise un enseignement de l'équitation conforme aux besoins du royaume.

La Genevraye se passionne : il ponctue ses paroles de gestes de professeur, dressant le doigt comme pour se faire comprendre d'un élève un peu obtus.

Baucher reste impassible et répond de sa voix brève, souriant parfois sous sa moustache de l'enthousiasme de son ami :

— Oui, mais il ne suffit pas que l'organisation soit raisonnable : encore faudrait-il enseigner et pratiquer une équitation sérieuse.

— Pourquoi ne serait-ce pas le cas dans la future école ?

— Tant que l'influence dominante sera la sienne, j'en doute.

— Ne croyez-vous pas qu'il soit sérieux ?

— Il ne l'est que trop… Savez-vous qu'il monte le moins possible car, selon lui, les chevaux lui ont appris tout ce qu'ils pouvaient ? Ce n'est pas l'équitation qui l'intéresse, c'est le poste qu'elle peut lui procurer… et je n'ai aucune vocation à être son caudataire.

— En bref, ce que vous reprochez au projet, c'est avant tout d'être celui de d'Aure et non le vôtre ?

Baucher s'accoude et se penche vers son convive, serrant les poings joints au-dessus de son assiette où refroidit le fameux gigot. Il a une expression que La Genevraye ne lui connaît pas, soulevant le masque impassible, bienveillant et réservé du maître de manège. La voix mate s'éclaire, vibre, prend de l'ampleur, et le voile de son regard se soulève sur un éclat qu'il ignorait :

— Qu'attendre d'un chef d'école aussi peu intéressé par l'art qu'il s'agit d'enseigner ? Le premier enseignement n'est-il pas celui de l'amour des chevaux et du bonheur de les monter, d'aborder chaque nouveau sujet comme un musicien qui déchiffre une nouvelle partition, un nouveau continent à découvrir – ou tout simplement un nouvel ami à conquérir ? Monsieur d'Aure se vante de monter « à première vue » n'importe quel cheval, comme un soudard qui vole un baiser à une femme… alors que le bonheur, c'est de séduire, et d'obtenir ce que l'on veut de bon gré. En dehors de ces exploits, l'équitation l'ennuie ! Je ne me sens rien de commun avec lui.

Achille de la Genevraye aurait à redire des méthodes de « séduction » du maître car, si dans son livre il insiste sur la « délicatesse » et les « ménagements » avec lesquels il faut user de l'éperon, il a quelquefois vu saigner les flancs de ses chevaux, et plus encore ceux de ses élèves. Mais il ne doute pas de sa passion équestre, et se désole de ce que d'Aure, qui la partage au fond, ait pris devant lui ses airs dégoûtés de dandy fashionable revenu de tout.

« Il y a bien autre chose qu'une querelle de méthodes entre ces deux-là », se dit-il, et de fait on n'a jamais entendu dire que d'Aure passe neuf ou dix heures à cheval par jour comme le fait à coup sûr Baucher, qui ne met pied à terre que pour donner leçon.

Le vicomte a d'autres obligations et sans doute d'autres plaisirs : administrer son école, aller en Normandie pour acheter les meilleurs chevaux, se faire voir aux Tuileries… et il est vrai qu'on ne le croise guère à cheval que de temps à autre sur le Cerf, ou sur les chevaux de chasse avec lesquels il accompagne le roi au plus près. Les mauvaises langues disent même que la préparation du carrousel de la duchesse n'a eu pour lui qu'un inconvénient : devoir remettre au mieux de sa forme pour une reprise son cheval de présentation, galvaudé d'habitude en des promenades qui sont, deux ou trois fois par semaine, son seul exercice équestre.

D'autres disent aussi que d'Aure n'avait nullement désiré devenir écuyer, qu'il avait été placé à Versailles par son cousin Gramont mais ne rêvait que de rejoindre l'armée.

— Jusqu'au jour où il y est parvenu, avait raconté un soir au Café de Paris l'écuyer de Saumur Novital, connu pour son mauvais caractère et sa franchise. Il s'est fait emmener comme écuyer par le duc d'Angoulême qui commandait en titre l'armée d'Espagne, mais il s'est efforcé de se faire passer pour l'un de ses aides de camp en usurpant plus ou moins leur uniforme, et en suivant l'état-major sur le champ de bataille.

— Et alors ? lui demandèrent en chœur les fumeurs de cigare de deux heures du matin.

— Et alors, dit le conteur dont la belle conduite au Trocadéro était connue de tous, cela ne lui a guère plu : il s'est aperçu que l'exercice n'était pas sans danger quand un boulet de l'armée des Cortes a tué son cheval sous lui. Il s'est souvenu tout à coup qu'il était écuyer civil et avait des choses très importantes à faire à l'arrière pour préparer les équipages du prince et veiller à ses prochaines étapes. Il leur doit sa Légion d'honneur !

La suite de l'histoire s'était perdue dans les rires et la fumée des âcres cigares toscans.

Qu'il soit écuyer par dépit ou par couardise importait peu : il est certain que d'Aure voit au mieux comme un travail, au pire comme une corvée, l'équitation académique dont les années de tape-cul infligées par les d'Abzac l'ont définitivement dégoûté, même si elles l'ont fait entrer dans ses os et ses muscles à un tel point qu'il y excelle presque d'instinct. Il est comme un ténor à la voix superbe qui n'aime pas chanter – ou l'un de ces castrats condamnés à vivre d'une voix d'or à laquelle on a sacrifié pour eux toutes leurs autres ambitions possibles.

Il l'avait dit un jour à La Genevraye :

— On me dit apôtre de l'équitation d'extérieur, mais justement à l'extérieur on n'a pas besoin d'équitation :

il suffit de tenir à cheval et de se diriger pour se promener plus vite qu'à pied. Et ce que j'aime, c'est me promener car la chasse en fait est fort ennuyeuse avec tous ces tours et retours sur soi-même qu'impose le gibier. Je monte assez bien pour que n'importe quel cheval me transporte où je veux sans fatigue, et voilà tout ce qu'il faut savoir si l'on n'est pas un saltimbanque.

Le Normand – qui aimait la chasse et le manège – avait alors compris comment lui placer Baucher pour sa grande école : il ferait tout ce travail d'instruction et de théorie qui ennuyait le vicomte autant que les comptes et la paperasse, qu'il faudrait aussi confier à d'autres :

— Vous aurez un comptable pour votre caisse et Baucher dans votre manège, et vous régnerez là-dessus par votre autorité et votre influence auprès du roi.

La Genevraye ne racontera jamais tout cela à Baucher : il s'est promis de conduire ces deux hommes à travailler ensemble car il est convaincu que l'un a l'entregent – c'est vrai – et le sens de l'organisation – c'est moins sûr – pour reconstruire une école d'équitation française, pourvu que le talent de l'autre soit là pour en assurer la qualité. Il s'est mis la chose en tête et ira jusqu'au bout pour qu'elle devienne réalité. Mais il faudrait pour cela un minimum d'*affectio societatis* entre ces deux fortes têtes que tout éloigne…

Baucher continue, penché sur sa tasse de café tenue à deux mains, sa voix descendant du sourd au rauque :

— Quand je pense qu'à l'âge où je guettais monsieur d'Abzac dans les rues de Versailles en me demandant comment le fils d'un marchand de vin pourrait approcher cette espèce de dieu, lui recevait ses galons d'élève écuyer sans même l'avoir demandé ! *Margaritas ante porcos*... poursuit l'écuyer qui ne déteste pas montrer qu'il a des lettres. Pour lui les chevaux sont des moyens de transport tout au plus – des moyens de le transporter aux pieds du trône : il serait cuisinier ou porte-coton si cela lui permettait d'être plus près du roi...

À bout d'arguments, La Genevraye risque le tout pour le tout :

— Mais avouez qu'il est le seul à pouvoir porter à l'oreille du roi la nécessité de régénérer notre équitation. À moins que vous ne vouliez vous charger de la besogne ?

— Très peu pour moi, croyez-le bien. Je n'aurais aucun goût ni aucune capacité pour toute la besogne administrative et matérielle d'un directeur, sans parler des ronds de jambe à la Cour ; monsieur d'Aure veut être évêque. Quant à moi je veux écrire un nouvel Évangile... Je vois l'équitation différemment, je l'étudie dans ses détails et sa mécanique depuis quinze ans et mon ambition n'est pas d'obtenir un poste, mais de proposer à tous les cavaliers une nouvelle méthode pour dresser les chevaux, qui révolutionnera l'équitation. Et ce que j'ai vu aujourd'hui me montre que c'est vraiment nécessaire. Ce qui m'inquiète, c'est de savoir si mes découvertes pourront profiter à tous. Songez aux vingt à trente mille chevaux que l'armée casse ou fait semblant de dresser, et aux recrues que l'on envoie à l'ennemi tenant à peine à cheval...

Achille commence à en avoir assez et d'un ton sans réplique :

— Une grande école nationale serait le plus sûr moyen, Baucher, et vous le savez bien.

Baucher s'apaise et réfléchit, le menton dans la main, regardant bien au-dessus et au-delà de l'épaule de son interlocuteur.

La flamme de son regard s'amenuise, et c'est de son habituel ton monocorde qu'il répond, après un long silence.

— Peut-être ; il faudra voir... Ne dites rien à d'Aure de ce que je pense de son équitation et de celle de ses élèves, sinon que j'ai été impressionné favorablement, ce qui est vrai car je m'attendais au pire. Vous pouvez lui dire que je le remercie et que quand son projet prendra forme, je verrai comment y contribuer. Il aura tout mon soutien... s'il va son chemin et si ce gouvernement dure assez longtemps.

— Que me dites-vous là ?

— Ma foi, il me semble qu'à force de fouetter sa monture sans raison et de lui retourner la bride dans la bouche, on risque de se faire désarçonner – et c'est exactement ce que fait notre roi.

— Croyez-vous ? Il me semble au contraire que la dynastie n'a jamais été aussi assurée...

— Dans vos campagnes peut-être, mais vous qui êtes souvent à Paris, ne sentez-vous pas cela ? Tous le disent : on est au bord d'un nouveau tourbillon. On parle de renvoyer Martignac pour que le roi ait un gouvernement à sa main... On peut craindre le pire ! Paris ne laissera pas revenir l'Ancien Régime, mon cher marquis, et c'est Paris qui a fait la Révolution.

— Nous verrons bien si nous les laissons recommencer, grommelle l'aristocrate, légitimiste jusqu'à la moelle. Mais je ne suis pas sûr que nous soyons du même avis là-dessus et je préfère en rester sur votre accord, car pour moi il est temps d'aller coucher mes vieux os entre deux draps !

Treize mois plus tard, c'est à la nouvelle des journées de Juillet que Baucher revint à Versailles toutes affaires cessantes :

il craignait pour ses vieux parents les désordres qui pourraient se produire en ville, et que Charles X évita en n'essayant pas d'y faire passer sa route d'exil… Peu de jours plus tard, il aperçut de loin le vicomte qui surveillait le chargement de ses meubles sur une charrette dans la cour de l'école des pages… et cette fois il fit le bon choix en passant au large.

Quelques temps passèrent avant que l'on ne vendît les chevaux de l'écurie, y compris le Cerf qui échut à Kuntzmann, directeur du manège Soubise de la place de la Madeleine ; c'est là qu'un jour d'Aure le monta une dernière fois, cédant aux supplications de lord Seymour, qui fut si ému par le spectacle qu'il acheta le cheval et le fit abattre sur-le-champ.

# Deuxième partie

# Face à face

# Chapitre V
# Un prophète

*« Je ne vais pas tarder à monter à Jérusalem. »*

*Rouen, manège Baucher, 20 mars 1833*

L'avènement de Louis-Philippe a écœuré La Genevraye : il ne conçoit pas chez un gentilhomme – chez un prince ! – la déloyauté du chef de la branche cadette, dont le devoir était selon lui de mettre sa popularité au service de la branche aînée – quitte à accepter une régence en attendant la majorité du duc de Bordeaux.

Il l'a dit haut et fort, et quand le lamentable cortège de l'exil royal est passé dans l'Orne, il est allé faire sa cour à son roi, au Merlerault, où le souverain était reçu par son ami La Roque, un autre éleveur renommé. L'étape dura deux nuits, comme si l'on s'attardait dans ce pays qui, trente ans plus tôt, s'était levé pour la légitimité. Nez-de-Cuir était aussi à Argentan quand la famille royale y avait entendu la messe ; la duchesse d'Angoulême l'a reconnu – mais tout le monde le reconnaissait – et a mélancoliquement évoqué le bel accueil reçu l'année précédente en Basse-Normandie et au haras du Pin – devant lequel on n'avait hélas fait que passer. Trompant un instant la surveillance des commissaires du gouvernement, La Genevraye, toujours romanesque, s'est proposé à la Dauphine pour les enlever, les serrer quelque part, et organiser une nouvelle chouannerie. On agglutinerait la noblesse de l'Ouest aux Gardes du Corps, et on marcherait sur Paris à la suite du roi et de son fils... Elle l'a regardé de ses yeux clairs et tristes qui seuls témoignaient encore d'une sorte de beauté fanée, et de sa voix de rogomme : « Il n'est plus temps pour cela, monsieur, mais le roi sera bien aise que vous l'ayez proposé. »

Avec d'autres gentilshommes du voisinage, et aussi d'ailleurs quelques bourgeois, il fit la route parallèle à celle des exilés jusqu'à Cherbourg, et assista dans la foule à l'embarquement de la famille royale, se réjouissant pour la première fois de porter son masque, qui cachait ses larmes... mais ne l'aida pas à passer inaperçu : dès le mois d'août, il fut destitué de sa mairie de La Genevraye.

Pendant les deux années qui suivirent, Achille de La Genevraye mérita son prénom et se retira sous sa tente, dans ses terres normandes où il ne parlait plus guère à personne, négligeant son école de dressage et ne répondant plus aux invitations du directeur du Pin. Il ne pardonnait pas à Bonneval d'avoir reçu les commissaires de Louis-Philippe accompagnant le roi pour leur faire visiter le haras – ce qui lui valut sans doute de rester en fonction deux ans de plus alors que l'administration des haras était purgée de nombreux officiers soupçonnés de légitimisme, et même un instant menacée dans son existence par le libéralisme ambiant, comme elle le serait pendant toute la monarchie de Juillet.

Quand il reprend sa vie parisienne, il ne retrouve pas ses habitudes d'étapes à Rouen... se disant que probablement Baucher ne partagerait pas ses sentiments, et surtout intéressé désormais par les courses, que le nouveau régime encourage et développe avec enthousiasme : les princes font courir, élèvent, et le monarque anglomane voit d'un bon œil les Parisiens de toutes classes se presser au Champ-de-Mars.

Il a attribué le haras de Meudon, berceau des pur-sang français, à son fils aîné le duc d'Orléans, qui entretient une écurie souvent victorieuse sous des couleurs – écarlate, toque bleue et glands d'or – qui sont celles de la Maison de France et de la Ville de Paris. Plus de vénerie ni de pages, on est dans l'air du temps.

On court aussi chaque année au Pin, et La Genevraye a eu la joie de voir gagner plus d'un des produits de son élevage.

À Paris, les courses officielles du Champ-de-Mars sont concurrencées par celles qu'organise l'Anglais Bryon au bois de Boulogne, qui s'y prête d'autant mieux que les coupes claires des cosaques de 1815 sont encore loin d'être repoussées, laissant en bien des endroits une steppe parsemée de boqueteaux de jeunes arbres faméliques, propice aux galopades. La Genevraye est assidu, suivant à cheval les courses avec ses amis fashionables.

Au Café de Paris et chez Seymour, on ne s'occupe que de pur-sang et de courses. Il ne s'agit de rien de moins que d'établir un stud-book du pur-sang français – et c'est chose faite depuis le 3 de ce mois de mars 1833 –, mais aussi de créer un équivalent français du Jockey Club de

Newmarket, pour régenter les courses de galop comme il se doit, au lieu de les laisser à d'obscurs fonctionnaires... Achille se passionne pour le sujet. Vue du cœur de ce tourbillon turfiste, l'équitation académique semble figée dans le souvenir. Il se refuse à vivre dans le regret du passé, et s'étourdit de cavalcades et de paris comme autrefois il oubliait, en chargeant en tête des escadrons de l'Empereur, qu'il lui fallait servir un usurpateur pour défendre son pays. Et il lui semble confusément que sont d'un autre temps l'ambiance de chapelle silencieuse des manèges, le travail inlassable qui obtient d'un animal de quatre cents kilos des élégances de danseuse, et même les jouissances secrètes et fugitives que l'on ne partage qu'avec son miroir quand enfin se dénoue cette force animale et que s'installe la légèreté, avec son langage de gestes qui chuchotent et transforment la puissance en grâce.

La légèreté, bien sûr... mais l'impulsion ? L'impulsion naturelle du cheval, ce désir irrésistible de se porter en avant qui l'entraîne jusqu'au grand galop si on le laisse exprimer sa nature, n'est-elle pas un don des dieux ? La beauté du cheval lancé à toute vitesse, buvant le vent de ses naseaux dilatés, développant son galop à ras de terre pour couvrir plus de terrain, n'est-elle pas aussi émouvante que celle de ces diverses manières de piétiner que l'on appelle airs de manège ? Et n'est-il pas plus grisant de se laisser porter, les rênes amollies non par l'excès de soumission du cheval mais par le consentement du cavalier, glissant sur la ligne de crête entre la recherche de la vitesse et l'emballement pur et simple, dans un bruit de tonnerre, poussant le galop jusqu'à ce moment où l'on croirait chevaucher un serpent ou un dragon ?

Il en était des chevaux comme des arbres dans les parcs des châteaux, dont l'un après l'autre les propriétaires faisaient arracher charmilles, boulingrins, topiaires et broderies de buis, pour recréer une nature apparemment sauvage à force de terre remuée et d'arbres exotiques, cèdres aux branches anarchiques et saules pleureurs informes remplaçant les ormes dociles à la taille et les tilleuls aux houppiers en boules harmonieuses : les êtres vivants domestiqués devaient faire librement parade de leur force vitale pour mieux montrer leur soumission au bon plaisir de l'homme, le galop de course étant au piaffer ce que le cèdre est au marronnier d'alignement.

« Tout cela, se dit-il parfois en pensant à ses reprises d'autrefois, n'était que nostalgie de l'Ancien Régime et plaisirs d'un pays sur lequel régnaient des vieillards impuissants et cyniques. » Louis-Philippe est un usurpateur, mais il a compris son époque : plus de pages en tricorne qui pilent du poivre sur des selles à piquer, mais des aides de camp filant en souplesse au trot enlevé sur leurs chevaux et leurs selles anglais. Peut-être au bout du compte faut-il accepter le progrès, à cheval comme à pied ? Peut-être vouloir retrouver l'art équestre du temps de Louis XV ne vaut-il pas mieux que de bâtir des châteaux « gothiques » avec sept ou huit siècles de retard ? Il se rend bien compte qu'il cède à l'époque, mais il y trouve le confort d'être du même avis que tout le monde, ce qui l'autorise à ne participer aux conversations des salons que par des monosyllabes approbatives, assourdies par son masque. On en vient à croire que les sabres cosaques lui ont enlevé une partie des cordes vocales, que parler lui est difficile, et on le laisse en paix.

Un soir pourtant, au Café de Paris, il entend un nom familier. Un groupe écoute, incrédule, le marquis de Saint-André raconter une histoire, le dos à la cheminée de l'un des salons réservés au « petit cercle » de Seymour :

— Oui, messieurs, ce Baucher est étonnant; vous connaissez tous Régulus, mon cheval alezan si beau et si difficile?

— Bien sûr, le cheval qui ne va que d'un côté! s'écria un barbu qui fumait une longue pipe. Et que du côté gauche, ce qui peut vous mener loin politiquement parlant!

— C'est un bon cheval pour se faire peindre dessus, ajouta un faiseur de mots, il est magnifique à l'arrêt mais on ne peut rien en faire; autant vaudrait l'empailler!

— La plus belle maquignonnade du marchand qui vous l'a vendu, conclut un troisième.

— Depuis, c'est votre croix, reprit le faiseur de mots...

Et tous s'esclaffèrent ensemble en s'exclamant :

— La croix de Saint-André!

— Je l'ai mené sans succès dans tous les manèges, reprit Saint-André sans se vexer... D'Aure lui-même s'est avoué vaincu et m'a conseillé de le vendre, mais avec ce défaut que tout Paris connaît, c'est impossible. Alors je me suis résolu à l'emmener à Rouen, où j'ai encore mon hôtel de famille, en me disant que peut-être j'y trouverais un acheteur.

— Une dupe, vous voulez dire!

— Il n'allait pas trop mal attelé et j'étais prêt à le vendre le quart de son prix pour m'en débarrasser. Mais là-bas on m'a parlé de ce Baucher qui a repris le cirque de Franconi pour en faire une école d'équitation; on dit qu'il applique des principes tout nouveaux et surtout remet aux ordres les coquins les plus difficiles. J'y ai mené Régulus en conduisant moi-même.

— La route est droite au moins? plaisanta l'homme à la pipe, dont plus personne ne relevait les boutades.

— J'avais pris rendez-vous avec Baucher ; croyez-moi sur parole, messieurs, je m'attendais au pire et surtout à des brutalités, ce que je n'aurais pas laissé faire. Mais rien de tel... Cet homme est une espèce de magicien. Il l'a d'abord travaillé à pied, le faisant tourner à droite et à gauche avec la cravache, puis s'est mis en selle sur un cercle à gauche, le côté qui va bien. Mon Régulus se couche d'abord sur son cercle, le rétrécit tant qu'il peut, mais Baucher le pousse vers l'extérieur avec la jambe gauche ; il a fait cela plusieurs fois : rétrécir le cercle puis l'agrandir.

— Du pur Newcastle, dit l'homme à la pipe qui était connaisseur et anglomane quand il oubliait d'être sarcastique, et citait avec un peu de cuistrerie l'écuyer de Charles II d'Angleterre, précurseur de La Guérinière.

— Au bout de deux ou trois tours, Régulus ne tombait plus dans son cercle à gauche comme il le faisait sans cesse avec moi ou tout autre ; la jambe intérieure était un mur ! Alors Baucher a quitté son cercle à gauche pour aller prendre la piste à main droite ; la piste est ronde là-bas je le rappelle, donc marcher sur la piste, c'est déjà tourner à droite, et il y est parvenu par des effets de la rêne extérieure d'abord, la rêne gauche. Régulus tournait à droite en regardant à gauche, mais il tournait !

— Et pourtant il tourne ! ne put s'empêcher de glisser le faiseur de mots au milieu d'un hourvari. Cela suffit, laissez parler Saint-André !

— Mon histoire est presque finie : il a fait un tour comme cela puis, en badinant sur les rênes, il a ramené le nez du cheval à droite et voilà tout... Il est parti au trot, puis au galop, et voilà mon cheval qui depuis va des deux côtés sans broncher.

— Un vrai cheval juste milieu, termina le faiseur de mots qui eut droit pour celui-ci à l'indulgence du public.

— Il m'a simplement expliqué qu'il avait fait « une manière d'épaule en dedans de monsieur de La Guérinière », mais « en faisant l'analyse au lieu de faire la synthèse »... Qu'en dites-vous, La Genevraye, vous qui êtes un véritable écuyer ? demanda Saint-André en se tournant vers Achille qui s'était rapproché.

— J'en dis que je ne suis pas surpris car je connais cet homme depuis dix ans et plus, et je sais ce qu'il vaut, mais j'aurais aimé voir ça !

Rentré chez lui, Nez-de-Cuir écrit à Baucher pour lui raconter comment on parle de lui dans le cénacle le plus élégant et le plus cavalier de Paris, et lui demander s'il lui plairait qu'il revienne le voir. Il reçut la réponse par le prochain courrier :

> *Mon cher La Genevraye,*
>
> *Quel plaisir de vous lire ! Je pensais justement à vous car j'ai des projets dont je voudrais vous parler, et aussi quelque chose à vous montrer. Vous serez le bienvenu quand vous voudrez – et nous ne parlerons ni de politique ni de monsieur d'Aure, qui d'ailleurs semble faire œuvre très utile pour l'élevage normand à ce que j'entends dire.*

En effet, d'Aure, aidé par la Genevraye et quelques amis, est en train de créer une sorte de société d'« importation » à Paris des meilleurs chevaux choisis dans les foires normandes, qu'il ramène pour les dresser dans son manoir de Montendre avant de les présenter rue Cadet où il tient manège. Car si le pur-sang s'affirme comme le cheval de course par excellence, le cheval de service parfait demeure, ils en sont convaincus, le demi-sang anglo-normand.

Trois jours plus tard, Baucher le régale de canard au sang à la rouennaise en lui reprochant d'avoir mis si longtemps à revenir le voir, et prudemment il s'ouvre à lui de ses doutes. À sa grande surprise, Baucher opina :

— Vous avez raison sur le diagnostic, mon cher, mais pas sur le traitement ! Bien sûr que l'on ne peut monter aujourd'hui comme il y a cinquante ou cent ans, mais est-ce une raison pour mal monter ? Et puis il faut toujours dresser les chevaux, n'est-ce pas ? Et dans cette matière, il faut bien sûr que le progrès s'impose comme il le fait partout à notre époque, et que la raison inspire des procédés nouveaux. C'est ce que je voudrais faire comprendra à tous, et pour cela...

Prenant un air mystérieux, il sort d'une sorte de serviette d'encaisseur posée sous la table que Nez-de-Cuir ne lui connaît pas... un livre, son livre, le *Dictionnaire raisonné d'équitation.*

— Voici le nouvel évangile, cher ami. Vous avez droit à l'un des tout premiers exemplaires, et je ne vais pas tarder à monter à Jérusalem pour le prêcher.

— Et vous faire crucifier, cela va sans dire, s'écrie La Genevraye en s'essuyant vite les mains pour saisir l'ouvrage, qui est d'un certain poids...

« Pas seulement au sens propre », songe-t-il le soir venu quand il l'a parcouru.

De fait le dictionnaire est parfois abscons, mais presque toujours passionnant pour un homme de cheval... et après avoir passé une bonne partie de sa nuit à le compulser, Achille sera quand même au rendez-vous que lui a donné Baucher dès potron-minet pour le voir « monter et démontrer », comme il dit.

Le maître le fait asseoir au premier rang des gradins vides avant de monter sur un cheval qu'on lui amène.

— Je vous présente Bienfaisant – le bien-nommé, car si saint Paul eut la révélation en tombant de cheval, celui-ci m'a permis de la recevoir sur son dos.

Bienfaisant ne paye pas de mine : c'est un fort alezan normand, aux attaches noueuses, aux paturons velus, et qui se distingue par les formidables ganaches qui lui cuirassent la figure de chaque côté et semblent devoir opposer un empêchement mécanique à la moindre flexion – qu'à l'étonnement de son invité, Baucher n'essaye pas de lui appliquer avant de le monter.

Il fait un ou deux tours à chaque main. L'allure est traînante et, malgré la liberté que lui laisse son cavalier, Bienfaisant ne cesse de tirer sur ses rênes, tantôt vers le bas et tantôt vers le haut, refusant visiblement tout ce qui pourrait ressembler à une ébauche de rassembler. L'arrêt n'est guère plus réussi : les quatre pieds formaient bien un rectangle à peu près régulier, mais les postérieurs étaient loin derrière la verticale de la croupe, et l'encolure s'affaissait sous le poids de la grosse tête qui pendait loin devant, dans une extension qui semblait ne jamais se satisfaire de l'allongement des rênes.

La Genevraye ouvre de grands yeux et se demande ce que ce bourrin peut bien avoir enseigné à un écuyer aussi fin que Baucher.

— Vous connaissez mon principe, dit ce dernier, c'est avec les chevaux les moins prédisposés par la nature que l'on peut découvrir les procédés les plus efficaces, car ce qui réussit sur eux ne peut manquer sur un cheval mieux fait. Celui-ci m'a résisté longtemps, refusant les flexions à pied et tirant inlassablement. Voyez plutôt.

Il prend le pas en s'efforçant de ramener un peu la tête de Bienfaisant vers son large poitrail en agissant alternativement à droite et à gauche, obtenant un certain rapprochement dont on voyait bien qu'il ne venait que par force, et réprimant à chaque foulée de pas un coup de tête vengeur.

— Je n'arrivais à rien et à un moment je me suis arrêté au milieu du manège, comme ceci, pour réfléchir – sans toutefois lâcher les rênes de peur de perdre le peu que j'avais obtenu. J'étais dans mes pensées, et mes mains ne cherchaient plus qu'à maintenir la tête dans la même position.

Il joint le geste à la parole et s'immobilise, figé, sans tirer ni rendre. Bienfaisant se fige aussi, l'encolure à l'horizontale et le chanfrein à quarante-cinq degrés ; quelques instants passent – une ou deux minutes qui semblent interminables au spectateur impatient – puis Bienfaisant lève la tête, basculant son encolure pour tirer vers le haut. Baucher reste impavide et sa main fixe comme une borne. Une minute passe ainsi peut-être, et tout à coup se produit le miracle : le gros cheval mâche son mors, ramène son menton vers son encolure puis vers son poitrail, et cède à la résistance de la main du cavalier qui ouvre aussitôt les doigts pour le récompenser.

— La première fois, ce fut sans doute plus long à venir, mais c'est exactement ce qui s'est passé, dit Baucher avec un sourire d'enfant qui joue un bon tour, et alors j'ai eu une inspiration, regardez.

Profitant de la soudaine décontraction de la mâchoire et de l'encolure, Baucher lève la main droite, avance la gauche, et voilà Bienfaisant qui fléchit à mordre la botte, à droite d'abord puis à gauche. Il relève bien un peu la tête au moment où il repasse dans son axe, mais à la deuxième exécution il passe d'un côté à un autre en souplesse.

— Vous me direz que c'est l'œuf de Colomb, continue l'écuyer en avançant dans un pas soudainement devenu élégant, s'arrêtant toutes les deux ou trois foulées en rapprochant à chaque fois un peu plus les postérieurs des antérieurs, mais je n'avais jamais pensé à faire mes flexions à cheval : j'étais sans doute arrêté dans ma pensée parce qu'à l'origine je m'étais inspiré du travail aux piliers, mais celui-ci est en réalité tout à fait inutile car un écuyer à la main solide est bien mieux placé que n'importe quel pilier pour résister.

La Genevraye opine :

— C'est en effet un progrès immense : plutôt que de se battre avec les chevaux qui tirent, on les contient…

— Oui, et surtout le travail des flexions se fait bien plus facilement ainsi – même si je recommande toujours d'en faire quelques-unes à pied avant de monter. Mais il y a autre chose : après la nuque et l'encolure, ne faut-il pas s'occuper des hanches pour que la souplesse et l'équilibre se confirment ? Jusqu'ici j'y parvenais à partir du bout de devant, mais j'ai trouvé mieux, regardez.

Et après une petite volte serrée à gauche, Baucher emmène Bienfaisant dans un mouvement bizarre : toujours ployé du côté gauche il tourne sur lui-même vers la droite, autour de ses antérieurs qui vont à petits pas pendant que les postérieurs s'écartent largement ; on croirait entendre grincer les rouages grossiers de ses articulations rustiques mais enfin il tourne, croisant le postérieur gauche sur le droit et regardant fuir sa hanche gauche d'un air tout étonné, mâchant son mors et faisant tinter sa gourmette.

Un instant plus tard, Baucher emmène au trot le rude animal, qui rebondit avec toute la vigueur de ses forts jarrets, le chanfrein à la verticale, fléchissant à volonté à droite et à gauche, avant de l'arrêter net :

— Ceci est nouveau aussi : je l'appelle « effet d'ensemble » parce que j'use à la fois des mains et des jambes pour prendre le contrôle complet des forces du cheval et le mettre bien en équilibre.

— Vous voulez dire que vous poussez et tirez en même temps ?

— Ah ah ! vous voyez tout de suite la subtilité de la chose ; c'est presque cela, mais dans une sorte d'alternance instantanée je passe des mains aux jambes en alternant attaques d'éperon et effet de main, c'est comme une vibration d'archet sur un violon... lààààà... Il faut surtout que les deux forces soient égales et ainsi j'atteins l'équilibre parfait, comme on met à niveau les deux plateaux d'une balance en ajoutant du poids sur l'un puis sur l'autre : c'est de la physique élémentaire.

Il flatte l'encolure du demi-sang désormais entièrement soumis, en équilibre et tout frémissant, avant de repartir au trot puis au galop dans un rassembler presque parfait ; Bienfaisant ressemblait à ces vieux soldats de l'Empire transformés par l'Empereur en courtisans, glissant dans les salons parisiens avec des grâces un peu balourdes.

Baucher s'arrête dans le calme pour continuer la conversation avec Achille, assis sur le banc circulaire recouvert de velours rouge clouté d'or qui délimitait la piste.

— Vous observerez que l'effet d'ensemble peut s'appliquer aux trois allures ; c'est comme la main gauche du pianiste, qui donne le fond de la mélodie jouée par la droite. J'obtiens ainsi l'équilibre parfait qui n'est ni assis sur les hanches comme autrefois, ni dégringolant sur les épaules comme... certains écuyers d'aujourd'hui, se reprit Baucher avant de manquer à sa parole en évoquant d'Aure.

— Ils diraient que vous prenez trop sur l'impulsion.

— Ah oui ?

Et Baucher lance son cheval dans un tour d'un trot allongé merveilleusement élastique et dynamique, passe par une transition instantanée dans son trot rassemblé, puis prend un petit galop, fait un tour de galop furieux qu'il termine par un arrêt pile, les quatre membres rapprochés dans ce rassembler excessif que les caricaturistes comparaient à la posture d'un chamois sur un pic. Tout commentaire est superflu.

— Vous voyez, cher ami, termine Baucher tout sourire, mettant pied à terre et caressant Bienfaisant qui commençait à écumer, que l'équitation peut progresser autrement qu'en accélérant ! L'impulsion n'est pas un torrent que l'on canalise tant bien que mal : c'est le cavalier qui la crée s'il veut la maîtriser.

— J'en conviens ; et ce que j'ai lu hier soir suffirait à m'en convaincre... Et donc vous vous préparez à porter la bonne parole dans la capitale ?

— Je voudrais votre avis là-dessus, Achille. Les Franconi dont je suis ici le locataire me poussent à m'associer avec Pellier pour diriger le manège de la rue du Faubourg-Saint-Martin.

Le dandy lisse pensivement le bouc qui était sa dernière concession à la mode.

— Vous allez trouver à Paris une rude concurrence : Kuntzman à la Madeleine, Latry rue de Ponthieu, Aubert rue de l'Arcade... Il y a des manèges partout dans les nouveaux quartiers élégants, et même au faubourg Saint-Martin qui ne l'est pas vraiment, mais Pellier est d'une lignée prestigieuse et il a une belle clientèle... ou plutôt il l'avait jusqu'à ce que d'Aure s'installe rue Cadet. Il compte sur vous pour lui faire pièce, j'imagine... Encore qu'à mon avis, d'Aure se ruinera vite : il s'imagine qu'un maître de manège est un grand seigneur qui reçoit ses amis à cheval alors qu'il n'est pas d'affaire à gérer plus étroitement.

— Je sais cela, figurez-vous... et justement les Pellier tiennent le poste depuis trois générations, ce qui me semble rassurant. Quant à moi, je ne me suis jamais pris pour un grand seigneur, vous le savez bien...

— Vous êtes simplement un prophète...

Baucher sourit et s'explique :

— Si je veux faire connaître mes idées, il me faut être à Paris, avoir des élèves qui parlent de moi dans le monde, rencontrer les écuyers et instructeurs militaires, et pouvoir en effet me mesurer aux autres, y compris celui dont vous parlez... et dont vous avez cité le nom le premier, mais qui m'obsède moins que vous ne le pensez.

— Enfin, vous viendriez à Paris au bon moment : jamais le cheval ne fut tant en vogue dans toutes les classes de la société, y compris chez les femmes ! Mais Dieu que l'on monte mal, et surtout sans le savoir... Vous allez devoir expliquer la beauté de votre art à des bélîtres qui ne songent qu'à galoper à fond de train, comme nous le faisions en chargeant, c'est-à-dire plus qu'à demi-emballés. Ils sont persuadés que c'est là l'équitation de l'époque et ne veulent plus entendre parler de l'équitation savante, qui est pour eux une vieille lune.

— Ils ont raison : je ne crois pas un instant à un retour au Versailles de la grande époque – je ne parle pas de celui de la Restauration, bien sûr… J'ai bien compris que l'on est de plus en plus pressé, mais quant à moi je cherche la rapidité dans le dressage des chevaux – trois mois pour un cheval ordinaire, six pour un cheval de haute école – et aussi dans l'éducation des cavaliers, que je prétends pouvoir lâcher au Bois avec avantage après trente jours de leçons. Voilà qui est assez moderne, non ?

— Voilà qui serait du goût des Parisiens, c'est certain ; mais quant à moi, je prétends continuer à prendre des leçons après trente ans de pratique !

— Mais vous êtes un écuyer, cher ami, pas un simple cavalier puisque vous dressez vos chevaux vous-même. La plupart des gens se contentent de les monter – ou plutôt de monter dessus. J'espère avoir aussi quelques élèves de cette trempe, et pouvoir leur réserver le meilleur de mon temps.

— En tout cas, vous me permettrez d'être un peu votre guide à Paris où il faut connaître son monde et ses bonnes adresses.

— Si je comprends bien, vous ne me dissuadez pas ?

— Je ne donne jamais ce genre de conseil, et surtout vous me semblez déjà décidé. Et puis, au fond, je suis de votre avis, ce n'est qu'à Paris que vous trouverez l'écho que vous souhaitez à vos prophéties ! Mais vous y trouverez aussi mille jaloux qui voudront avoir raison contre vous, surtout si vous dérangez le ronronnement des idées convenues, ce qui me semble précisément être votre intention… et pour tout dire votre vocation.

Baucher sourit en cornant sa moustache, les yeux plissés comme un gamin qui fait une bonne blague :

— Mon but n'est pas de passer inaperçu en effet.

— Vous aurez contre vous les autres maîtres de manège, le faubourg Saint-Germain qui vous classera bonapartiste, et sans doute les militaires qui tiennent avant tout à leur routine. J'essaierai que Seymour et sa coterie soient neutres, mais il est très lié à d'Aure. Avez-vous assuré vos arrières ?

— J'ai hérité de mon père qui avait bien fait ses affaires, et je reste propriétaire du manège du Havre.

— Eh bien, prenez le temps de bien négocier avec Pellier qui est un fameux maquignon, et à vous Paris ! conclut le Nez-de-Cuir.

De fait, ce n'est qu'à la fin de 1834 que Baucher s'installera à Paris comme associé de Pellier, et commencera à donner des leçons au manège de la rue du Faubourg-Saint-Martin. Au même moment paraissait l'*Histoire pittoresque de l'équitation* d'Aubry, qui ne mentionnait pour le temps présent que trois écuyers : « Pellier de Paris, Baucher du Havre, et Daure ».

# Chapitre VI
# Comment étonner un critique blasé

*« Le beau idéal du genre cheval. »*

*7 juin 1839, Le Pecq*

Partisan s'avance, l'encolure étendue, de ce pas faraud et ondulant des chevaux qui ont bien travaillé, vers la tribune déserte où La Genevraye consulte la feuille qu'il a fixée sur une planchette avec quatre punaises. Un bout de ficelle attache un crayon à cet ustensile que l'on aurait mieux imaginé dans les mains d'un arpenteur ou d'un courtier en bestiaux que dans celles de l'irréprochable dandy, en frac de drap léger et culotte de casimir blanc, ayant choisi pour ce qui était presque une partie de campagne un simple gilet crème et une cravate verte assez lâche.

Il a un peu chaud en cette fin d'après-midi, comme le pur-sang dont l'encolure est blanche sous les rênes, et dont la robe bai châtain s'orne de vagues salines rappelant celles que laisse la mer en descendant sur les plages de Normandie…

des plages dont la fraîcheur se rappelle à lui sous la bâche qui protège mal du soleil la piste ronde désaffectée.

C'était pourtant une bonne idée qu'avaient eu Pellier et Baucher de proposer aux Parisiens un cirque équestre au bout de la première voie de chemin de fer, qui les conduisait ici en vingt-cinq minutes depuis l'embarcadère de la rue Saint-Lazare, coupant trois méandres de la Seine pour rejoindre le bateau du Havre. Le spectacle était bien composé : les dames colonels de l'armée, une douzaine de jolies amazones portant des costumes inspirés des brillants uniformes de la cavalerie, puis un grand tournoi de chevaliers en armures que l'on voyait ensuite dans un quadrille, avant que les Franconi, Pellier et Baucher présentent « les phases progressives de l'équitation », en montrant à tous ces bons bourgeois la beauté des airs de basse et haute école.

Pas besoin de s'inquiéter des horaires : des trains arrivaient et repartaient en temps et heure pour assister au spectacle et rentrer chez soi dans la soirée tout étourdi de son expédition, en ayant même dîné sous les ombrages ! Et c'était l'occasion de s'assurer que l'on ne serait pas asphyxié par la vitesse, ni étouffé par la fumée de ce nouveau moyen de transport, une attraction à lui tout seul.

Les Normands qui arrivaient de Rouen par le bateau à vapeur pouvaient eux aussi profiter de l'occasion et, dans les premières semaines, les deux mille places avaient aisément trouvé preneurs chaque soir.

Les deux compères échappaient ainsi aux vexations et aux procédures de Dejean, qui avait racheté le vieux privilège des « exercices équestres et chevaleresques » à Paris en même temps que ce qui restait du Cirque olympique, brûlé en 1826, cédé par les deux frères Franconi à leur neveu Adolphe, avant de sortir définitivement de la famille quand celui-ci avait fait faillite en 1833… et ruiné ses oncles qui n'étaient pas encore payés.

Dejean n'était nullement homme de cheval ni de cirque, mais un ancien boucher qui s'était enrichi en nourrissant les troupes des alliés occupant Paris en 1815.

C'était surtout un homme d'affaires avisé, et il n'avait nulle intention de laisser compromettre l'énorme investissement qu'il avait dû faire en reconstruisant le Cirque olympique – on parlait d'1 700 000 francs – par une concurrence illégale. Il avait le privilège exclusif d'organiser des spectacles équestres, et peu importait qu'il en soit incapable. Il remplissait cahin-caha ses salles en montrant des écuyères court vêtues sur leurs panneaux, des pantomimes et des acrobaties, et les Parisiens croyaient et disaient toujours qu'ils allaient « chez Franconi », tant la famille avait imprégné de son nom les lieux et le genre – alors qu'on se sentait plutôt chez Auriol, dont les acrobaties n'utilisaient les chevaux que comme supports ou obstacles à franchir par des sauts plus ou moins gracieux et toujours stupéfiants.

Pas question que l'on trouve ailleurs de vrais spectacles équestres : Dejean avait poursuivi et harcelé Pellier et Baucher qui, non contents de donner leçons à tout Paris dans leur manège du faubourg Saint-Martin, y avaient dès janvier 1836 donné une mascarade. Elle avait été d'autant plus courue que, selon la presse – qui ne se trompait pas –, les dandys des meilleures familles, leurs élèves, se dissimulaient sous les heaumes moyenâgeux des jeux chevaleresques ou les masques guerriers de la « grande manœuvre de cavalerie » – jusqu'à Baucher qui, déguisé en marin, faisait donner par son cheval le mouvement du roulis à un modèle réduit de vaisseau à trois ponts dans lequel il était encaissé !

Passait encore ce qui pouvait être présenté comme la fête annuelle du manège. Mais quand ils avaient relancé le Tivoli de la rue de Clichy avec des fêtes chevaleresques, combats à outrance et quadrilles équestres, la justice avait parlé : l'annexe estivale du Cirque olympique aux Champs-Élysées était ouverte depuis deux saisons à peine et Dejean avait obtenu l'interdiction. Les écuyers avaient de la ressource et, en 1838, ils avaient donc ouvert leur théâtre équestre du Pecq, associés à Laurent et Henri Franconi contraints de reprendre la cravache pour vivre. Baucher aidait aux répétitions, remettait aux ordres les chevaux difficiles, mais ne se montrait guère dans ces spectacles, si ce n'est brièvement pour la séquence historique.

« Je ne donnerai jamais dans la pantomime équestre ! » proclamait-il régulièrement.

Le succès n'avait duré qu'une saison : dès le printemps 1839 on apprenait que, ne pouvant les étrangler, Dejean avait acheté la paix aux Franconi et associés en les embauchant pour une nouvelle saison au cirque des Champs-Élysées, où le *Charivari* annonçait qu'ils allaient « substituer à d'insipides voltiges de belles manœuvres d'équitation ».

Plus aucune raison dès lors de tenir théâtre équestre au bout du quai du Pecq : on se borna là-bas à louer des chevaux pour la promenade en forêt de Saint-Germain, et à mettre au vert ceux que les manèges ou le spectacle fatiguaient un peu trop.

Et quant aux « belles manœuvres d'équitation », Dejean avait été très ferme : il voulait que Baucher s'en charge, qu'il continue à cadrer les amazones, mais aussi qu'il paie de sa personne :

— Ce sera l'événement de la réouverture, en juin. Vous aurez carte blanche pour présenter une belle reprise en musique, et Cuzent vous composera des airs rien que pour vous, qui lui seront payés !

L'ancien boucher en gros jouait au grand seigneur.

Moins généreux pourtant que l'ami Franconi :

— Vous serez le seul écuyer du spectacle, François, en alternance avec la Loyo ; j'aurai assez à faire avec les quadrilles à régler. Mais j'y mets une condition : vous monterez Partisan.

Baucher s'était un fait peu prier :

— Je le monte pour mon plaisir, je ne veux pas le partager... Il aura peur du public, il n'est pas assez dressé.

— Fariboles, répondait Franconi, vous avez trois mois pour le préparer et il sera magnifique !

Puis le prenant un peu à part de Dejean :

— Je lui ai promis et c'est ce qui l'a décidé à signer avec nous... Refusez et ce sera la ruine pour nous tous.

— Alors... si vous m'avez vendu d'avance, murmure l'écuyer dans un sourire. Je vais donc prostituer ma favorite !

Voilà pourquoi depuis trois mois, sur l'ancienne piste qui subsiste au milieu de ses gradins délaissés, le marquis de la Genevraye retrouve la planchette, la feuille et le crayon que Baucher lui a donnés la première fois qu'il est venu lui rendre ce singulier service : corriger son travail à lui, Baucher, l'écuyer en qui il n'était pas loin de voir le Dieu de l'équitation venu sur terre.

— Ce n'est pas compliqué, Achille : chaque dimanche je vous donnerai une feuille avec à gauche une liste d'exercices que j'aurai travaillés pendant la semaine avec Partisan, je les reprendrai devant vous, et vous écrirez dans la colonne de droite les remarques que vous voudriez faire. Et vous mettrez pour chaque exercice une note de 1 à 10.

— Moi vous noter, vous mon maître et mon professeur ? Mais c'est absurde !

— Mais non, c'est la seule façon rationnelle de procéder : je verrai ainsi si Partisan progresse ou régresse.

— Mais je suis incapable de vous juger ! Ces notes seront fausses… je suis certain de ne pas connaître la moitié des exercices que vous allez exécuter !

— Sans doute, mon cher, car il y en a plus d'un que je découvrirai en route ! répondit Baucher, pour une fois hilare, qui continua sur le ton plaisant qu'il affectionnait de prendre pour dire les choses les plus sérieuses. Mais cela n'a pas d'importance : juste ou faux, c'est toujours votre jugement et d'une fois sur l'autre, il me dira si j'ai progressé soit de la perfection au génie, soit de la médiocrité au passable. En d'autres termes, ce qui m'intéresse, c'est que l'instrument de mesure soit toujours le même, même s'il est faux – ce que je ne crois pas de vous, je ne dis cela que pour vous mettre à l'aise.

« On n'est pas plus aimable », songea La Genevraye, qui accepta néanmoins.

Et c'est ainsi que La Genevraye arrive chaque jeudi au Pecq, de Paris par le train ou de Rouen par le vapeur – son cache-poussière bien couvert de suie dans les deux cas – et reprend sa planchette pour noter Baucher.

Il parcourt la feuille :

— Douze 10 et six 9 sur dix-neuf exercices, annonça-t-il à Baucher qui s'approchait et arrêta Partisan juste devant lui, vous êtes prêt pour Paris, mon maître !

— La mauvaise note qui reste ? demande Baucher qui s'est vite pris au jeu.

— 8 au piaffer précipité.

— Ah, toujours lui, grogne Baucher. C'est que vous n'aimez pas cet air ; vous le notez toujours plus mal que les autres. Qu'est-ce qui ne va pas selon vous ?

— Il me semble que les postérieurs finissent par ne plus se détacher du sol, dit tout bas le Normand.

— C'est un équilibre très délicat... et Partisan n'est pas différent des autres chevaux : il se dérobe à l'effort... Je vais reprendre à pied.

Et sautant à terre, il rassemble les quatre rênes dans la main gauche, fait marcher Partisan quelques pas, puis avancer et reculer alternativement de trois ou quatre pas, avant de demander l'exercice : piaffer ordinaire d'abord – il est parfait, les bipèdes diagonaux montant et descendant en cadence avec ce fameux temps d'arrêt quand l'antérieur est au plus haut – puis, petit à petit, il accélère les mouvements et en effet, Partisan triche : quand l'exercice s'accélère, au lieu de se soulever légèrement de terre, ses postérieurs restent collés au sol, une sorte de flexion alternative des jarrets créant pour l'assiette du cavalier l'illusion d'un véritable piaffer... La mèche de la longue cravache vient caresser les paturons, délicatement, d'un côté puis de l'autre, et l'élévation revient. On arrête après quatre ou cinq foulées, on marche droit, et puis on recommence... Baucher chuchote sans cesse à son oreille des mots tendres et des roulements de gorge : « Làààà mon bonhomme, RRRRRRRRi, tu es beau... » Puis il remonte à cheval, reprend, et cette fois son censeur déclare que tout est parfait.

— J'en connais qui vont être bien étonnés après-demain, déclare songeusement Achille en contemplant la feuille de reprise.

— Comme vous la première fois, je pense... répond Baucher souriant. Tout comme moi quand j'ai vu ce biquet-là piaffer dans un miroir ; il piaffe comme aucun des chevaux que j'ai vus ou dressés n'en est capable – et il flatte l'encolure du pur-sang.

Et il ajoute fièrement :

— Vous savez que je l'ai payé cinq cents francs ?

La Genevraye sait... et sait aussi combien son ami aime à répéter qu'il n'avait pas acheté plus cher qu'un banal cheval de manège ce petit pur-sang venu d'Angleterre, payé d'abord bien plus cher à coup sûr par deux ou trois propriétaires d'écuries de courses successifs dont les entraîneurs n'avaient pas su trouver un jockey capable de tenir dessus... Il avait fini chez Drake qui l'avait amené au manège Pellier-Baucher avec un arrivage d'une douzaine de demi-sang normands parmi lesquels il semblait un être d'une autre espèce. On aurait dit un oiseau de paradis dans une basse-cour, avec sa robe bai foncé aux moirures noisette, son modèle délicat, et ses petits pieds dont il frappait incessamment le sol, qui auraient tenu tous les quatre dans un seul fer du carrossier mal dégrossi avec lequel il voisinait.

Drake ne tenait pas à estamper de bons clients, et il annonça la couleur :

— Il vous faut bien un cheval pour apprendre aux gens à tomber sans se faire de mal, plaisanta-t-il.

Pellier ne voulait dans ses écuries ni videur ni embarqueur, et Partisan semblait devoir être l'un et l'autre; mais il était joli, et Drake prêt à le céder pour le même prix que les autres. Pellier se tourna vers Baucher :

— Que dites-vous de ce maigrichon-là?

Baucher ne répondit pas tout de suite. Il fixait le pursang et cornait fébrilement sa moustache; il fit signe au palefrenier qui le tenait en main de le faire tourner devant lui, se penchant pour examiner ses appuis, puis voulut le voir marcher, de face puis de dos, au pas puis au trot, clignant de l'œil derrière sa badine dressée tout droit pour vérifier la verticalité des appuis.

— J'en dis qu'il faut l'essayer. Monsieur Drake nous le laissera bien quelques jours... pour qu'on voie ce qu'il a dans le ventre?

Drake accepta, et quand trois jours plus tard il passa voir si Baucher s'était décidé, celui-ci ne lui cacha pas que Partisan n'avait aucune des aptitudes d'un cheval de manège. Il savoura un instant l'air dépité du marchand puis tendit la main :

— Topez-là, compagnon, je le prends – mais pour moi!

Quelques jours plus tard, comme la Genevraye descendait de cheval après sa leçon, Baucher le prit sous le bras et lui annonça la nouvelle comme un jeune homme frappé par le coup de foudre :

— Je ne croyais pas à toutes ces fadaises de cavaliers qui prétendent posséder, ou avoir possédé, le cheval de leur vie, destiné à les porter de toute éternité, et avec lequel l'entente ne résulte pas de la perfection de leur technique, mais se produit naturellement comme par une prédestination ou par magie... Eh bien j'avais tort, mon cher Achille : je viens de trouver le cheval de ma vie, c'est Partisan ! Avec lui je peux tout faire... Je vais me donner le temps de le dresser comme un luthier de Crémone fignole un violon, et je ne le vendrai sans doute jamais ; vous n'imaginez pas sa ductilité !

Incertain du sens du mot – dans sa conversation comme dans ses livres, Baucher était parfois recherché au point d'être obscur – La Genevraye se dit seulement que son maître se faisait plaisir en montant son cheval et profita le lendemain d'un moment où il se trouvait seul au manège pour aller le regarder dans son box : pas de doute, c'était un très joli pur-sang, sans doute très près de l'Arabe dont il avait la courte stature, l'élégance et le brillant, à peine étoffé dans ses dessous par le croisement de son grand-père avec une jument Suffolk. La tête était comme il se doit fine et sèche, les ganaches délicatement dessinées, les naseaux largement ouverts, et les yeux... En les voyant, Achille comprit ce qui avait fait chavirer son ami : légèrement saillants, bien ouverts, profonds, la pupille dorée ourlée de bleu outremer, les yeux étaient bien placés à fleur de tête, incessamment mobiles jusqu'au moment où ils se fixaient sur l'homme penché à la porte, pendant que les petites oreilles en conque se tournaient vers lui et que l'encolure s'allongeait pour que la bouche puisse souffler doucement sur la main tendue ; c'était un vrai regard, profond et amical.

— Vous admirez la merveille, monsieur le marquis ? dit derrière lui la grosse voix de Pellier, que l'habitude de tonitruer dans le manège pour se faire entendre d'une douzaine de débutants terrifiés avait à la fois fortifiée et cassée, et qui sonnait comme un cor des Alpes même quand il voulait l'adoucir.

Pellier en connaissait l'incongruité et ne parlait en société que s'il ne pouvait faire autrement. Mais ici, dans l'obscurité tiède de la grande écurie peuplée d'odeurs animales et de sons indistincts – tintements de fers sur le sol, paille froissée, ébrouements –, elle semblait la voix même du lieu.

— Vous n'avez pas encore vu François dessus ? Non ? Eh bien c'est à voir, croyez-moi... Décrocheur, lui ? Pas avec François ! Emballeur, je n'en parle pas !

— Mais qui a vu un cheval se défendre sous lui ?

— Vous avez raison, pas moi... Je vais vous montrer quelque chose.

L'écuyer se glissa dans le box, caressa un peu le cheval, se baissa, dégagea la paille autour d'un pied de devant, et fit doucement glisser son doigt le long de la jambe, franchissant l'articulation du boulet avant de s'arrêter sur le paturon, cette dernière phalange qui relie le pied au boulet et au reste du membre :

— Vous voyez cela ? Il est monté sur ressorts !

Et en effet, La Genevraye constate la longueur et l'obliquité exceptionnelles du paturon, qui permet à chaque foulée au boulet de se rapprocher du sol et assure ces rebonds en souplesse qui font les chevaux confortables dit-on, et surtout leur donne des allures plus dansantes.

Partisan baissa la tête et souffla sur la main de Pellier, curieux, esquissant le geste de donner son pied comme il le fait toujours en rentrant au box pour qu'on le débarrasse de la sciure du manège ou de la boue des chemins. Pellier le flatta.

— Il faut voir François dessus, monsieur le marquis... et il y a aussi ça – il caressa la croupe jusqu'à l'attache de la queue, redressée comme un cimier –, et surtout ça...

Il suit la ligne du dos doucement pour mettre en valeur sa rectitude, jusqu'au garrot qui ressort nettement, pose une main à la base de l'encolure et l'autre à la pointe de l'épaule pour montrer son inclinaison parfaite.

— C'est un cheval parfait pour donner la leçon du beau cheval... mais quand il bouge c'est encore mieux. Il ne lui manque que cent livres de muscles et notre ami va les lui fabriquer en six mois. Je ne l'ai jamais vu coiffé comme cela d'un cheval ; il prétend qu'il comprend tout, et que par exemple il compte les temps de galop avant les changements de pied, et répète à main gauche ce qu'il a fait à main droite comme par cœur.

Deux ans plus tard, La Genevraye peut confirmer : c'est encore mieux quand il bouge, surtout pour exécuter ces airs étourdissants que Baucher a inventés – trente et un selon lui. Il en a placé une dizaine dans la reprise que La Genevraye note chaque dimanche, et qui est construite comme une démonstration, les exercices les plus connus du public précédant ceux qu'il n'aura jamais vus.

Il entre au galop, s'arrête un instant sur trois jambes : Partisan n'a même pas l'air étonné de se trouver ainsi levant gracieusement un antérieur, et repart sans broncher dans un trot moelleux mais après quelques foulées, sans arrêt ni rupture de rythme, le voici qui trotte en arrière, rebondissant avec la même souplesse puis repartant en avant pour prendre un superbe passage très cadencé, semblant rester suspendu un instant en l'air à chacune des foulées de cet antique trot de parade, inventé sans doute à la cour de Mantoue au XVIe siècle. Un enchaînement de pirouettes, d'abord autour des antérieurs puis des postérieurs, débouche sur un exercice apparemment simple – de petits cercles au galop séparés par des changements de pied – mais auxquels lenteur et régularité confèrent la rigueur d'un rituel.

Partisan pose un par un chacun de ses petits pieds au sol, comme on dispose des objets précieux dans une vitrine.

Baucher se tient comme toujours un peu en avant, les jambes très reculées, mais contrairement à son habitude il monte sur des rênes demi-longues, les mors ne portant que leur poids, la tête de Partisan posée juste à sa place, le chanfrein un pouce en avant de la verticale.

Pas une once de tension quand il élargit le cercle et rapproche les changements de pieds toutes les deux foulées, puis « au temps », changeant de pied à chaque foulée. Ce n'est que dans trente-cinq ans que l'on connaîtra précisément par la chronophotographie les mouvements du cheval au galop, et que l'on pourra décider s'il s'agit d'une nouvelle allure… ou pas, mais cela n'a pas empêché Baucher de l'inventer, et Partisan l'exécute à ravir, levant haut ses antérieurs de manière à donner l'impression qu'il jongle avec ses sabots.

Le travail classique sur les hanches qui suit – appuyers, croupe au mur – pourrait faire croire qu'on en a fini avec les excentricités, mais il prépare des pirouettes sur trois jambes, autour des épaules puis des hanches, qui semblent plus faciles encore que tout à l'heure sur les quatre… On dirait que Partisan danse la farandole tout seul en battant la mesure de son antérieur levé, et Baucher a tellement l'air de ne rien faire et de penser à autre chose qu'il semble étranger aux exploits de sa monture qui maintenant galope droit devant elle puis, comme tout à l'heure au trot, semble rebondir sur un mur invisible pour galoper en arrière.

La suite semble presque banale : quatre pas de côté suivis d'une demi-pirouette et d'un balancer de la croupe… Le piaffer aussi est balancé : non content de trotter sur place avec la majesté de la force contenue, Partisan lance à chaque foulée un antérieur de côté en balançant son avant-main de droite et de gauche comme font en Espagne les chevaux des toreros à cheval pour défier les cornus. Et pour terminer, le fameux piaffer accéléré semble un bouquet final plein de rythme et d'enfantine gaieté, Partisan tambourinant des antérieurs en soulevant la poussière jusqu'à ce que Baucher, d'un imperceptible recul des épaules, l'arrête sur trois jambes, reparte au galop en changeant de pied au temps, pirouette deux fois sur les postérieurs, et sorte dans un reculer cadencé en saluant.

La Genevraye a laissé tomber son crayon au bout de sa petite ficelle; il reprend son souffle et se rend compte qu'il le retenait depuis le début...

Il se tourne vers Baucher qui revient vers lui tout sourire et lui lance, d'un ton dégoûté et caverneux très « chaîne de puits » :

— C'est très ennuyeux de n'écrire que des 10... mais ce sera encore plus ennuyeux de ne plus être le seul à voir cela! Dejean va refuser du monde...

— Vous croyez?

— Si vous pouvez recommencer ce que je viens de voir, le surlendemain on se battra pour entrer, quand j'aurai publié mon article que voici tout écrit!

L'homme qui vient de parler approche de la quarantaine; ventripotent, dégarni, avec de drôles de boucles de cheveux sur les oreilles, il n'a certes pas l'allure d'un dandy connaisseur en équitation. C'est Jules Janin, critique des spectacles au *Journal des Débats*, l'organe officieux de la monarchie orléaniste, et aussi le quotidien le plus vendu, et le plus influent. Janin, qui vient d'écrire un commentaire du nouveau musée d'histoire de France installé à Versailles par le roi-citoyen, avec sa galerie des batailles et sa salle 1830, fait et défait les réputations des cantatrices, des acteurs et des ballerines avec son article quotidien au bas de la première page – on l'appelle son rez-de-chaussée. Il arrive qu'il termine sa chronique des théâtres par quelques lignes sur le cirque. La Genevraye l'a connu en Normandie, chez son beau-père Huet qui est maire d'Évreux, et lui a proposé de bénéficier ce soir, comme au théâtre, d'une répétition générale.

Seulement il n'avait pas prévenu Baucher qui prend un air ennuyé.

— Ma foi, monsieur, je serais navré de vous décevoir… Mais après tout, vous n'étiez pas invité ce soir…

— Eh bien, monsieur Baucher, on ne pourra pas vous reprocher de m'avoir corrompu par vos amabilités ! s'esclaffe le journaliste.

La Genevraye fait les présentations et s'excuse de son initiative.

Baucher sourit, un peu gêné comme toujours quand son caractère ombrageux l'emporte :

— Pour me faire pardonner je vous offre un coup de cidre, le vapeur en apporte d'excellent à la buvette de l'embarcadère.

Le cidre est frais sous les arbres, face au fleuve…

Baucher corne sa moustache et boit une lampée de cidre.

— La Genevraye, mon ami, qu'aviez-vous promis à monsieur Janin ?

— Quelque chose comme le cheval absolu…

— Et je ne suis pas déçu, même si c'est plutôt le cavalier absolu que j'ai vu… répond le critique.

Ils trinquent dans des chopes rustiques. Baucher tire sur ses moustaches, rêveur et un peu triste. Nez-de-Cuir s'en étonne :

— Vous n'avez pas l'air content, mon cher maître ; mais ce dressage n'est-il pas votre chef-d'œuvre ?

— Justement, répond-il. On dit que ce qui est fait n'est plus à faire. La vérité est que ce qui est fait ne sera plus jamais possible. Vous n'imaginez pas le bonheur que j'avais à le dresser, à essayer chaque jour quelque chose de nouveau en me demandant s'il me comprenait, et à m'émerveiller de ses aptitudes… J'étais comme un chercheur d'or tombé sur un filon inépuisable, et il me semblait entendre de la musique quand je le montais. Ce n'est pas un cheval, c'est un instrument. Mais voilà, je suis à peu près au bout du possible avec lui, c'est-à-dire au bout de l'équitation. Pour faire plus il lui faudrait des ailes. À supposer même que je trouve un autre Partisan, ce qui est très peu probable, je ne vois pas ce que je pourrais en obtenir de mieux. Vous avez raison, c'est mon chef-d'œuvre… Si j'étais Seymour, je le tuerais pour lui éviter l'indignité du déclin, et je me tuerais moi-même pour m'éviter les déceptions qui m'attendent désormais avec tous les autres.

— Mais ne comptez-vous pour rien le plaisir de le monter maintenant qu'il est à votre main ? C'est quand même le but de la manœuvre, non ?

— Pour vous, oui… mais je suis un dresseur de chevaux, pas un cavalier qui monte pour son plaisir. Je suis comme Don Juan ; ce que j'aime, c'est la séduction – car le dressage est une séduction finalement… Mais vous avez raison, avec lui c'est différent, et conserver la perfection que nous avons atteinte est un défi plus grand que le dressage de tout autre cheval. D'ailleurs je ne compte pas le vendre comme les autres à la fin de la saison. Je le garde. Ce n'est pas un cheval, c'est mon cheval.

— Et après-demain, ce sera le roi des chevaux de Paris, grâce à monsieur Janin qui est le prince des critiques. N'est-ce pas, cher ami ?

Janin sourit en regardant le soleil transformer son cidre en or en fusion :

— Je vous devrai beaucoup si je peux être le premier à vous célébrer, car tous les autres le feront après moi, comme j'aurais dû le faire après eux ; la presse est une meute : on braille ce qu'a braillé celui qui est devant… Mais vraiment, monsieur Baucher, vous faites de l'équitation comme personne. Franconi est superbe à voir, mais on sent la force s'exercer ; d'Aure est élégant à la promenade et peut monter n'importe quel cheval, mais il ne daigne pas monter en public. Vous seul obtenez cette incroyable légèreté qui donne le sentiment que vos chevaux coopèrent avec vous… quelle métaphore politique !

Baucher se ressert du pichet une chope de cidre qui écume et pétille, et se lève :

— Allons, le coup de l'étrier… ou plutôt du bogie, car votre train n'attend pas.

Il marche vers l'embarcadère et se rapproche de La Genevraye :

— Vous m'avez joué un tour en le faisant venir, mais vous avez eu raison ; Partisan le mérite… Oui, je crois qu'il y aura du monde pour venir voir ce coquin-là ! Je couche ici ce soir pour pouvoir l'amener demain à Paris tranquillement et après-demain ce sera le grand jour.

Un peu plus tard, il marche seul le long de la Seine, songeant à ce qui commence demain. Petit à petit, il a glissé vers ce qu'il aurait jugé indigne de lui : devenir « un paillasse qui se montre pour dix sous », comme il se le répète en lui-même, se répétant aussi qu'il ne fera pas autre chose que Molière et Shakespeare…

Bien sûr il le fait aussi pour l'argent, et pour ses amis et associés qui ont bien besoin du pont d'or bâti par Dejean – peut-être aussi un peu par lassitude devant l'ignorance trop générale de ses travaux et de leurs résultats. Le *Dictionnaire raisonné d'équitation* a été un échec, les *Dialogues d'Hippo Théo* et les *Passe-Temps équestres* des succès très relatifs… et même si les élèves ne manquent pas rue du Faubourg-Saint-Martin, à la grande joie du père Pellier qui compte comme un avare de théâtre ceux qui viennent de « chez l'autre », c'est quand même toujours d'Aure le « maître des maîtres de manège », l'éducateur équestre des fils du roi des barricades après avoir été l'un des favoris de Charles X, le parfait homme du monde que l'on aperçoit aux heures requises sur le boulevard, ou au Bois – à se demander quand il trouve moyen de donner leçon.

Certains amis ont proposé à Baucher de l'introduire dans les salons où brille l'ancien écuyer de Versailles, et pourquoi pas même chez les ministres où il n'allait guère, mais un je-ne-sais-quoi l'a retenu : ce n'est pas là son monde et il n'y prétend pas.

Du coup, il végète dans l'obscurité, comme un nom que se chuchotent des amateurs de plus en plus nombreux, mais rien d'éclatant ni de public, rien qui puisse attirer l'attention du pouvoir sans laquelle sa méthode pourrait mourir avec lui – et l'« autre » conserver cette royauté sur le monde équestre qui est doublement usurpée car elle s'appuie sur la réputation de Versailles alors qu'il en dénigre l'enseignement traditionnel, préférant l'« équitation large » à la haute et même à la basse école, et aussi parce qu'en fait il n'est ni un théoricien ni un vrai professeur, simplement un excellent cavalier instinctif, qui ne peut rien transmettre puisqu'il ne sait pas comment il réussit ce qu'il fait à cheval – et d'ailleurs il ne s'y intéresse guère : l'équitation n'est pour lui qu'un moyen de se faire connaître pour devenir une espèce du ministre du Cheval.

Mais il est le seul écuyer connu du gros public et, tant que ce sera le cas, la méthode nouvelle restera le privilège un peu vain d'un petit cercle d'amateurs distingués... Alors après-demain, pour la cause de l'équitation, sera une date importante, et doit être un jour de triomphe.

*

Trois jours plus tard, La Genevraye rejoint à la terrasse du Café de Paris toute la bande du Jockey Club, à l'heure des bocks de bière qui rafraîchissent et ouvrent l'appétit pour le déjeuner. Ils ont délaissé pour profiter du beau temps les salons qui leur étaient réservés à l'étage, on a tiré pour eux des tables et des chaises sur le trottoir, et ils sont là comme dans un salon, le tube posé sous la chaise et les jambes étendues. Les uns revenaient d'une cavalcade matinale au Bois, les autres de chez leur maîtresse, mais pour une fois les conversations ne roulaient ni sur l'un ni sur l'autre de ces sujets – inépuisables dans leurs répétitions, insondables gisements de hâbleries que l'on faisait semblant de croire tout en se gaussant du nombre d'assauts de lit revendiqué par l'un comme de la vitesse prétendument atteinte par l'autre entre la butte Mortemart et Bagatelle.

Ce matin, il n'est question que de la soirée de la veille, la réouverture du Cirque d'été.

Ils y ont leurs habitudes, ne s'asseyant jamais dans les tribunes, mais se serrant avec tous les hommes de cheval fashionables dans le couloir d'accès des cavaliers à la piste pour admirer mademoiselle Loyo ou Franconi – ou les acrobaties d'Auriol, car le noble lord est friand de tous les tours de force.

On évoque à peine la triste histoire qui a assombri la fin du spectacle : l'un des huit chevaux que Paul Cuzent chevauchait à la fois, debout en « poste hongroise », avait dû être abattu après s'être brisé la jambe – genre d'accident rare, mais qui hélas arrivait au moins une fois dans l'année.

Mais ils sont encore stupéfaits par Baucher. Ils avaient bien eu vent de cet écuyer bizarre qui avait publié quelques mois plus tôt un *Dictionnaire raisonné d'équitation* qu'ils n'avaient pas même eu la curiosité de lire ; c'était l'idole du *Charivari*... et c'était tout dire : le journal qui avait lancé la caricature du roi en poire ! Et qui le lisait ? La bohème la plus crasseuse et la plus chevelue des « romantiques ». Mais hier soir, ils l'ont vu de leurs yeux.

— Il n'empêche, dit Seymour, voilà qui relève la concurrence, n'est-ce pas, d'Aure ?

— Un habile dresseur tout au plus... répond négligemment l'écuyer.

Mais il est inquiet car le lord s'entiche vite, et il n'y a pas place pour deux écuyers dans sa petite cour... où la vie est douce entre repas fins et petits bénéfices. Déjà il semble commencer à se lasser des chevaux de course, et a vendu l'an passé son écurie...

La Genevraye prend place en souriant ; on se tourne vers lui qui connaît bien le phénomène :

— Je vous l'avais dit que c'est autre chose, dit-il simplement en faisant un geste au garçon pour qu'il le serve.

Il n'eut pas la cruauté de rappeler devant d'Aure ses tentatives pour le mettre en relation avec l'idole du jour. « Autre chose que quoi ? songea d'Aure. C'est autre chose que moi qu'il veut dire », en se rendant compte que c'était la première fois qu'il avait vu Baucher à cheval. Bien sûr le cheval était mis, et il exécutait à la perfection des airs difficiles en culminant par le changement de pied au temps, longtemps considéré comme anatomiquement impossible, mais quelle triste allure à cheval, quelle façon maladroite de saluer en montrant la coiffe de son bicorne... Rien à voir avec la belle silhouette qu'il cultivait quant à lui... Et quels exercices bizarres : pirouettes sur trois jambes, rotation des postérieurs autour des pieds de devant plantés dans le sol, levers à volonté d'un ou deux membres diagonaux... mais il fallait bien se l'avouer, au moins à lui-même : jamais il n'avait vu un cheval aussi bien dressé et monté, dans les moindres détails, semblant jouer plutôt qu'obéir à son maître, et pourtant rassemblé comme un arc est tendu, brillant, actif, majestueux.

Seymour qui n'était jamais à court de cruauté déplie le *Journal des Débats* et le lui met sous le nez.

— Monsieur Janin se piquerait-il d'équitation ?

Il faut bien lire et d'Aure voit avec les yeux du critique ce qu'il n'a pas voulu voir la veille : un pur-sang qui ne faisait pas le « boulet de canon » mais montrait « grâce, agilité, légèreté dont vous n'avez pas idée – un cheval ainsi monté est le beau idéal du genre cheval et du genre cavalier » ; un cavalier impassible, des aides invisibles même pour réaliser les exercices les plus étonnants. « Baucher monte à cheval comme personne », s'écriait Janin, expliquant les bases de sa méthode de soumission complète par les assouplissements et n'hésitant pas enfin à reléguer tous les autres – donc lui d'Aure, aussi ! – aux oubliettes de l'histoire : « Ce grand art de l'équitation, avant Baucher, suivait depuis des siècles la même ornière. Enfin Baucher vint, comme Malherbe, pour donner une vie nouvelle à son art. »

Un voisin qui avait lu par-dessus son épaule, et qui avait des lettres, lui rappela la formule de Boileau :

*Enfin Malherbe vint qui le premier en France*
*Fit sentir dans les vers une juste cadence...*

Et il pensa tristement à son maître d'Abzac lui disant un jour : « La cadence, d'Aure, c'est toute l'équitation... » « Si Janin le couronne, songea-t-il, je suis fini... »

Depuis que Baucher est arrivé à Paris, associé avec Pellier au manège de la rue du Faubourg-Saint-Martin, d'Aure a déjà dû faire semblant de ne pas entendre que ses meilleurs élèves étaient « allés voir » le maître venu du Havre – et prenaient leurs leçons chez lui, ne venant plus rue Duphot, dans ce magnifique manège qui ressemble à un cercle avec ses salons et son billard, que pour faire leur partie ou lire le journal. Lui continuait à faire le beau, impassible et sanglé dans ses redingotes de chez Humann, et à fréquenter Seymour sans oser lui demander la moindre aide – qui d'ailleurs aurait été refusée –, respirant l'air doré qui flottait dans la maison du millionnaire.

Leur amitié datait de l'un de ces paris qu'en bon Anglais Seymour aimait excentriques jusqu'au mauvais goût et de préférence un peu dangereux : en 1836, il l'avait mis au défi de sauter par-dessus une marchande de pommes, son éventaire et son énorme parapluie dans la rue Saint-Denis, sur un pur-sang de grand prix fraîchement importé d'Angleterre par Drake qu'il était à peine en train d'essayer. D'Aure s'était exécuté et avait gagné le cheval ; depuis, Seymour et lui étaient inséparables : ensemble ils avaient fondé le Jockey Club et la société d'encouragement, et ensemble ils pariaient sur les courses, les combats de chiens et même sur la durée des chasses à courre. Et d'Aure fournissait des chevaux excellents que Seymour et ses amis payaient sans trop s'intéresser à la commission versée par l'éleveur au conseiller qui, officiellement, n'était qu'un entremetteur.

Mais rue Duphot, l'argent file : quatre-vingts chevaux, tous malades de l'épizootie qui avait traversé la France, mais qui continuent à manger sans travailler, et puis sans doute un peu trop de luxe dans le personnel et le mobilier, et un patron qui ne condescend guère aux détails matériels comme la vérification de la correspondance entre les quantités de foin commandées et livrées... Si maintenant Baucher lui vole la principauté des écuyers parisiens, il ne voit pas comment il pourrait se refaire. Déjà il a dû vendre ses meubles, envoyer sa famille dans sa propriété proche de Rambouillet, et se contenter à Paris d'un garni où il ne peut recevoir personne.

Le voyant si navré, Seymour lui donne une bourrade :

— Nous trouverons bien moyen de vous venger, cher ami, car comme professeur, nous le savons, il ne vous vient pas à la cheville.

Du Hallay, le carliste de la bande, renchérit :

— Ces acrobaties sont bonnes pour amuser la populace, mais quand il faut la charger, ce n'est pas en pirouettant sur trois jambes qu'on la mate ! Et nous n'avons pas besoin de cela pour monter en gentilshommes, à la guerre comme à la chasse.

— Messieurs, conclut Seymour, j'attends vos suggestions : nous ne pouvons accepter que ce faquin qui sent la vieille barrique l'emporte dans l'esprit du public par de telles singeries, qui sont un affront au bon goût. Il faut rabattre son caquet de jacobin.

La Genevraye se lève et prend ses gants :

— Je ne vois pas où est l'affront… et je préfère ne pas vous écouter comploter l'une de vos farces, Seymour. Mais je doute que vous trouviez moyen de le mystifier : il vit avec ses chevaux et se moque de ce que vous appelez le monde.

Mieux vaudrait quand même éviter à son maître de subir l'une des blagues de Seymour tant elles sont parfois cruelles, comme les chocolats laxatifs offerts aux pique-assiette ou servis avec le petit-déjeuner précédant une chasse à courre, ou le crin haché glissé dans les plastrons d'escrime des habitués de la salle d'armes de la Chaussée-d'Antin. Il demandera à Baucher d'éviter le lord, s'attirant une réponse sans réplique :

— Je n'imagine pas où je le rencontrerais… mais si cela arrive, je me souviendrai de votre conseil et irai droit à lui pour qu'il ne croie pas que j'ai peur.

# Chapitre VII
# Matin glorieux

*« Votre miroir est brisé, ma chère. »*

*23 septembre 1840, cinq heures quarante-huit*

Le jour se lève sur les jardins des Champs-Élysées, où se dresse depuis deux ans la construction de bois qui a remplacé le chapiteau rayé comme abri estival du Cirque olympique du boulevard du Temple, et fera bientôt place au cirque de pierre monumental de six mille places dont Dejean s'apprête à lancer le chantier. Les gradins ne désemplissent pas depuis qu'il a recruté Laurent Franconi et Baucher pour les présentations équestres dont son public, plus relevé que celui du Boulevard, est friand.

On voit bien ici quelques acrobates dont le fameux Auriol, mais c'est aux chevaux que le Cirque est dédié : en quadrilles ou un par un, en cavalcades guerrières ou en savants exercices, sous la selle des écuyers ou les panneaux des danseuses, les chevaux sont les divinités de ce temple, où l'on se presse autour de la piste ronde, dont le rayon correspond à la longueur d'une chambrière étendue. Depuis plus d'un an, Baucher s'y montre presque chaque jour, présentant régulièrement de nouveaux chevaux, en plus de l'inégalable Partisan avec lequel il est devenu célèbre en quelques soirées : en juin c'était Capitaine, et en juillet Neptune, qui faisaient admirer les exercices classiques et ceux qu'il a inventés lui-même.

Depuis quelques semaines, une seule monture l'occupe. Les autres chevaux sont attachés le nez au mur dans leur stalle, mais celui-ci a droit à un box de cinq mètres de côté, dans lequel ce matin il tourne comme un lion en cage depuis un bon moment ; il sait que l'Homme ne va pas tarder : c'est depuis qu'ils se connaissent, depuis que son univers n'est plus celui des frondaisons du bois de Boulogne mais un cercle de sable fermé, l'heure de leur premier rendez-vous quotidien ; il y en aura un autre avant la ration de la mi-journée et puis le soir venu, juste avant le spectacle auquel il ne participera pas, une brève répétition sous les lumières et, depuis quelque temps, en musique.

Le palefrenier l'a pansé « à l'anglaise », c'est-à-dire sans l'attacher, et il a eu bien du mal tant il s'agitait, encensant du devant et pirouettant du derrière –, mais tels sont les ordres de monsieur Baucher qui, chaque soir et chaque matin depuis vingt-sept jours, selle lui-même la « bestiole », comme l'appellent les hommes d'écurie, séduits par la beauté de son modèle et impressionnés par sa légende : c'est Géricault, Géricault l'indomptable, celui qui a jeté au sol les meilleurs cavaliers de Paris jusqu'à ce que monsieur de Lancosme-Brèves, un élève de Baucher, lui impose un tour du Bois grâce à l'assistance d'une demi-douzaine de complices serrés autour de lui à le bousculer, et gagne ainsi le pari dont il était l'enjeu sur lord Seymour, son propriétaire.

Mais ni Seymour ni les autres disciples de Baucher n'ont jugé l'expérience assez concluante : ils ont obtenu du prophète qu'il démontre lui-même la supériorité de sa méthode en présentant le fauve au cirque des Champs-Élysées, au cours de l'une de ces soirées de gala qu'il conclut d'habitude en exhibant Partisan. On chuchote que le grand ami de Seymour, monsieur d'Aure, n'est pas pour rien dans ce défi dont il attend qu'il révèle les limites du talent de son concurrent.

Lancosme-Brèves lui a donné le cheval pour bien montrer qu'il lui devait son succès… et l'a pris au piège car son honneur professionnel de dresseur est dorénavant en cause : il ne peut ni donner ni moins encore vendre un cheval qui porterait son estampille et serait vicieux, ni garder à l'écurie du cirque ou du manège un cheval qui ne gagne pas son picotin. Quant à l'envoyer au couteau, la décence interdit de le faire sans avoir vraiment essayé un dressage.

Voilà pourquoi depuis presque un mois, tous les jours, le maître vient monter son cheval.

Il arrive et dans l'écurie se taisent les sifflotements, les interpellations et les jurons des hommes, et même les douces paroles qu'ils susurrent à leurs chevaux en tournant autour d'eux la fourche ou l'étrille à la main. Il veut un grand silence pour son travail, et seul le chant des oiseaux des Champs-Élysées se fait encore entendre. Il approche du box et Géricault, qui reconnaît le bruit de son pas, se fige, l'œil blanc et la queue en panache, comme prêt à bondir. Il entre en portant la selle sur sa hanche d'une main, et de l'autre tend une demi-pomme au pur-sang qui se détend un peu et la croque pendant qu'il fait délicatement glisser la selle à sa place; au moment de sangler, un postérieur se lève et frappe le sol... Baucher suspend son geste le temps d'un « rhrrr », comme un « R » roulé au fond de la gorge, sans syllabe. Plus un geste. En un instant la sangle est posée, la bride glissée dans la bouche.

Et dans le box, le maître se place en face du cheval qui lève la tête au plus haut, saisit les rênes, résiste un peu, empêche le reculer d'un nouveau grognement : Géricault cède, se place, mâche son mors.

Les premiers jours, les hommes ont bien cru que le cheval allait casser son box quand il avait découvert cet exercice : il reculait jusqu'à la cloison puis bottait, cependant que Baucher impassible maintenait sa prise et se bornait à quelques demi-arrêts. Et quand, ayant obtenu ce qu'il voulait ainsi, il passait aux flexions latérales, il fallut disposer des couvertures sur les cloisons tant le cheval jetait dessus ses hanches avec rage. On n'en est plus là et, après s'être plié à droite et à gauche comme pour mordiller ses étrivières, Géricault a droit à la deuxième moitié de la pomme – un peu difficile à mâcher avec la bride, mais cela l'occupe sur le chemin de la piste ronde.

En mettant pied à terre une heure plus tard, les hommes l'ont remarqué, le maître riait tout seul, sans bruit.

Baucher sort se dégourdir un peu dans les jardins.

Dehors l'air est frais, les premiers promeneurs s'avancent sur les Champs-Élysées... et voici que quelqu'un lui tape sur l'épaule :

— Belle matinée, cher maître...

Le salut tombe de haut en bas, d'Aure le dépasse d'une bonne tête sans compter tout ce qui sépare le descendant des comtes de Comminges du fils d'un marchand de vin... L'œil est aimable sous le lorgnon, la main gauche caresse suavement le collier soyeux pendant que la droite joue avec un ravissant jonc qui tient autant de la badine que de la canne...

— Vicomte... vous étiez là ?

— J'ai voulu voir avant tout le monde... mais impossible : vos garçons d'écurie sont incorruptibles...

Baucher se sent de trop belle humeur pour relever que l'autre vient d'avouer une tentative déshonorante de viol de la loi du pari, mais il ne résiste pas au plaisir de rappeler à d'Aure leur dernière rencontre, au début de l'année. Ce jour-là, son élève Maxime Gaussen, qui ignorait leurs rendez-vous précédents grâce à la discrétion du Nez-de-Cuir mais pensait comme lui qu'il fallait que les deux sommets de l'équitation se rapprochent, avait cru trouver une occasion de les présenter quand il avait su que Baucher cherchait un cheval pour son manège alors qu'une jument pouvant convenir était à vendre chez le vicomte.

— Allez-vous me proposer un cheval aujourd'hui ?

Ce jour-là l'ancien cavalcadour du roi avait d'abord proposé à Baucher de monter le premier cette jument « très douce », disait-il. Baucher s'était excusé : il n'était pas en bottes mais en souliers, souffrant du dos depuis le matin.

— Montrez-la-moi, dit-il tout naturellement.

Et d'Aure insista, proposa de prêter des bottes... puis haussa les épaules et se mit en selle avec l'air de quelqu'un qui va expédier une corvée ennuyeuse mais facile. Mal lui en prit : l'ancien écuyer royal fut trimballé comme un paquet par une monture hystérique qui avait par deux fois ouvert à coups de pied la porte du manège pour s'en échapper, et d'Aure avait bien failli se faire proprement débarquer.

Gaussen consterné n'avait pas osé s'approcher pour entendre le bref dialogue qui avait conclu cette étrange rencontre, et dans la voiture qui les ramenait s'était installé un silence pesant... Ils étaient restés amis, mais n'avaient plus jamais évoqué l'épisode qu'ils n'avaient pas ébruité, et c'était la première fois que les deux écuyers se revoyaient depuis.

— Ne soyez pas cruel, badine d'Aure du ton que l'on prend pour obtenir une danse d'une cavalière récalcitrante...

— Alors serait-ce une place dans votre école comme en 29 ?

— L'auriez-vous finalement acceptée ? Vous m'en vouliez alors...

— J'avais mes raisons.

— Peut-être au fond... mais ce n'est pas vous que son maître appelait « le sauteur » à tout bout de champ.

— Pour finir, c'est lui qui a sauté...

— Et moi qui suis tombé : juillet vous a vengé et vous avez bien fait votre chemin depuis.

« Moins vite que vous », manque de répondre Baucher en pensant à ces années passées au Havre à enseigner aux fils des armateurs de la traite des esclaves qui voulaient jouer aux gentilshommes comment tirer quelque chose de passable de chevaux dont les meilleurs étaient le rebut des élevages qui fournissaient à Paris ses carrossiers. À Rouen la clientèle était un peu plus relevée, et les chevaux moins mauvais – mais quel labeur incessant, des heures à cheval, les nuits à écrire, et les aller-retour par le bateau à vapeur, ses seuls moments de repos finalement, six heures dans le sens du courant et huit dans l'autre. « Mais si j'ai cheminé plus lentement, et moins confortablement, songe-t-il, j'ai fait plus de chemin sur la voie que j'ai choisie. »

Pendant ce temps-là, d'Aure s'était fait d'abord un peu maquignon mondain grâce aux relations tissées avec les éleveurs quand il régnait sur les achats de la Cour et de Versailles, puis maître de manège élégant, homme du monde et familier des puissants, jusqu'à ouvrir son espèce de cercle avec salons et fumoir, rue Duphot, juste au bout du boulevard des Italiens. Vue du Havre ou de Rouen, une vie de patachon parisien comparée à l'incessant turbin du Normand d'adoption – une vie qui pourrait bien, si l'on en croit les rumeurs, se briser sur la faillite du manège Duphot, mais il semble qu'une fois de plus tout se règle entre gens du monde, sans qu'il ait à payer les pots cassés après avoir prudemment démissionné.

D'Aure allume un cigare avec l'attention que réclame le début d'une entreprise importante et souffle délicatement la fumée vers le ciel, puis :

— On dit que vous allez gagner ce soir, cher maître, et que Géricault est parfaitement mis.

— Je l'espère, mais comme vous l'avez constaté, personne ne peut en témoigner.

— Ce sera en tout cas un événement : le duc d'Orléans sera là tout comme Oudinot ; si vous triomphez, le bicorne d'écuyer en chef de Saumur est au bout de votre badine !

— Qui vous dit que c'est là mon ambition ?

Baucher est en train de comprendre que d'Aure n'est pas seulement venu par curiosité, ou pour pouvoir parier à coup plus sûr sur le résultat de ce soir : il veut savoir si l'homme de peu, le saltimbanque, le « dresseur de chevaux pour écuyères » qui lui dispute depuis six ans les meilleurs élèves et fait courir tout Paris au cirque depuis deux ans, pourrait se dresser sur son chemin vers l'ambition qui le ronge : obtenir de Louis-Philippe ce que Charles X lui avait promis, la direction de la seule école d'équitation qui existe en France – hier Versailles et aujourd'hui Saumur.

Et il est vrai que le général Oudinot, le fils du « Bayard de la Grande Armée », nommé inspecteur de la cavalerie après avoir dirigé Saumur sous Charles X, s'intéresse à sa méthode, qu'on lui a parlé d'invitation à l'école... et surtout raconté celle de d'Aure, quelques mois plus tôt, qui s'était mal terminée : il avait honteusement brutalisé Sans-Pareil, le cheval de l'écuyer Rousselet qui ne le montait jamais sans l'avoir amadoué avec force pommes, et ne levait jamais la main sur lui.

Baucher sent tout à coup l'ambition inquiète qui grince sous l'indifférence affectée qu'impose la froideur exigée du dandy et se demande si l'autre sait qu'il sait... Alors que l'histoire a fait le tour du Paris cavalier, le contraire serait étonnant, mais la fatuité peut aveugler comme l'amour.

Saumur ? Il n'y a guère pensé pour lui-même, même si ses amis lui en parlent parfois ; il n'a pas l'âme militaire et redoute la hiérarchie qui pèse sur l'écuyer en chef, soumis au directeur mais aussi à tout une pyramide d'inspecteurs et de comités. D'un autre côté, quel terrain d'expérience pour sa méthode ! Et où, si ce n'est là, sortir de cette espèce d'état intermédiaire entre le saltimbanque et le fournisseur qui est celui d'un écuyer ? Il dirait bien à d'Aure ce qu'il a répondu à son disciple Rul qui l'interrogeait après la visite d'un émissaire du général : « J'irai s'ils viennent me chercher – ou plutôt s'ils viennent chercher ma méthode », mais l'autre continue à faire l'âne pour avoir du son :

— Avouez que c'est ce qu'un homme comme vous ou comme moi peut ambitionner de plus haut depuis que Versailles n'est plus.

C'en est trop et il s'agace de voir l'autre lui prêter la vulgaire ambition d'une place :

— Je n'en suis pas sûr; je vise autre chose qui, d'une certaine manière, porte plus haut encore : je veux que l'on reconnaisse que j'ai raison sur toute la ligne… Je pense que vous avez du mal à le comprendre, vous qui n'êtes pas un théoricien – sauf le respect que je vous dois. Je suis comme Galilée ou Lavoisier : je crois en ma théorie, je la crois bonne pour les chevaux, pour tous les chevaux, comme pour tous les cavaliers et surtout pour l'équitation – cet art qui ne se relève pas et n'a plus guère d'autre lieu que le cirque pour se faire voir. Je voudrais simplement que tout le monde adopte mes principes et monte un peu mieux à cheval, même vos élèves chics qui, après dix leçons, galopent à travers le Bois dans la position du A renversé, les pieds et les coudes écartés comme pour mieux bousculer ceux qu'ils croisent !

Il s'échauffe un peu, allant devant puis se retournant vers son interlocuteur qui, fidèle à l'élégance du dandy, se veut de plus en plus indifférent… et répond à la ferveur par l'ironie :

— Cher maître, j'admire votre flamme prophétique, mais à quoi bon vouloir débiter une marchandise que plus personne ne demande ? Être un bel homme de cheval, comme disait mon maître d'Abzac, fidèle aux enseignements de La Guérinière pour qui « la grâce est le plus bel ornement de l'Art », n'est plus du tout à la mode ; les gens du monde d'aujourd'hui ne sont plus les gentilshommes de Versailles : il leur faut une équitation large, facile à comprendre et à apprendre, et ils n'ont pas besoin d'en savoir plus que ce qu'il faut pour la promenade ou la chasse ; et quant aux militaires, on ne leur demande plus la caracole mais la vitesse, pour aller éclairer au-devant des armées ou pour charger – l'exercice du monde qui s'éloigne le plus de la belle équitation d'autrefois.

Baucher a retrouvé son calme et se plante face à son interlocuteur :

— Écoutez, vicomte, il faut que je vous le dise : vous êtes le plus mauvais exemple de l'utilité d'une méthode car vous êtes si doué et avez une conformation si faite pour bien monter que vous n'en avez aucun besoin, d'autant moins que vous ne recherchez pas les chevaux difficiles ; mais les milliers de conscrits, sans parler des cavaliers civils, n'ont pas les mêmes avantages et montent d'autant plus mal que leurs chevaux ne sont pas vraiment dressés, mais vaguement habitués à accepter d'avoir un cavalier sur le dos et d'aller plus ou moins où il veut et à l'allure qu'il choisit…

— Je vous renvoie le compliment : votre méthode n'est faite que pour ceux qui ont vos moyens… la fameuse « pince » d'abord !

— Ouais… mais vingt ans à enseigner à tous ceux qui se présentent, débutants et inaptes compris, m'ont beaucoup appris ; sans compter une centaine de chevaux dressés… Vous ne pouvez en dire autant sur aucun des deux points car, hormis celui du Cerf, quel dressage vous recommande ? Je transmets ma méthode à de très nombreux cavaliers qui ne sont pas tous aussi forts que moi des jambes. Et surtout elle permet de tirer le meilleur parti des chevaux les moins bien faits et les moins dociles, que je choisis de préférence pour les présenter ici.

— Mais, cher maître, je ne suis pas un dresseur de chevaux, moi… Pour tout vous dire, ce qui retient vraiment mon intérêt dans la question chevaline, ce n'est pas de monter – j'aime assez peu cela sauf si c'est une façon de plaire, car j'avoue que j'aime à plaire ; je m'intéresse aux questions plus générales de l'élevage, de la remonte militaire, de la production et de l'éducation du cheval de troupe et de son cavalier militaire.

Chacun sait cela, surtout depuis qu'après une demi-douzaine de brochures et de nombreux articles d'Aure a publié au début de l'été *De l'industrie chevaline en France et des moyens d'en assurer la prospérité* – un livre où il écrit dans l'avant-propos que, quand il paraîtra, il aura quitté la France, et où il présente à nouveau la grande architecture qu'il voudrait voir établie, réunissant haras, écoles d'équitation et remontes des armées sous une même autorité. Il n'est pas mécontent de l'effet de son ouvrage : une ordonnance réformant les haras est en préparation, qui créera un beau poste d'inspecteur général – un poste que l'on dit fait sur mesure pour le « maquignon honoraire » de la Normandie. Alors pourquoi Saumur ? Baucher lui pose la question :

— Mais alors, n'espérez-vous pas un rôle plus étendu que celui d'écuyer en chef ? Votre dernier ouvrage n'est pas un traité d'équitation, mais une encyclopédie où toutes ces questions sont traitées dans le moindre détail, et jusqu'au rapport quotidien du fumier d'un cheval… Ce que vous voulez, c'est être grand écuyer, et avoir la haute main sur l'élevage comme sur l'enseignement et les remontes, pas enseigner à quelques officiers instructeurs dans une sous-préfecture !

— Il faut parfois commencer petit… dit presque tout bas d'Aure, d'un ton un peu rêveur.

Il poursuit :

— Mais surtout dans ce pays, il faut briller de manière évidente pour s'imposer... Voyez le peu de résultat qu'ont les heures de discussions à la Chambre chaque année quand on examine le budget des haras...

N'avouer à aucun prix qu'un poste bien rémunéré est une urgente nécessité financière.

— Mais je pourrais vous dire que, quels que soient ses mérites, votre équitation est trop artistique, trop délicate, trop compliquée même pour l'usage militaire... Allons, nous sommes entre nous, vous ne pouvez pas dire le contraire : il n'y a rien de commun entre le cirque et le champ de bataille tout de même !

Il lui parle maintenant comme à un benêt qui refuse de se rendre à une évidence, et qu'il faut un peu bousculer. Mais Baucher ne concède rien et lui répond de sa voix sourde :

— Justement, ma méthode convient aussi bien pour la troupe que pour les écuyers ; elle permet d'aller vers la haute équitation mais n'y contraint nullement, et elle rend plus facile les exercices les plus simples, comme ceux du peloton, alors que l'équilibre – ou plutôt le déséquilibre – sur les épaules que vous prônez expose le cheval à buter et tomber sur la moindre motte. Et surtout, ma méthode permet de dresser n'importe quel cheval en peu de temps, y compris les carcans et les coquins que la remonte ne peut éviter sur la masse des chevaux qu'elle achète ; elle fera gagner énormément de temps et d'argent. Mais vous qui n'avez jamais monté que des chevaux de luxe, je crains que vous n'ayez guère idée de ce genre de problème pratique...

D'Aure reprend son parler ennuyé de dandy qui voit quelque chose de vulgaire dans la controverse :

— Ce n'est pas mon avis… mais l'heure tourne, vous avez sans doute à faire car ce soir tout Paris sera là et vous en serez le roi !

— Si je ne suis pas détrôné par Géricault : les trônes sont fragiles à notre époque !

Le mot serait malheureux dans un cercle philippiste, car même s'il s'agit d'une ridicule pantalonnade, ce n'est que le mois dernier que Louis Napoléon Bonaparte a tenté de débarquer à Boulogne pour soulever la troupe ; son procès s'ouvre dans quelques jours… et d'Aure qui doute de la solidité de ce régime régulièrement menacé par les attentats, et reconnu du bout des lèvres à l'étranger, s'interroge : Baucher aurait-il des informations secrètes par des réseaux bonapartistes entretenus depuis son service auprès de Caroline Bonaparte ? Tout est possible… Même que la légende inventée par lui soit en fait vérité…

D'Aure n'est pas spécialement attaché à la dynastie des barricades, mais il n'aime pas les révolutions et se souvient de la catastrophe que fut pour lui juillet, il y a dix ans, le faisant tomber de la direction effective de l'école de Versailles à… plus rien. Il repense aux années difficiles qui ont suivi 1830, après lesquelles il a fallu se résoudre à tenir manège rue Cadet, où la providence vint le chercher en la personne de Laurent Franconi qui enseignait l'équitation aux jeunes princes, Orléans et Nemours.

Le roi leur père était un bon cavalier militaire : il avait appris avec son père, et perfectionné aux armées une équitation « large » et utilitaire. Il avait voulu voir ses fils formés à la manière classique qui était celle de Franconi, mais s'impatientait de la timidité que semblait inspirer à l'instructeur la qualité de ses élèves. Chacun connaissait monsieur d'Aure comme le meilleur maître de manège de Paris, et le roi-citoyen passa sur ses états de service auprès de la branche aînée – au demeurant partagés par une bonne partie du personnel de la Cour. Il pensa qu'un gentilhomme de vieille roche aurait plus d'autorité qu'un écuyer de cirque, encouragé par Nemours qui, petit garçon, l'avait souvent rencontré grâce à la duchesse d'Angoulême et se souvenait du fameux carrousel de Versailles où elle l'avait conduit.

Franconi vint donc un jour voir d'Aure pour lui passer le flambeau, ce qui voulait dire un retour en grâce et surtout à la mode… cette mode si versatile qu'elle semble près de l'abandonner ce soir si, comme il semble en être bien assuré, Baucher s'en tire avec les honneurs et devient le cavalier du jour.

D'Aure lève son chapeau et fait trois pas vers un joli tilbury dont un groom « gros comme le poing » tient difficilement tranquille le cheval un peu trop chaud, puis se retourne, tout sourire :

— Vous viendrez bien souper au Café de Paris après le spectacle, mon cher maître ? On videra quelques bouteilles de champagne à votre santé !

Baucher ne répond pas ; il n'est homme ni de cercle ni du boulevard, pas même un homme du monde même si ses manières sont sans reproche, et ne voit rien de sublime dans cette habitude des paris, l'une des façons pour un dandy de prouver l'ennui que lui inspire l'existence en s'acquittant de l'obligation de jeter l'argent par la fenêtre pour échapper à l'un fut-ce au péril de l'autre.

Il est vrai que l'ennui n'a pas de place dans ses journées : l'enseignement, le dressage de ses chevaux, les spectacles quotidiens suffisent à son bonheur, et la société qu'il préfère est celle de ses élèves. C'est avec eux qu'il prolonge parfois les leçons par un moment de conversation autour d'un déjeuner à la fourchette dans un café ordinaire du boulevard.

L'espèce de cour qui entoure Seymour, ses chevaux et ses millions, lui semble un univers vide et cruel, qui se divertit en paris stupides et farces puériles comme les potaches d'un collège mal tenu. Ce n'est que poussé par Lancosme-Brèves, qui avait ouvertement porté ses couleurs sur Géricault, qu'il s'est laissé entraîner dans ce pari qu'il va gagner bien sûr, mais qui lui semble tellement plus facile que les dressages de chevaux balourds, bien moins gâtés par la nature que le fougueux pur-sang, qu'il aime à mettre à la haute école.

Casanova, après une longue carrière de séducteur, goûtait davantage les femmes laides que les belles ; Baucher, avec le temps, aime de plus en plus dresser des chevaux disgraciés au point de sembler inaptes aux airs de manège.

Il va boire un chocolat, croquer un croissant, et ce sera l'heure de faire travailler Caroline Loyo, la première femme écuyère de cirque qui ne danse pas sur le dos des chevaux mais les présente en haute école, bien droite sur sa selle d'amazone.

Pendant ce temps le tilbury de d'Aure, qui mène à grandes guides, l'emporte chez Seymour où ce sera l'heure de la boxe, de l'escrime, ou de la chasse donnée aux rats dans le gymnase par une meute de fox-terriers constituée en équipage… Il dînera ensuite au Café de Paris avant d'entraîner au Bois quelques élèves, parmi lesquelles une ou deux jolies amazones bénéficieront de tous ses soins, puis ira faire toilette de soirée pour venir au Cirque olympique. La parfaite journée d'un dandy, du maître de manège le plus lancé de Paris – car il reste maître de manège même sans manège... Mais dandy sans argent ? Impossible... Or il n'en a plus ou presque.

Avec les dix-huit mille francs que lui verse pour l'année le patron du Cirque olympique – plus que le traitement d'un conseiller d'État –, les leçons et les ventes de chevaux dressés, Baucher l'homme du peuple est bien plus riche que le noble vicomte dont la modeste fortune n'a pas résisté à la déconfiture de son beau manège de la rue Duphot. Trop beau justement, trop luxueux, trop semblable aux riches hôtels de ses amis fortunés qui venaient là comme des invités et oubliaient de régler les factures qu'il oubliait parfois de leur envoyer. Il aurait mieux fait de rester rue Cadet, dans un manège plus modeste mais plus facile à administrer.

Rue Duphot, la fête a duré un an... Une maladie qui s'est mise dans ses chevaux a porté le dernier coup et, à la fin de 1839, d'Aure s'est retiré en faisant une manière de faillite, qui aurait pu le mener à Sainte-Pélagie si ses actionnaires, gens du monde, ne s'étaient pas comportés comme tels en avalant leurs pertes avec le sourire. Et il doit bien s'avouer que s'il a l'œil du maquignon pour choisir les bons chevaux, il n'en a pas la rouerie pour les acheter à bas prix – rien qu'en le voyant, les éleveurs ajoutent vingt pour cent à leurs ambitions – et les vendre au plus haut – difficile de ne pas « faire un prix » à un homme du monde quand on prétend aussi l'être. Au bout du compte, son idée de devenir l'« importateur » des meilleurs chevaux normands à Paris ne lui rapporte guère d'argent.

C'est le moment où le succès bat son plein pour l'autre, qui remplit à craquer son cirque élyséen... On l'acclame et on déclare que Franconi a trouvé son maître.

Cela va jusqu'au duc d'Orléans, son ancien élève, toujours très aimable avec lui mais qui est ouvertement fasciné par les exploits du saltimbanque, alors qu'il est, en tant que président du Comité de cavalerie, la pièce maîtresse du dispositif sur lequel d'Aure compte pour obtenir ce qui lui revient de droit, et dont Juillet l'a injustement privé jusqu'ici : la charge d'écuyer en chef de Saumur. Il en attend d'être libéré de deux soucis : celui de gagner de l'argent et celui de prouver chaque jour qu'il est demeuré le meilleur. L'écuyer en chef Champet est en place depuis trois ans et devra bien partir faire son temps de régiment sous peine de rester commandant à vie : ce n'était pas le moment de voir éclipser ses talents, et cette histoire qui avait si bien commencé risquait de mal tourner au mauvais moment...

Parfois Seymour achetait lui-même, sur un coup de tête, les chevaux qui arrivaient d'Angleterre chez Drake : ainsi parut Géricault, un modèle parfait mais assez petit, et une caboche inexpugnable.

D'Aure avait connu des chevaux qui s'emportaient et galopaient droit devant eux jusqu'à épuisement : les laisser aller au bout de leur caprice était le moyen sûr de le faire disparaître ; d'autres restaient obstinément sur place, mais il était bien rare que la cravache n'en ait pas raison. Et tous les jeunes chevaux essaient de « décrocher » leur cavalier par quelques sauts de mouton plus ou moins puissants dont ils se lassent vite si l'assiette est ferme. Mais il y avait une quatrième catégorie, celle des chevaux impossibles, dont Géricault faisait partie, ces chevaux dont on dit avec une sorte de respect qu'ils ont « du vice » : ce sont ceux qui sont assez intelligents pour comprendre qu'ils peuvent se débarrasser de leur cavalier s'ils font vraiment ce qu'il faut pour cela, et il n'y a rien à en faire sinon les envoyer au boucher.

En le voyant bondir au bout de la longe du palefrenier qui le lui présentait, aux écuries de Seymour à Sablonville, il avait résolu qu'il ne poserait pas son séant sur cet animal et cherché le meilleur moyen d'éviter ce qui ne manquerait pas, le défi du lord : « Mille louis que vous lui faites faire un tour de cour sans tomber », qu'il lui faudrait bien tenir, dût-il se rompre les os – ce qui amuserait sans doute autant Seymour que d'avoir donné la colique à quelque autre de ses courtisans. L'un d'entre eux, le vicomte de Tournon, fit l'essai et ne tint pas plus de deux cents mètres en selle, décroché par des sauts latéraux particulièrement pervers d'après les spectateurs – dont heureusement d'Aure n'était pas, retenu par un rendez-vous avec ses créanciers, car le défi n'aurait alors pas manqué devoir être relevé, peut-être même sans bourse d'or à la clé, juste pour l'honneur, comme disaient ces gens trop riches.

Ce fut La Genevraye qui lui donna la solution toute faite, sans le vouloir, un soir qu'ils devisaient avec toute la bande autour d'une glace chez Tortoni et qu'une fois de plus, le Normand masqué vantait les talents de Baucher, se targuant de l'avoir découvert avant tout le monde et le prenant à témoin de ce que déjà en 1829, il le lui avait recommandé pour participer à sa fameuse école normale d'équitation, avant même que l'année suivante Franconi s'associe avec lui pour son manège de Rouen et ne commence à faire parler à Paris de ce « phénomène ».

L'atmosphère commençait à se tendre entre pro- et anti-Baucher, même si ces derniers ne se disaient pas encore d'Auristes, et quelques dandys firent tapage autour d'eux aux cris de « la paix avec votre Baucher » ou « ce n'est qu'un saltimbanque » , ou encore « nul ne sait comment il dresse ses pauvres chevaux mais pour les éteindre comme il le fait, il faut qu'il les batte bien fort ». Seymour était accoudé un peu plus loin en silence, ce qui montrait bien qu'il n'était plus aussi convaincu de la nullité de la méthode Baucher quand La Genevraye se tourna vers lui :

— Tenez, milord, je suis certain qu'il pourrait monter Géricault.

— C'est impossible ! s'écria d'abord d'Aure.

— Vous voulez dire que vous ne vous y risqueriez pas ? » dit le lord.

Il y eut un de ces instants de silence où peut se jouer une vie ; chacun regardait tour à tour d'Aure, blême et frémissant, et Seymour qui souriait à demi, en attendant que ce dernier lance ouvertement le défi qui conduirait l'écuyer au triomphe ou à la chute. D'Aure ne paniqua pas : il avait eu tort de parler trop vite et de sembler s'opposer à l'idée du défi, mais en un éclair il avait vu l'occasion et médité le piège, qu'il arma aussitôt :

— Ne me désobligez pas, milord, vous m'avez vu en mater dix qui ne lui cédaient en rien. Mais après tout, voilà l'occasion de voir si monsieur Baucher est un homme de cirque ou un homme de cheval. Et c'est un pari entre monsieur de La Genevraye et moi.

— Je tiens, dit La Genevraye, pour un dîner en face à douze invités (en face, c'était le Café de Paris).

— Et moi, tonna Seymour de sa voix de géant, moi j'ajoute le cheval pour celui qui tient dessus le temps de faire le tour du Bois.

D'Aure était ravi : Baucher serait ridicule ou blessé, et si par hasard il l'emportait, le cheval quitterait Sablonville et disparaîtrait de sa propre existence ; en tout cas, plus personne ne lui demanderait de monter cette brute de Géricault.

La Genevraye informa Baucher le lendemain matin, un peu embarrassé car, à jeun, l'idée lui semblait moins bonne... et ne fut pas très bien reçue par le maître auquel ces histoires de paris d'ivrognes à propos de tout et rien ne plaisaient guère.

— C'est une gageure de cosaque que vous m'apportez là, mon cher... Je suis écuyer, pas dompteur de fauves... et je n'ai pas même seulement vu l'animal.

— Moi je l'ai vu, dit alors Lancosme-Brèves qui se trouvait là ; et je suis d'accord avec vous, maître, ce défi n'est pas pour vous, mais si l'un de vos élèves le relève et l'emporte, c'est bien votre méthode qui triomphera ! Je suis volontaire...

Le soir même, au cirque, Seymour lança son défi à Baucher au moment où celui-ci mettait pied à terre sous les applaudissements du public ; Lancosme-Brèves s'avança pour le relever au nom de la méthode et Seymour accepta la substitution sans que d'Aure puisse s'y opposer : après tout, si l'élève réussissait, le génie du maître serait démontré... et vice versa, songea d'Aure.

Au désespoir stupéfait de d'Aure, qui l'avait cru incapable de ce qui l'effrayait lui-même, Lancosme-Brèves l'emporta, mais dans des conditions qui furent reprochées car toute la bande montée des bauchéristes l'entourait et pressait Géricault de si près qu'il ne pouvait lancer ses ruades à sa guise. Seymour lui donna néanmoins le cheval qui fut aussitôt offert par le gagnant à son maître : c'était comme un second défi et Baucher annonça qu'il présenterait Géricault en reprise après un mois de travail.

D'Aure fut soulagé : plus question que Seymour exige qu'il chevauche ce diable à quatre pieds, et surtout Baucher serait immanquablement décroché ou tout du moins ridicule, lui qui ne montait que des chevaux lourds et dociles (La Genevraye prétendait le contraire, mais d'Aure était convaincu qu'il les choisissait tels, seule explication pour lui de leur parfaite soumission, les éperons du maître suppléant à une impulsion absente). Il en entendrait alors un peu moins parler… et avec un peu de chance, Baucher retournerait épater les publics de province ou partirait en tournée avec son cher Dejean au lieu de se pavaner un soir sur deux sur cette piste, devant tous les curieux mais aussi les gens qui comptent – jusqu'au général Oudinot, si influent comme inspecteur de la cavalerie même s'il ne dirige plus Saumur. Ce serait faire d'une pierre deux ou trois coups : éviter de courir le risque de se rompre le cou, écarter un rival, et remplir sa bourse…

Car il est urgent de se refaire : s'il ne fait rien, sa femme et ses enfants réfugiés à Montlieu, leur terre à la lisière de la forêt de Rambouillet, ne tarderont pas à recevoir eux aussi la visite des huissiers. Il a parié à peu près tout ce qui lui reste, et même un peu davantage, et se réjouit que d'un commun accord tous les paris perdus sur la promenade au Bois aient été reportés en doublant la mise sur la prestation de ce soir.

D'Aure est sûr de son coup, car dresser en un mois un cheval à peine débourré comme Géricault, même un cheval ordinaire, « ne s'était jamais vu et ne se verrait jamais », ainsi qu'il l'a proclamé dans le gymnase de Seymour au milieu des acclamations, incapable d'imaginer qu'un autre puisse réussir ce qu'il n'oserait pas essayer.

— C'est un jacobin, ne put-il s'empêcher d'ajouter. Ces gens-là se croient tout permis, ils osent tout, c'est à cela qu'on les reconnaît.

La formule fit florès sur le boulevard. D'Aure est convaincu que pour parvenir à présenter des mouvements d'école, il faudrait que Baucher fasse ce qu'il ferait lui-même, et use de moyens violents et visibles dont la brutalité le discréditerait – en bon écuyer mondain, d'Aure ne montre jamais aux propriétaires qui lui confient des chevaux difficiles les raclées au prix desquelles il les rend dociles et craintifs.

D'Aure vient donc de passer un mois assez agréable : même si ses soucis d'argent restent cuisants, il a l'espoir d'en régler au moins une partie avec les paris, et surtout celui d'être débarrassé d'un encombrant rival dans l'esprit des Parisiens, du Boulevard et d'abord des Altesses.

La mine impassible qu'il vient de voir à Baucher ne lui plaît qu'à moitié car s'il n'a rien pu voir il a écouté, et rien entendu de ce qui aurait pu signaler une vraie bagarre… tout cela ne voulant rien dire au demeurant : Baucher pourrait massacrer le cheval en silence, et se montrer aussi habile que lui-même à faire bonne mine dans l'inquiétude. Il continue son chemin en se disant qu'il aurait mieux fait de ne pas venir, résolu à ne raconter sa visite matinale à quiconque – et à l'oublier si faire se pouvait…

À peine a-t-il disparu à l'angle de la rue du Faubourg-Saint-Honoré que Lancosme-Brèves se glisse d'une ombre d'arbre à l'autre avec des mines de conspirateur, drapé jusqu'aux oreilles d'un plaid écossais des plus galants qui masque à demi son visage. Il n'a rien perdu de la conversation et écume d'agacement :

— Quel bélître ! Il voulait vous espionner… On dit qu'il a joué des fortunes, et des fortunes qu'il n'avait pas… mais laissons cela, comment est notre Pégase ?

— En parfaite forme et prêt pour un tour au trot, cher ami ; n'attendez pas que ses muscles aient refroidi : allez jusqu'au Bois et revenez dans un trot raisonnable mais décidé. Il ne fera rien d'autre d'ici ce soir.

— À l'anglaise ?

— À l'anglaise, si vous voulez, j'ai pitié de vos reins et des siens. Mais qu'on ne vous reconnaisse pas surtout !

— Oh moi, cela n'a pas d'importance et lui, personne n'imagine que ce soit Géricault en le voyant si tranquille ; l'autre jour au Bois un loustic m'a lancé : « On est mieux sur cette bique que sur Géricault, vicomte ! » Moi-même d'ailleurs j'ai peine à croire que ce soit le même cheval que celui sur lequel je me cramponnais il y a un mois… et de toute façon à cette heure je risque peu de rencontrer qui que ce soit d'informé du pari.

— Au demeurant, rien ne nous interdit de lui faire prendre un peu l'air… Bonne promenade, cher ami, retrouvez-nous pour déjeuner du côté de chez Pellier.

Baucher rentre au Cirque en se disant que ce brave Lancosme-Brèves l'a quand même mis dans une situation qui aurait pu devenir difficile en remportant quatre semaines plus tôt la gageure au nom de la méthode Baucher. Sans préparation, la méthode n'était d'aucune utilité et sa fermeté en selle avait été seule en cause… et victorieuse des sauts latéraux du pur-sang. Mais il n'aurait rien perdu, ni argent ni honneur, à rouler un peu dans l'herbe, et lui, Baucher, n'en serait pas à jouer sa réputation sur cette soirée qui lui paraissait de plus en plus comme un piège. Il sentait se nouer dans son estomac la petite pelote un peu douloureuse dont lui avait un jour parlé la Malibran venue l'applaudir : « Avez-vous le trac avant d'entrer en scène, monsieur l'Écuyer, ou bien vos chevaux l'ont-ils pour vous ? »

Le trac, il l'avait eu la première fois qu'il avait enfourché Géricault, après trois séances de travail uniquement à pied, flexions puis marche au pas le long de la lisse, trot et même petit galop : sans autre poids sur le dos que la selle, le cheval se laissait conduire assez gentiment. Le quatrième jour, après de longs assouplissements, il l'avait arrêté le long du montoir et s'était glissé sur son dos avant d'appliquer immédiatement l'effet d'ensemble le plus doux et le plus ferme : enveloppant le cheval de la force de ses jambes et résistant souplement dans ses mains et dans son dos, il le figea avant qu'il ait pu se reconnaître... et partit au pas dans la même tension ; le cheval écumait mais restait dans la main. Il partit alors au trot et enfin au galop sans éprouver ce jour-là ni jamais le fameux « coup de cul en tire-bouchon » qu'avait ainsi décrit Lancosme-Brèves : « Il ne cherche pas à vous faire voler en l'air mais à vous jeter sur le côté en portant la croupe vers la droite avant de la lancer violemment à gauche en vrillant ses postérieurs. C'est comme une énorme gifle. »

Mais le trac aujourd'hui revient comme jamais, au creux de l'épigastre. Que s'est-il lancé dans ce pari stupide, lui qui a toujours avancé prudemment, minimisant les risques, préférant l'ombre à la lumière !

— Eh bien, François, vous rêvez ?

Caroline est entrée, montée sur Partisan.

— C'est l'heure de mon miroir, François, l'avez-vous oublié ?

Caroline est coquette et fière : elle faisait déjà les beaux soirs du Cirque quand Baucher y est arrivé et même s'il la fait travailler, il n'est pas son professeur, mais son miroir… Un miroir admiratif car elle est à cheval la grâce incarnée – « la grâce est le plus bel ornement de l'art », écrivait déjà La Guérinière qui n'imaginait sans doute pas que la formule serait incarnée avec tant d'évidence par une femme, par cette Caroline Loyo que Janin appelle « la Taglioni équestre » en la comparant à la plus grande danseuse de son temps.

Ce matin, elle est à couper le souffle.

C'est sans doute pour aller au Bois après sa leçon qu'elle a fait aujourd'hui toilette au lieu d'enfiler l'habituelle robe noire de travail.

Elle porte la tenue dans laquelle de Dreux l'a peinte en amazone à la mandoline : l'ample jupe jaune moirée qui drape d'une autre soie la soie de la robe bai cerise du pur-sang, et le casaquin ajusté de velours bleu-noir qui souligne la cambrure de son rein, vrillé souplement pour assurer malgré la torture de la selle à fourche la rectitude des épaules, face aux oreilles du cheval, qui signe l'amazone d'élite. À l'échancrure, une rose s'épanouit avec la gorge gracile, sous le cou dégagé et délicatement voussé que dessine un simple ruban noir portant une perle. Sur la petite tête qui sertit deux immenses yeux noirs il y a quelque chose de léger comme un nuage, à base de paille noire, de plumes noires, de dentelle noire, épinglé sur un catogan noir qui découvre la nuque inclinée. La main droite tient délicatement les quatre rênes et la longue cravache qui remplace de ce côté la jambe absente. Fine et légère, gantée de peau crème, la main gauche pend négligemment derrière la hanche et le troussequin de la selle, avec une douce cassure du poignet qui semble un écho à celle de la taille sous laquelle la jambe gauche descend en souplesse jusqu'à l'étrier, la droite tenant ferme accrochée à la fourche, drapant un triangle fluide et mobile, qui palpite au doux rythme du pas d'école de Partisan.

Elle se met au travail et Baucher la regarde ; ou plutôt il les regarde, il regarde cet être hybride auquel la dissimulation des jambes par la jupe à gauche, et plus encore l'absence de jambe à droite, donne une étrange unité de centauresse. De temps en temps, mécaniquement et presque sans y penser, il fait une remarque, suggère une posture, conseille ici d'ouvrir les doigts et là d'accentuer le rassembler. Tout commence bien sûr par quelques flexions, mais Partisan n'en a presque plus besoin : il se tourne une ou deux fois, avec gourmandise, vers son flanc droit ou vers le joli pied gauche que l'on devine sous la soie jaune. Puis trot rassemblé, voltes, serpentines ; « un peu plus d'action, Caroline, il peut donner plus de tride que cela, même au simple trot » ; elle est à main gauche et il apprécie l'accord des aides qui répondent à son conseil : d'abord la jambe qui se rapproche, puis simultanément une légère élévation de la main et l'engagement du rein sous lequel ressort une courbe adorable.

Au galop, c'est une douce tempête de soieries qui balaie la piste, et ce diable de coup de reins qui forcément s'accélère et va plus loin, le dos qui ondule et fait bomber le torse à Caroline dont le regard reste droit et haut, la jambe droite qui se ferme sur la fourche pendant que la gauche agit au flanc du cheval sans que la soie moirée laisse rien ignorer de leur galbe parfait ; Baucher reste muet et pense : « Mon vieux Partisan, tu ne t'ennuies pas. » Mais son cheval semble indifférent au prodige qu'il porte, simplement confiant et disponible. C'est en lui proposant de le monter que Baucher a conquis les bonnes grâces de Caroline, inquiète de se voir détrônée du dernier numéro des soirées du Cirque. Elle a vite accepté qu'ils alternent, et remercié Baucher de lui permettre d'emmener au Bois le pur-sang qu'il était ainsi dispensé de faire prendre l'air, ce qui l'ennuyait fort. Et puis il l'a regardée monter, aidée à vaincre certaines difficultés avec ses chevaux, en « miroir » qui commente et qui guide, et pour ce mois consacré à Géricault il lui a demandé de faire son intérim avec son cheval de tête.

Il a appris à la respecter comme écuyère, mais jamais il ne s'était aperçu qu'elle était si belle. Il en oublierait le défi du soir sans cette sensation de l'épigastre qui, petit à petit, l'impose à son esprit.

Alors quand elle s'étonne de son silence – « Je suis parfaite aujourd'hui, ou vous pensez à la mort de Louis XVI ? » –, il lui avoue :

— Pardonnez-moi Caroline, c'est ridicule mais j'ai l'estomac noué ; le chocolat n'a pas dû passer.

— Allons, mon maître, c'est le trac, rien de plus naturel avant une grande soirée.

Tout à coup elle fait signe à un groom, s'approche de Baucher qui reste piqué au milieu de la piste, et arrête Partisan à main gauche juste devant lui – dans les règles, au carré, hanches engagées et chanfrein vertical. Elle abandonne au gamin venu à sa droite ses rênes et sa cravache, et se penche vers Baucher les bras demi-tendus. Il est assez facile aux amazones de se mettre en selle avec un montoir, mais pour mettre pied à terre elles s'appuient en général aux épaules d'un homme qui leur prend un instant la taille, bras tendus, pour ralentir leur chute au sol. C'est un geste d'homme du monde, de domestique ou de camarade, qu'il a fait cent fois pour elle, mais cette fois-ci elle plie les bras et pèse davantage sur les siens, tant et si bien qu'elle atterrit contre lui, le menton sur son épaule et le corps emboîté au sien, du col aux chevilles.

Elle ne bouge plus, et on emmène Partisan. Baucher reste figé, ses paumes se posent sur cette taille flexible qu'il voyait à l'instant si sinueuse, épousent les hanches… Sa moustache effleure le ruban noir et il hume un parfum un peu trop épicé, concentré par l'effort qu'elle vient d'accomplir.

Elle lui chuchote à l'oreille :

— Moi aussi, j'ai le trac certains jours… et je sais comment le soigner.

Il ne savait pas même qu'elle avait une loge au Cirque, lui qui s'habille dans un coin de l'écurie où l'on a mis une chaise et une cuvette derrière un vieux paravent.

Ce n'est qu'un grand box qu'elle a transformé en une sorte de cabane en y faisant poser un toit et une porte pleine, et le divan y prend presque toute la place, au milieu d'une sarabande de poufs, de coussins, de châles et de tapis. Aux murs des armes orientales, des jupes de soie pendant à des patères, des chapeaux et des cravaches. Épinglés çà et là des dessins d'Alfred de Dreux, qui la fait poser pour la plupart de ses tableaux d'amazones, changeant la couleur de ses cheveux ou lui allongeant le nez pour donner le change. Jamais le peintre mondain n'a officiellement présenté de portrait d'elle, mais elle inspire toutes ses amazones anonymes et a prêté sa silhouette à plus d'une grande dame ainsi représentée : « Vous êtes l'idée de l'amazone, lui dit-il, l'Amazone par excellence, la reine des amazones en somme. » Elle s'en fiche et ne lui refuse même pas de finir parfois galamment les séances de pose : Caroline est bonne camarade, elle aime la vie et l'amour, et aujourd'hui elle ne rend pas seulement service à son ami travaillé par ses nerfs, elle réalise un vieux rêve, celui de voir enfin se dénouer entre ses bras cet homme corseté, ses sourcils toujours froncés, son demi-sourire sous la moustache. Elle n'admet pas qu'un homme usurpe le privilège féminin du mystère. « Non mais, dit-elle un jour à Rul, il se prend pour la Joconde, votre ami ! »

— Ne fais pas de bruit, murmure-t-elle pendant qu'il la dégrafe, sinon tous les gamins du quartier vont accourir.

On ne saurait mieux dire qu'il est loin d'être le premier, mais qu'importe : il s'abandonne à l'amazone qui lui démontre sa royauté…

En la quittant, pour la première fois de sa vie peut-être, il a risqué un calembour :

— Votre miroir est brisé, ma chère.

Elle a ri en se recoiffant devant sa glace et de sa voix gouailleuse a lancé :

— Ça te portera bonheur, mon grand !

En passant devant le box de Partisan, il lui a glissé une pomme pour se faire pardonner la promenade oubliée.

# Chapitre VIII
# Un déjeuner d'hommes de cheval

*« Le vicomte est habillé pour l'hiver. »*

*23 septembre 1840, onze heures et demie,*
*restaurant Julien, 18 rue du Faubourg-Montmartre*

Remis de ses émotions, Baucher a fait seller Capitaine, et il trotte jusqu'au manège de la rue du Faubourg-Saint-Martin où il est, depuis 1834, l'associé de Jules-Charles Pellier, et dont quelques-uns des élèves sont devenus ses amis. C'est avec plusieurs d'entre eux qu'il a rendez-vous dans le restaurant le plus proche, où il a pris ses habitudes. Ce n'est ni la Maison dorée ni le Café de Paris, ces temples du dandy, mais une table honnête et saine où l'on connaît ses habitudes.

Ont été priés à ce déjeuner à la fourchette en forme de veillée d'armes Rul, qui se veut le disciple préféré et absolu et l'amuse de sa vénération, Lancosme-Brèves inévitablement, le fidèle Gaussen, bourgeois socialisant mais écuyer intransigeant, Cuzent l'acrobate musicien, et Got, comédien du Français, sans compter bien sûr son fils Henri qui, à vingt-deux ans, commence à gentiment « toucher sa bille » à cheval.

La Genevraye passera au café donner des nouvelles de l'autre camp puisqu'il déjeunera au Jockey.

Il y aura aussi son associé Jules-Charles Pellier, que Franconi fut surpris de voir lui tomber dans les bras quand il crut les présenter : malgré leurs six ans d'écart, ils avaient fait partie à Versailles de la même bande de gamins, buvant les burettes du curé de Saint-Louis dont ils servaient la messe et se battant avec des épées de bois dans les cours des écuries.

Les Pellier traversent à cheval les régimes depuis que le grand-père Louis, piqueur de la Grande Écurie, pour qui rien n'était plus beau ni plus difficile que de marcher au pas bien droit, gagna le pari – vingt-cinq louis – de parcourir au pas de son cheval l'aqueduc de Buc qui amenait aux fontaines de Versailles l'eau des étangs du plateau de Saclay, le Trou-Salé et le Pré-Clos : 580 mètres de long, et un sentier d'un mètre de large à vingt-huit mètres de hauteur… Il s'évanouit à l'arrivée ! Il eut la bonne idée de mourir en 1789, mais son fils Louis-Charles, formé lui aussi à la Grande Écurie du temps des d'Abzac, dut émigrer et fut l'écuyer personnel du duc d'Enghien avant de bénéficier de la grâce de 1802 pour devenir écuyer à l'école impériale d'équitation, puis après 1815 au manège royal de Paris, devenu manège central en 1830… plus fidèle à son art qu'à ses maîtres ou à leur mémoire…

Notre Jules-Charles est son neveu, le premier de la dynastie né après la chute de la monarchie ; il passa aux grenadiers à cheval de la garde royale, puis au manège royal, et rejoignit le faubourg Saint-Martin où Baucher soutient avec lui la concurrence avec l'autre héritier de Versailles installé rue Cadet puis rue Duphot, à l'autre bout – le bout chic – des boulevards, le vicomte d'Aure. Il monte à l'ancienne et volontiers en selle à piquer, forme ses élèves dans les piliers, mais admire Baucher parce qu'« il sait se servir de tous les chevaux, quelque tarés qu'ils soient », ce qui est pour lui la définition de l'équitation. Et c'est Baucher qui forme son fils, Jules-Théodore, promis à une belle carrière jusqu'au tournant du siècle prochain… Une dynastie, vous dit-on !

Sur le chemin, alors qu'il doit arrêter Capitaine pour laisser passer un charroi, un gamin dépenaillé lance :

— Alors monsieur Baucher, montrez-leur qui nous sommes, ce soir !

Baucher sait que pour certains le pari sur Géricault oppose une bande d'aristocrates et un homme du peuple, porteur de tous les espoirs des gens du commun contre ces dandys qui mettent leur honneur à gaspiller chaque jour ce qu'un ouvrier gagne en cent et qui regrettent ouvertement la branche aînée quand ce n'est pas l'Ancien Régime.

Il ne s'en émeut pas, mais ne comprend pas très bien cette façon de voir les choses : bien sûr, d'Aure se réclame de l'école de Versailles fermée en 1830, mais il lui tourne en réalité le dos avec son « équitation large », et d'ailleurs pour revendiquer sa continuité il prétend que les d'Abzac allaient déjà dans son sens, ce qui fait sourire tout vrai connaisseur – comment croire que ces hommes remis après trente ans d'exil à leurs places exactes d'avant la Révolution ne fassent pas marcher l'horloge de l'histoire à rebours, et penser qu'ils aient pu enseigner autre chose que ce qu'ils avaient eux-mêmes appris ?

Quant à Baucher, s'il veut faire une révolution, c'est seulement dans les principes qu'appliquent les cavaliers. Il n'a pas d'illusion, l'équitation n'est pas pour le commun – sauf à l'armée – et, si c'est bien sa volonté qu'un jour le moindre troupier bénéficie de sa méthode, il sait bien que sa clientèle de professeur sera toujours celle des gens du monde, auxquels il n'est pas interdit de bien monter.

Baucher veut bien comprendre qu'on débite aux élèves l'équitation dont ils ont besoin, mais ce qu'a professé d'Aure rue Duphot, c'est une équitation pour dandys : en un ou deux mois, dans le meilleur des cas, ils sont capables de parcourir le Bois à fond de train sur des chevaux trop chauds sans se faire décrocher, et voilà tout. Quelle absurdité que de prétendre que cela suffirait pour faire un dragon ou, pire encore, un hussard ? Et surtout que ces principes permettraient de dresser d'autres chevaux que ceux que le vicomte sait si bien choisir en Normandie : les braves demi-sang de luxe, à la fois beaux et bien disposés, qui semblent avoir réfléchi dans leurs prairies natales à la meilleure façon de servir leurs cavaliers – ceux qui ne ressemblent pas à la carne qu'il a essayé de lui vendre et qu'il regrette presque de ne pas avoir achetée et présentée comme il présentera ce soir Géricault, qui n'a que le tort d'être un peu folâtre ?

Il a conclu depuis longtemps en lui-même : c'est lui, le fils du marchand de vin, qui est vraiment fidèle à la grande tradition académique versaillaise, dont la clé de voûte est la recherche de l'équilibre et de la légèreté, ces vertus si françaises. Bien sûr, son équilibre n'est pas tout à fait celui des anciens – mais que dire de ce que prône d'Aure, ce déséquilibre déporté sur l'avant-main par le développement désordonné de l'impulsion ? – et sa légèreté s'obtient par des moyens qu'ils n'avaient pas imaginés – mais d'Aure n'y pense même pas, qui veut que le cheval soit conduit par les rênes « comme l'aveugle par son chien ». Et comment se dire l'héritier des grands écuyers de manège d'autrefois quand on refuse tout simplement tout mérite au travail de manège ?

Qui peut le plus peut le moins, et un cheval bien dressé entre quatre murs est sûr à l'extérieur, pour la chasse ou la guerre où bien sûr on va à des allures plus étendues, dans une équitation pratique dont les anciens maîtres ne parlaient même pas parce qu'elle était à leurs yeux le résultat du travail de manège… Un cheval assoupli, en équilibre sur ses quatre pieds, posant sur la main une bouche confiante, sera plus sûr en terrain varié que ces planches à pain raidies sur le mors et précipitées dans une espèce de chute en avant contrôlée que les disciples de l'ancien écuyer de Versailles promènent rênes flottantes et pieds au vent.

Insuffisante pour bien monter à cheval, la méthode d'Aure, si tant est qu'elle existe, ferme aussi les portes de ce qu'un jour, devant Lamartine, Baucher a appelé la poésie équestre :

— Est-ce que tous les lycéens de France n'apprennent pas un peu de poésie, même ceux qui ne seront jamais poètes ? avait-il demandé au député-poète qui avait souri et murmuré :

— Mais qui a dit que poète était un métier ? Et quel homme n'a jamais composé quelques vers pour attendrir une belle ou célébrer un ami mort ?

Voilà bien la question : pour Baucher, tout cavalier devrait posséder les rudiments de la grande équitation, alors que d'Aure trouve plus simple de tirer les conséquences de la Révolution et surtout de l'Empire, qui en a selon lui prouvé l'inutilité, et de la faire disparaître pour qu'au bout du compte l'égalité se fasse entre cavaliers de toutes conditions, montant tous aussi mal les uns que les autres...

Au demeurant, pour Baucher, peu importent les idées professées à pied du moment qu'on est dans le vrai à cheval, et le groupe d'amis qui l'attend chez Julien reflète bien cette indifférence.

C'est l'une des fiertés de Baucher que de réunir cette compagnie que d'autres – et peut-être « l'autre » – diraient mélangée : Lancosme-Brèves, vicomte lui aussi, est peut-être le seul qu'il puisse fréquenter comme il fréquente déjà le marquis de La Genevraye ; sans doute aussi Gaussen, bourgeois et fort jacobin, mais dont la fortune est ancienne et solide et l'éducation parfaite ; Cuzent serait un bohème à ses yeux, alors qu'il commence à être connu comme compositeur en plus d'être l'un des plus intrépides acrobates à cheval du Cirque, voltigeant sur ses panneaux comme s'il avait six jambes... C'est surtout lui qui compose les musiques de scène de Baucher, et nul mieux que lui ne sait accompagner et accentuer les impressions des spectateurs par des mélodies et surtout des rythmes bien choisis. Ce qu'il a composé pour ce soir est une réussite : brillant et vif sans être sautillant, l'air change de cadence pour s'ajuster aux allures selon le minutage fourni par l'écuyer – car Cuzent n'a pas eu plus qu'un autre le droit de voir Géricault au travail ; et qui sait si d'Aure déjeunerait avec un acteur, fut-il pensionnaire de la maison de Molière comme Got, qui se passionne pour l'équitation et sert, dit-on, de plume au maître pour ses ouvrages ? Enfin, pour Rul, la cause est entendue : c'est lui qui refuserait de s'asseoir à la même table que celui qu'il n'appelle que « monsieur Daure », en parvenant à faire entendre qu'il l'écrit sans d'… Mais ils pensent de même en équitation, et cela suffit à les rassembler.

Il les rejoint, non sans avoir vérifié que Capitaine aurait lui aussi sa ration pendant ce déjeuner qu'il prévoit assez long pour manger une bonne part du temps qui le sépare de sa minute de vérité.

On est un peu serrés à huit dans le cabinet particulier d'entresol, où l'on rentre instinctivement la tête dans les épaules sous le plafond bruni par la fumée des cigares. En l'attendant ils ont vidé quelques bières, mais il voit avec plaisir que dès son arrivée le garçon a sorti de la glace une bouteille de ce bon cidre normand dont il a pris le goût au Havre. La fraîcheur fruitée du breuvage le ramène vers ces rivages et un temps finalement plus tranquille…

On passe commande. Baucher veut des huîtres – des normandes, bien sûr – et une papillote de volaille aux truffes. Et pour le vin ? Du mâcon blanc et du chambertin.

— Du chambertin, mon maître ? s'écrie Gaussen. Savez-vous que c'était le vin préféré de Bonaparte ? Voilà qui n'est pas bon pour votre réputation !

— En effet, grince Lancosme-Brèves d'un ton nasal, comme légitimiste je ne suis pas plus philippiste que ce jacobin de Gaussen, mais je trouve que le moment serait mal choisi pour qu'on vous dise bonapartiste ; leur prétendant s'est couvert de ridicule, il va être prochainement condamné à finir ses jours dans une forteresse, et il aura tout le temps d'écrire d'absurdes brochures comme celle sur les « idées napoléoniennes ».

— L'avez-vous lue, Lancosme ? glisse Baucher entre deux huîtres.

— Parcourue seulement… Un tissu de sottises assez risibles : l'usurpateur avait bien des défauts, mais de là à en faire un démocrate passionné par le bonheur du peuple !

— La politique n'est pas mon affaire, reprend l'écuyer, mais il me semble parfois qu'à cheval nous appliquons de meilleurs principes que les politiciens en ménageant bien mieux qu'eux l'équilibre et le mouvement en avant.

— Tout cela, mon cher maître, ne nous dit pas où vont vos préférences quant à la dynastie…

Cuzent a osé poser la question dangereuse.

— Je n'ai pas eu à me plaindre des Bonaparte… Quand j'étais en Italie, j'apercevais parfois la princesse Borghese. Elle était bien belle…

— Vous l'avez certes moins bien vue que Canova cependant, murmura Got d'un air un peu grivois. Vous savez ce qu'elle a répondu quand on lui a demandé si cela ne la dérangeait pas de poser nue ? « Pourquoi donc ? Il y avait du feu ! »

Les éclats de rire font passer inaperçu le regard rêveur de l'ancien piqueur des écuries princières…

— J'ai aussi servi la branche aînée, continue-t-il. Le duc de Berry était très bonhomme, presque familier.

— Surtout avec les comédiennes, relance Got, décidément au fait de tous les secrets d'alcôve.

Baucher s'assombrit :

— Ce n'était ni un génie ni un saint, mais il l'a bien expié par une mort fort douloureuse… En tout cas, ce fut le deuxième prince auquel je fus attaché, et si le premier n'avait perdu que ses charges avec la chute de l'Empire, celui-ci perdit la vie… J'espère ne pas être un porte-malheur princier, mais dans le doute j'ai décidé de ne plus servir personne.

— On dit pourtant que vous pourriez aller à Saumur ? chuchote presque Rul.

Et tout à coup le silence se fait.

— Je veux bien y aller pour enseigner, mais je ne me vois pas sous les ordres de quelque ganache qui me reprochera sans cesse les épaulettes que je n'ai pas. Qu'ils adoptent ma méthode, ils n'auront plus besoin de moi quand ils l'auront comprise.

— Alors il faut écrire, s'écrie Got. Pardonnez-moi, mais ce que vous avez publié jusqu'ici n'est pas digne de ce que vous pourriez donner.

— J'en ai le projet ; m'aideriez-vous à le rendre plus lisible, vous qui fréquentez les bons auteurs ?

— Avec joie, si vous me faites l'honneur de le demander.

— Alors c'est dit. J'ai déjà le titre : *Méthode d'équitation*, et des pages de notes à remettre en ordre.

— Au moins, on voit tout de suite que ce ne sera ni une comédie ni un mélodrame, s'écrie Gaussen en levant son verre à la bonne nouvelle. Mais pour Saumur, faites attention : on dit que d'Aure s'y intéresse. Alors, lui vivant, votre livre n'entrera pas dans l'école, donc dans la cavalerie.

— Et comme les militaires ont réussi à faire croire qu'ils étaient les seuls à monter à cheval, votre méthode s'étiolera, conclut tristement Pellier.

Baucher se sert un verre de cidre et contemple un instant sa belle couleur avant de poursuivre sur le ton d'une confidence échappée par distraction :

— Savez-vous, messieurs, qu'autrefois d'Aure me proposa d'entrer en sous-ordre dans la grande école d'équitation qu'il voulait voir établir ? Il n'en était pas si loin, mais c'était… en

1829. Le temps que je réfléchisse, ses protecteurs n'étaient plus que des exilés.

— Vous l'aviez donc rencontré avant l'affaire du manège Duphot ?

Gaussen manque lâcher son verre...

— Et plus d'une fois, et d'ailleurs jamais de manière qui fut agréable... Ce matin encore il est passé au Cirque pour voir si j'étais pris de coliques et me sonder sur Saumur...

— Incroyable ! Stupéfiant ! Inouï !

Chacun propose son adjectif pour cette révélation étonnante d'autres entrevues que celle de la fin de l'année précédente, quand Gaussen a cru trouver une occasion de rapprocher ses deux maîtres – à l'époque, il n'avait pas encore choisi son camp – en suggérant que Baucher se porte acquéreur d'une jument que d'Aure voulait vendre.

— Et moi qui croyais que vous ne vous étiez jamais vus ! soupire Gaussen accablé. Je comprends mieux maintenant que vous vous soyez parlé à part après la démonstration du vicomte.

— Et vous aimeriez bien savoir ce que nous nous sommes dit ?

— Eh bien...

Lancosme-Brèves prend la parole en gentilhomme qui connaît le point d'honneur :

— Puisque tout ce qui sera dit aujourd'hui restera un secret...

Baucher gobe sa dernière huître, et attire à lui la papillote de volaille, qu'il attaque.

— Je m'en souviens mot pour mot. Il était d'abord fort essoufflé, tout rouge, et occupé à remettre en ordre cravate, gilet et manchettes froissés par la lutte. Il avait surtout l'air d'un homme qui ne comprend pas ce qui lui est arrivé. « C'est la première fois qu'elle fait cela, vous savez... Ne voudriez-vous pas profiter de votre avantage en la montant maintenant ? » me demanda-t-il. Je lui répondis que ce serait ajouter un massacre à un autre et que la pauvre jument s'y prenait bien pour un début. Comme il insistait, je lui dis son fait : « Mettez-vous à ma place un instant et demandez-vous ce que vous penseriez. La première et la plus vraisemblable des hypothèses est que vous avez voulu me tendre un piège, dans lequel je serais peut-être tombé si j'avais été habillé pour monter. La deuxième hypothèse est que vous avez fait monter la jument par d'autres qui n'ont pas eu de mal à la maîtriser, et que donc vous êtes incapable de monter à première vue n'importe quel cheval alors que c'est le talent qui vous est le plus unanimement reconnu. »

— Jolie botte, s'écrie Got. Qu'avait-il à répondre à cela ?

— Pas grand-chose : « Je l'ai cent fois prouvé » ou quelque chose de cette farine...

— Et la troisième hypothèse ? le presse Gaussen...

— « La troisième hypothèse, lui dis-je, c'est que vous ne faites grand cas ni de cette jument, ni de moi, ni surtout de notre ami Gaussen que vous avez placé dans un embarras impossible, que vous n'avez préparé cette présentation ni en bien ni en mal, et donc que vous êtes un mufle. » Et là-dessus j'ai tourné les talons.

— Mais que pensez-vous vraiment, cher maître ? demande Rul avec son léger accent créole.

— Sur le moment la première solution me semblait évidente, mais il a suffi que je montre mes souliers pour qu'il monte la jument sans faire de difficulté alors qu'il aurait pu dire n'importe quoi, que ses hernies lui faisaient mal par exemple ; bien sûr, il est assez présomptueux pour sauter sur un coquin plein de vice, mais je ne crois pas qu'il l'aurait fait en connaissance de cause devant moi. Car il fallait voir cette bestiole se défendre : un hippogriffe en furie ! Je ne suis pas sûr que je serais resté dessus.

— Vous l'auriez calmée rien que par votre manière d'être en selle, et par quelques paroles, affirme Lancosme-Brèves. D'Aure aime monter des chevaux furieux et par je ne sais quelle capillarité il les rend furieux en s'asseyant dessus. C'est ce qui lui est arrivé avec Sans-Pareil à Saumur : la deuxième fois qu'il l'a monté, il a voulu lui donner du brillant à sa manière par quelques coups de cravache, et ça a failli être son chemin de Damas.

— Il l'avait très bien monté la veille, dit-on...

— Mais voici La Genevraye qui va nous donner les dernières nouvelles...

On se serra pour faire place à l'homme masqué, on commanda pêle-mêle des sorbets, des liqueurs et du café, et les cigares se rallumèrent. On commençait à moins bien se voir au travers des volutes et les esprits étaient presque aussi enfumés que la pièce.

Redingote noire, pantalon gris souris à sous-pieds, gilet bouton-d'or et cravate noire de parfait dandy, le Normand était coiffé d'un haut-de-forme soyeux qu'il posa soigneusement sous sa chaise. Il arrivait de chez Seymour où finalement toute la compagnie avait déjeuné, plutôt qu'au Jockey où le fantasque lord commençait à trouver qu'on s'ennuyait.

— Je vais d'abord vous donner la solution de l'énigme de la jument à vendre, puisque vous en parlez, déclara-t-il en s'asseyant et en tendant son verre qui fut bientôt rempli.

On se tut.

— C'est encore un mauvais tour de ce fripon de Seymour ; Gaussen, c'est bien lui qui vous a parlé de cette bestiole ?

Le millionnaire acquiesça d'un air bougon, sentant bien qu'avec la vérité son rôle ne serait pas grandi dans cette funeste affaire. Nez-de-Cuir reprit :

— Eh bien, voilà toute l'histoire : il y avait chez d'Aure un garçon d'écurie venu de Normandie dont la jument avait une peur terrible ; il avait dû la battre ou lui faire une mauvaise niche, et il suffisait qu'il apparaisse pour qu'elle se mette à faire le numéro que vous avez vu. Cet homme avait une allure assez commune, mais portait une casquette très caractéristique comme on en voit parfois en Normandie, où l'on retrouve des éléments du bonnet à poil, de la chapska, du chapeau rond, de la casquette de loutre et du bonnet de coton. Elle superposait trois boudins circulaires, des losanges de velours et de poils de lapin, et se terminait par un sac brodé d'où pendait un gland de fils d'or. J'avais au collège de Rouen un camarade nommé Bovary qui portait la même et fut moqué jusqu'à ce qu'il s'en débarrasse... Peut-être était-ce celle-là qui avait fini de fripe en fripe sur la tête de ce garçon d'écurie. Toujours est-il que Seymour avait remarqué qu'en se montrant à la tribune avec ce couvre-chef il provoquait immanquablement le coup de folie de la jument, et c'est ce qu'il était prévu qu'il fasse dès que vous seriez monté dessus, mon cher maître.

L'auditoire était consterné, et un silence se fit que Lancosme-Brèves rompit sur un ton presque solennel :

— Mais d'Aure était complice ?

— Jusqu'à un certain point... Depuis le lendemain de la présentation de Partisan, ils cherchaient un moyen de vous ridiculiser, et celui-là était aussi bon qu'un autre. Deux ou trois gandins de sa coterie se tenaient prêts à témoigner de votre chute... Donc Seymour était embusqué dans la pénombre de la tribune, prêt à montrer la casquette dès que vous seriez à cheval.

— Mais c'est d'Aure qui a monté ; Seymour nous aurait-il confondus ?

— C'est ce qu'il a prétendu, et d'Aure a préféré faire semblant de le croire, mais je suis persuadé qu'il n'en est rien. Seymour voulait tellement voir si son mauvais coup marcherait qu'il l'a fait, et s'est délecté du spectacle donné par d'Aure, tout autant que si cela avait été vous – plus encore peut-être, car s'ajoutait le piment que d'Aure sache la cause de son malheur. Ce dernier se débarrassa de la jument à vil prix, puis renvoya le garçon dans ses foyers... où pour se disculper devant ses parents qui le croyaient renvoyé pour quelque friponnerie il leur conta toute l'histoire... qui finit par venir à mes oreilles car il se plaça chez le docteur Flaubert, le directeur de l'hôpital, que je connais bien. C'est ce qui m'a permis un jour de comprendre une conversation où d'Aure, disons-le à son honneur, disait à Seymour qu'il préférait finalement que vous n'ayez pas été la victime, car selon lui vous vous seriez rompu le cou.

— Tel est pris qui croyait prendre, conclut Got. Mais aussi quelle idée de se lier à ce Seymour, c'est le type du grand seigneur méchant homme.

— Il n'a pas que des défauts, mais c'est un ami dont il faut savoir se méfier, ajouta La Genevraye.

— Je comprends maintenant pourquoi la jument repartait de plus belle dès qu'elle semblait se calmer un peu, dit Gaussen, Seymour devait à chaque fois se montrer à elle pour la ranimer. C'est une manière d'exploit qu'a accompli d'Aure ce jour-là finalement…

Lancosme-Brèves était du même avis :

— Belle démonstration de ses qualités d'improvisation tout de même !

— Un maître n'improvise pas, il raisonne, affirma sentencieusement Rul. Voilà ce que notre maître – il salua Baucher – a apporté à cet art : il l'a fait passer de l'obscurité de l'improvisation plus ou moins dirigée à la science parfaite et irréfragable !

Le Créole s'emportait, tout ému de célébrer son idole devant elle.

Gaussen le taquina :

— Avez-vous invoqué l'esprit de La Guérinière pour être si sûr de vous ? À mon avis, il n'aimerait pas qu'on lui retire le mérite d'avoir voulu raisonner !

En homme aux idées « avancées « et « sociales », Gaussen ne croyait ni à Dieu ni à diable, et encore moins aux esprits que Rul était connu pour taquiner du guéridon.

Rul fit une mine de chat qui sort le nez de la jatte de crème et répliqua : « Je lui reconnais quelques intuitions » au milieu des rires. À trente ans, il restait enfantin dans son désir d'apparaître comme le disciple préféré du maître, le plus fidèle dans l'art équestre et le plus dévoué dans tous les combats.

— Faites attention, monsieur Gaussen, dit Pellier avec un demi-sourire, vous savez que monsieur Rul ne laisse aucune offense impunie.

Car pour tout arranger, Rul se battait – moins souvent qu'il ne l'aurait voulu car ceux qu'il provoquait jugeaient en général la raison trop modeste pour risquer sa peau, y compris quand c'était pour l'amour de la méthode Baucher…

— Il y a encore deux officiers qui ont préféré me concéder l'excellence de votre méthode plutôt que de se battre, se lamenta-t-il d'un air bouffon... Ce sont des pleutres !

Sanglé dans une redingote haut croisée de demi-solde bien démodée mais de bonne coupe, Pellier souriait sous sa moustache, attentif à ne pas sortir de son rôle ni de son rang : maître de manège, il avait été le professeur de la plupart des convives dans leur jeunesse, mais il n'était ni un génie comme Baucher ni un gentilhomme comme d'Aure, et déjeuner avec la clientèle lui semblait encore un peu bizarre. Il se souvenait de ce jour où, croyant bien faire, il avait prié à déjeuner le vicomte qui débutait alors dans le métier après la chute de son école de Versailles. Il y avait d'abord eu un temps d'arrêt, puis un demi-sourire, enfin le large et chaleureux sourire réservé aux personnes à qui l'on dit quelque chose de vraiment désagréable : « Mon bon Pellier, je sais bien que beaucoup de choses ont changé, mais franchement, vous pensez ce que vous dites ? »

— Rul, ne trouvez-vous pas terriblement démodée cette manière de vider une querelle ?

Gaussen parle comme un aîné bien qu'ils aient le même âge... la petite trentaine de la génération née sous l'Empire, bercée par sa légende, et qui cherche dans les querelles artistiques les champs de bataille qu'elle n'a pas connus.

— Ma foi, rétorque Lancosme-Brèves, c'est une tradition qui en vaut d'autres...

Cuzent trouve qu'on se disperse et interroge à son tour le maître :

— Mais que s'est-il passé quand le vicomte est allé à Saumur ? demande-t-il.

— Il a fait bonne impression… jusqu'au moment où il a exagéré : ayant donné une première reprise avec Sans-Pareil, le cheval de Rousselet, un travail correct, puis une bonne présentation sur l'obstacle, il a voulu le troisième jour trop en faire et, remontant Sans-Pareil, a commencé par une série de coups de cravache qui a rendu le cheval à moitié fou… il a dû lui arracher les quelques changements de pied qu'il a pu obtenir…

Pellier prend prudemment la parole :

— Ce qu'on dit, c'est qu'il a été très ennuyé de cette histoire car il se verrait bien écuyer en chef. Je crois qu'il a compris qu'il n'est pas fait pour diriger un manège privé où l'on risque ses capitaux, et qu'il préférerait retrouver un manège payé par le Budget.

— Et vlan ! s'écria joyeusement Got. Le vicomte est habillé pour l'hiver…

Baucher souriait :

— En tout cas, il aura été au menu du déjeuner ! Vous n'en avez pas laissé grand-chose. Mais vous n'avez pas tort, Saumur l'intéresse. Il m'en a parlé ce matin ; je croyais qu'il voulait en savoir plus qu'il n'aurait dû sur Géricault, mais c'est de Saumur qu'il s'est agi : il craint la concurrence si tout se passe bien ce soir…

— Et il a raison, répliqua Lancosme-Brèves. Oudinot s'intéresse à vous et viendra sans doute, et le duc d'Orléans est plein de bienveillance même s'il reste attaché à son ancien professeur.

Baucher siffle un verre de chambertin, s'essuie la moustache et grimace :

— Je vous l'ai dit cent fois, ce qui m'intéresse n'est pas une place, si belle soit-elle : de quoi aurais-je l'air, moi, pékin, fils de marchand de vin, à vouloir commander ces beaux officiers ? Ce que j'ambitionne, c'est qu'ils adoptent ma méthode, et que le manuel de cavalerie s'en inspire. Je suis certain que si la guerre dont on parle devait éclater en Europe, l'application de ma méthode pourrait sauver des vies parmi les cavaliers, et peut-être aider à gagner des batailles. Les succès algériens ne présagent en rien de ce que serait un choc avec les cavaleries d'Allemagne qui sont bien supérieures aux nôtres pour l'instruction des hommes et le dressage des chevaux.

Un silence tombe et la conversation se trouve soudainement menacée par le sérieux ; alors Cuzent réagit, et de son plus bel accent faubourien s'écrie :

— On ne va pas faire la guerre pour Méhémet Ali quand même !

— Espérons-le, grogne La Genevraye, mais qu'avez-vous raconté ce matin à ce pauvre d'Aure ? Il était tout déconfit en arrivant et s'est passé les nerfs sur un pauvre maître d'armes auquel il a poussé des bottes assassines.

Seymour tenait salon dans sa salle d'armes où ses invités pouvaient se livrer aux exercices les plus divers, et parfois jouir du divertissement d'une chasse à courre aux rats, donnée avec une meute de fox-terriers.

— Il a dû me trouver un peu trop tranquille pour son goût… dit Baucher dans un sourire. A-t-il déjeuné de bon appétit au moins ?

— Le moyen de faire autrement chez Seymour… Galantine aux truffes, homards comme s'il en pleuvait, et encore des volailles aux truffes, des salades de truffes… il ne manquait plus que des truffes truffées !

Le mot fit rire, tout le monde avait assez bu pour cela…

— Sachez, mon cher maître, que vous livrerez ce soir la bataille d'Hernani de l'équitation, reprend-il. C'est le vicomte de Tournon qui a pris les paris les plus fous sur chacun des mouvements que vous pourriez échouer à obtenir correctement ; il y a des juges de cette correction, dont on m'a demandé d'être par souci d'impartialité !

— Me voici donc comparé à monsieur Hugo, c'est très flatteur… Hélas, Gautier est en voyage et ne pourra exhiber son gilet rouge. Mais dans cette affaire, nous sommes à contre-emploi car M. d'Aure voit l'équitation de manière furieusement romantique : la sienne prétend laisser faire la nature comme un jardin anglais, la mienne la soumet comme un jardin à la française, et pourtant c'est lui qui pose en défenseur des traditions…

Puis frappant dans ses mains :

— Je n'ai pas de claque, moi… Dois-je craindre une contre-claque ?

— Ils n'oseront pas ! se récrie l'assistance.

— N'ayez crainte, dit La Genevraye… Seymour ne truque qu'à coup sûr et il n'a eu qu'à voir le visage de d'Aure pour comprendre que ce ne serait pas le cas. Quand je les ai quittés, tous ceux qui avaient joué contre vous essayaient de rompre les paris.

Ramené à la solennité de l'heure, Baucher se leva :

— Il faut en tout cas que je sois à mon mieux, et pour cela je vais me reposer un peu… Je compte sur vous bien sûr ce soir ; à tout à l'heure les amis. Pellier, je vous laisse

Capitaine, je vais marcher un peu et je prendrai un fiacre jusque chez moi. Henri, tu m'accompagnes ?

Dans l'étroit escalier du salon particulier, Baucher se trouva juste derrière La Genevraye :

— Je comprends maintenant pourquoi vous m'aviez dit de ne monter le premier sous aucun prétexte. Sans vous, j'y serais allé en bottes…

Et père et fils partirent bras dessus bras dessous retrouver madame Baucher qu'aucun des autres convives n'avait jamais vue.

# Chapitre IX
# Les trompettes de Géricault

*« C'est fait et voilà tout. »*

*Cirque olympique des Champs-Élysées,*
*le même jour, sept heures du soir*

Auriol termine ses acrobaties et monsieur Dejean s'avance le chapeau à la main vers la loge des Princes qu'il honore d'une profonde révérence, puis recule jusqu'au centre de la piste que deux ou trois garçons en brandebourgs ratissent précipitamment. Il a longuement réfléchi au petit compliment qu'il pourrait faire, mais le grand silence qui se fait tout à coup l'intimide et il annonce seulement, d'une voix de stentor :

— Monsieur Baucher montant Géricault !

L'entrée se fait sur un air solennel. Il s'arrête pile au centre du cercle, le cheval un peu trop rassemblé mais c'est sa marque de fabrique, sans tension des rênes et pour que nul n'en ignore, il laisse flotter celles de bride et mollir celle du filet avant de saluer très lentement, comme le lui a enseigné Franconi, de ce bicorne d'allure vaguement militaire qu'il a assorti à un frac bleu marine assez semblable à celui de général de la garde nationale. Il n'oublie pas de se tourner vers la loge des princes, où d'Orléans et Nemours viennent d'arriver pour le voir et sont penchés le menton sur leurs poings fermés, très attentifs.

*C'est parti !*

Géricault n'est pas Partisan et personne n'attend ce soir d'airs exotiques et nouveaux, mais la preuve de la maîtrise parfaite, dans le calme, du vocabulaire élémentaire de l'équitation.

*Rompre au pas, prendre la piste à gauche.*

Rester au pas n'est plus un problème, il s'agit de l'embellir et la nuque est fléchie de droite, puis de gauche, puis directement ; on s'arrête et on déplace les hanches : un ou deux pas d'abord, puis elles tournent autour des épaules et ce sont deux ou trois demi-pirouettes renversées. Cet art est celui de la patience et de la lenteur, et il a fallu cent fois recommencer, les premiers temps, jusqu'à éliminer ou presque toute précipitation. *C'est bien, mon bonhomme*, et on marche droit le nez très bas avec un beau geste des antérieurs qui vont chercher loin la foulée, des postérieurs qui s'engagent pour soutenir la masse. Puis sans perdre cette attitude, le bout de devant s'est redressé, la barbe du cheval s'est rapprochée de la base de l'encolure, le chanfrein fixé un doigt en avant de la verticale.

*Chaque pas un peu plus lent, chaque pas un peu plus ample, chaque pas alignant une vertèbre dans son dos, que je sens craquer dans l'une des miennes, mollissant aussitôt dans la rêne extérieure… sans la lâcher pourtant, malheureux !*

Invisible, la pulsation des jambes crée le mouvement que la main arrête ou régule d'une pression des doigts, d'une élévation imperceptible du poignet. Voltes, huit de chiffre, l'équilibre se construit peu à peu, voluptueusement, entre la poussée des postérieurs et le moelleux de la bride. Il s'enfonce dans sa selle, un peu trop en avant sans doute, mais il enveloppe ainsi Géricault de ses jambes jusqu'à ce qu'il les oublie et puisse croire animer directement, par son propre système nerveux, le mouvement du cheval. Au trot, un petit trot de travail, un peu saccadé d'abord mais vite adouci par de nouvelles flexions, celles-ci presque invisibles sauf pour le cavalier qui voit céder la base des oreilles – la gourmette tinte avec la bride mâchée sans cesse et l'on fait deux ou trois tours ainsi, le bout du nez juste penchant d'un naseau vers la droite, puis vers la gauche : *je le tiens, il s'étend sans prendre de vitesse et le trot tout à coup rebondit en souplesse, convertissant l'énergie horizontale en force ascensionnelle.*

Serpentines, demi-voltes, premiers pas de côté.

Passage au pas dans la brève langueur d'une extension d'encolure avant de commencer les appuyers tête au mur puis sur les diamètres de la piste ronde : Géricault marche en crabe, comme disent les ignorants, croisant gracieusement ses membres et lâchant des gouttelettes de salive sur les spectateurs du premier rang. Au pas, puis au trot, d'une main puis de l'autre, sans rupture ni effort apparent.

*Ils savent maintenant ce que veut dire la bouche « galante » de monsieur de La Guérinière ; ça passe bien mieux que ce matin, il est calme et ne s'entable plus, la fusion s'accomplit et ses membres sont mes membres, ma volonté la sienne, mon assiette l'axe d'une nouvelle créature divine, qui roule d'un côté ou de l'autre comme une sphère à ma guise, avance ou recule sans à-coup ni déviation. Il va là où je regarde, il marche comme je respire, il s'équilibre comme je me cambre ou m'affaisse... Je suis le phare de son monde, le fléau de sa balance, il écoute chuchoter mon mollet, souffler ma botte, comme suspendu à la pince des genoux et des cuisses.*

*Qu'avait-on fait à ce pauvre cheval pour le rendre furieux comme il l'était il y a quelques semaines encore ?*

*Reprenons en prenant garde à être beau, car il faut l'être ce soir.*

La tête droite, le dos droit, la jambe toujours descendue mais moins reculée, et pourquoi pas la gaule en l'air comme d'Aure qui croit que cela suffit pour égaler les Anciens. *Tiens, dans ce miroir je ne suis pas mal ; si je redresse la tête elle paraît moins grosse et je suis à mon avantage...*

De ce trot bien stable le galop coule de source : plus une trace des départs en boulet de canon du début, plus d'écart, plus de lançade ni d'arrêt fixe, la tête en l'air et l'œil blanc. On galope tout rond et tout doucement, avec un beau geste des antérieurs qui semblent mouliner l'air en douceur... *Ne pas se laisser aller à la griserie des trois temps, rester froid comme un séducteur qui enlace une grisette... mais quel bon galop rassemblé, moelleux, rebondissant...* pas plus d'un mètre gagné par foulée, et la tendresse d'un sortilège.

Seymour et ses amis se regardent sombrement : Baucher a rempli le contrat puisqu'il va aux trois allures sans peine... mais il ne s'arrête pas.

*C'est une bonne séance et à cette heure j'ai gagné notre pari puisque tu vas calmement aux trois allures. Maintenant, il faut un peu les épater !*

On reprend espoir chez Seymour : d'Aure le leur a prédit, même s'il arrive à dompter le fauve, Baucher voudra en faire plus, et plus ce sera trop : le cheval qui ne connaît pas la foule et qu'il n'aura pas eu le temps de routiner se vengera. Le vicomte lui-même se redresse : c'est maintenant le moment de la ruine, ou de la victoire.

Baucher galope toujours, très lentement.

*Tout doux mon bonhomme, j'apaise la houle jusqu'à galoper à quatre temps, solennellement, et allons-y pour la demi-volte et hop, en revenant vers la piste j'inverse le pli d'une crispation d'auriculaire, puis un coup de hanche au bon moment, et te voilà qui semble échanger tes sabots l'un contre l'autre pour retomber sur l'autre pied... nous y sommes... doucement !*

Géricault a chargé deux ou trois foulées mais le changement est passé. *Allons, tu ne me feras pas honte, reprends ton souffle.* Un tour sans rien faire puis un tour hanche en dedans pour ramener le poids sous la masse et hop, changement de main dans le cercle par serpentine, avec changement de pied. Les oreilles ont à peine bougé, l'avant-main bien dégagée a ondulé en souplesse pendant que les jarrets dessinaient le mouvement en donnant toute leur puissance, non plus pour accélérer mais pour élever Géricault et son cavalier vers le ciel : le changement est tout entier contenu dans un temps de suspension qui semble infini, plutôt plus court en progression que les temps qui le précèdent. Il enchaîne ainsi deux ou trois huit de chiffre puis repasse au pas, un pas d'école écouté, lent et majestueux.

*Ça, tu as eu du mal à le comprendre... allonger les antérieurs le plus loin possible en allant le moins vite possible, c'est bien une idée d'homme !*

Géricault ronfle un peu, se raidit puis cède. Chaque antérieur se lève jusqu'à ce que le sabot soit presque à la hauteur du genou, puis s'étend et se pose délicatement, et le postérieur se pose au plus près, avec précaution. Les rênes sont maintenant molles et Géricault s'arrête, dans la fameuse posture du « chamois sur un pic », les sabots de derrière presque au contact de ceux de devant, le dos voussé comme celui d'un chat prêt à bondir, mâchant placidement son mors.

*Calme... nous allons maintenant leur donner un peu de haute école.*

Presque sans mouvement en avant, Géricault commence à trotter sur place, les postérieurs poussant énergiquement vers le haut, les antérieurs battant la mesure.

*Ça mon bonhomme, c'est du piaffer... on dirait que tu me bottes les fesses tellement tu pousses vers le haut ! Ça ne peut pas durer très longtemps je le sais, alors glissons vers un doux passage, puis un vrai passage... Vas-y, secoue-moi bien !*

Lenteur, élévation, majesté : le passage est un air de cour et de défi, et du haut des foulées qui l'élèvent, Baucher toise le public, ses amis et ses ennemis.

Un tour à droite, puis changement de main et passage à gauche... et retour au piaffer qui est l'air de concentration des forces par excellence : un cheval qui piaffe est bandé comme un arc, prêt à bondir... ou à se cabrer jusqu'à se retourner sous une main inexperte.

*Faisons-les un peu attendre... tu es tellement bien ce soir, j'ai les mains dans la soie...*

Le public n'applaudit plus : il est attentif, recueilli comme tout à l'heure quand approchait la fin du numéro d'Auriol et qu'on sentait venir le saut le plus dangereux. *Il va falloir leur donner quelque chose, et ça, je ne l'ai jamais vraiment essayé avec toi, mais pourquoi pas ? Hop !*

Il a libéré Géricault comme on lance une grenade et le galop est impressionnant de lenteur et de force ; les postérieurs se posent cinquante centimètres devant la trace des antérieurs, et on dirait qu'à chaque foulée l'élévation est supérieure à la progression. Le boulet de canon est devenu une balle de caoutchouc qui rebondit inlassablement.

*Dommage qu'on n'ait pas eu le temps de travailler le galop sur place car tu as les jarrets qu'il faut... mais on va leur montrer autre chose.*

Il doit sourire sous sa moustache et ses amis l'ont vu ; du coin de l'œil, en passant devant le couloir des écuries, il aperçoit leur groupe et sent leur angoisse : Rul chuchote d'un air inquiet à l'oreille de Gaussen qui désopine du chef d'un air sombre, Pellier le fixe du regard et écarquille les yeux comme pour lui transmettre un message muet de prudence ; La Genevraye et Lancosme-Brèves conservent leurs postures alanguies de dandys, négligemment accoudés au rebord de tribune, mais le premier frappe nerveusement sa cuisse avec ses gants tandis que l'autre mordille la pomme de nacre de sa badine. De l'autre côté du couloir, d'Aure fait bonne figure à côté de Seymour qui tord sa moustache et affecte de parler d'autre chose avec le marquis du Hallay-Coetquen, se tournant vers lui en riant comme à une bonne histoire tout en gardant les yeux rivés sur la piste...

Cuzent arrive au bout de sa composition et lance son orchestre dans des variations, toujours dans le rythme du galop ; il se retourne au moment où le cavalier passe devant lui et Baucher fait un signe imperceptible de sa cravache dressée – tac-tac, comme s'il tuait deux mouches invisibles. Cuzent sait ce que cela veut dire, il l'a vu cent fois, mais avec Partisan qui a deux ans de dressage, et il ouvre de grands yeux avant de se retourner vers son orchestre pour lui transmettre d'un regard et d'un coup de menton l'ordre qu'il a reçu, terrorisé. Caroline est assise non loin, et elle a tout compris car elle use du même code dans ses présentations : elle lance à Baucher son plus beau sourire, avec un clin d'œil d'encouragement. Parmi les amis, ceux qui savent le disent aux autres et Rul s'éponge le front puis pose sa main devant ses yeux…

L'orchestre marque plus nettement la cadence, dans un rythme régulier et répétitif, à trois temps – un rythme de valse.

Sur le cercle cette fois, Baucher a demandé le changement de pied de juste à faux ; quatre foulées – un quart de cercle – et il repasse à juste, quatre encore et il revient à faux, et encore à juste quatre temps plus tard avant de changer de main et de reproduire l'exercice. Géricault n'a pas bougé une oreille, pas varié d'un centimètre la longueur de ses foulées, pas triché une seule fois en changeant « en deux temps », antérieurs d'abord puis postérieurs. *Tu peux faire mieux, mon grand.* Et après un cercle les hanches en dedans, dans un galop si ralenti qu'il est plus lent que le pas d'un homme pressé, il lance cet exercice qu'il a inventé parce qu'on le disait impossible : Géricault change de pied « au temps », à chaque foulée, dans un geste magnifique et qui semble si naturel que plus d'un profane attiré là par un ami connaisseur lui demande à voix basse ce qu'il fait de si extraordinaire en entendant les applaudissements du public populaire grossir, puis – on est au cirque quand même – se cadencer pour accompagner le pas de danse qui suspend Géricault un instant entre chaque foulée avant qu'il retombe dans le pli inverse. *Tout dans les doigts et dans l'assiette… annulaire droit, léger basculement de mon poids pour dégager le postérieur gauche, durcissement du mollet droit, et hop! même chose à gauche... Géricault, tu es un grand cheval...*

Dans le couloir des écuries, les amis de Baucher sont figés d'angoisse en face de d'Aure qui, grand seigneur, applaudit du bout des doigts en disant assez fort pour être entendu :

— Du très grand cirque, vraiment!

Un tour à chaque main dans l'exercice, puis retour au centre, arrêt pile en « parade éclair », et salut – un peu écourté quand même car Baucher sent que la tension accumulée pourrait s'exprimer sans crier gare, même si Géricault se contente de souffler un peu fort. Sortie sous les acclamations, en reculant, le bicorne à la main balayant la sciure, au son d'une marche triomphale que Cuzent avait composée sans rien en dire en y faisant étinceler tous ses cuivres et qu'il a intitulée *Les trompettes de Géricault*. Les princes applaudissent eux aussi avec toute leur suite; et aussi Seymour, qui reste impassible et bat mécaniquement des mains pendant que la foule tape du pied, crie : « Hourra Baucher! », mais aussi : « Feinté, l'Angliche! » dans les gradins les moins chers, dans un tintamarre à faire crouler le Cirque.

Baucher relâche la pince comme on délace une femme, et Géricault s'étend, le nez par terre, comme une danseuse qui sort de scène et se repose, répandue sur un pouf au foyer.

Dans les écuries aussi on l'applaudit, monsieur Dejean est en larmes, et ses amis se pressent dans le passage pour lui faire un triomphe, l'enlèvent de sa selle et le portent un instant sur leurs épaules...

— Allons, allons, leur dit-il, c'est fait et voilà tout...

Et Caroline a droit à un clin d'œil.

# Troisième partie

# Le fait des princes

# Chapitre X
# Aux portes du triomphe

*« Nous verrons bien à Lunéville. »*

*21 mai 1842, manège Pellier et Baucher,*
*rue Saint-Martin à Paris*

— M'sieur Pellier, les v'là qu'arrivent!

Tout essoufflé, rouge et un peu poussiéreux d'avoir couru depuis son poste de vigie de la porte Saint-Martin, c'est un apprenti de l'écurie haut comme trois pommes qui vient l'avertir.

— Ils sont au moins une centaine, monsieur Pellier! Tous dorés sur tranche… et quels chevaux!

Jules-Charles Pellier lui donne une petite tape sur la tête et une piécette, et se raidit un peu dans sa redingote. Il a beau s'efforcer à l'impassibilité, il est ému : dans quelques minutes le duc d'Orléans, héritier du trône, son frère Nemours, mais aussi le maréchal Soult, héros d'Austerlitz et d'Eylau et pour l'heure président du Conseil des ministres et titulaire du portefeuille de la Guerre, entourés d'un état-major scintillant de broderies d'or et résonant des plus grands noms des deux noblesses, vont investir son établissement, au beau milieu d'un quartier Saint-Martin dont jamais leurs chevaux ne fouleraient la boue mal famée sans cette étonnante circonstance.

Ils arrivent par le boulevard, venant du quartier de cavalerie des Célestins, où ils ont pu voir manœuvrer les officiers qui, depuis deux mois, ont travaillé sous la direction de Baucher. Pellier peut maintenant l'apercevoir dans le cortège, botte à botte avec le prince royal d'un côté et le maréchal-duc-ministre-président du Conseil de l'autre, le haut-de-forme à la main et sa redingote civile faisant comme une ombre oubliée par le peintre dans le tableau vivant qui remonte la rue sous les acclamations des badauds.

Le spectacle en vaut la peine : les robes lustrées des chevaux qui marchent d'un pas vif, trottinent, piaffent et encensent de la tête, les uniformes éclatants de rouge garance et de bleu de France, tous brandebourgs et broderies dehors, les dolmans des hussards, les chenilles et les cuirasses dorées des carabiniers, les sabres et les sabretaches qui bringuebalent, les médailles qui scintillent et les bicornes crânement portés en bataille, un peu inclinés sur l'oreille… Et au milieu de cela les jeunes princes, deux superbes spécimens de dandys militaires, dans leurs uniformes écarlate et bleu nuit d'officiers généraux, celui dans lequel Orléans vient de se faire immortaliser par Ingres chez qui tout ce qui compte à Paris vient l'admirer, et dont ils ont mérité les épaulettes en Algérie.

Ils s'avancent, bicornes en bataille et favoris au vent : Orléans, souriant dans sa jolie barbe blonde, salue de temps en temps gaiement de sa main gantée de blanc ; qu'importent les moqueries des caricaturistes, il a bien l'allure d'un prince de la jeunesse, sur son grand pur-sang Beggarman que les amateurs de courses se montrent du doigt en rappelant qu'il fut le premier cheval français vainqueur d'une grande course en Angleterre, la coupe d'or de Goodwood, remportée le jour même du dixième anniversaire de la dernière des Trois Glorieuses de Juillet ! Ami des romantiques et de Hugo, on le dit libéral et proche de l'opposition dynastique. On attend de lui un grand règne libéral, mais aussi un règne de soldat, de mécène, et de séducteur.

Comme il se doit, Nemours chevauche un peu en retrait, un peu renfrogné peut-être ou simplement raide comme il l'est toujours. L'un et l'autre retiennent leurs montures une ou deux foulées derrière le cheval du maréchal, qui porte avec une lenteur majestueuse ses soixante-treize ans, la grande histoire tutoyée et sept régimes ralliés avec plus ou moins d'enthousiasme mais servis sans états d'âme.

Derrière eux, quelques gardes nationaux regardent quand même un peu les fenêtres, tout comme ces hommes en civil qui fendent la foule des trottoirs avec une autorité toute policière.

Un détachement des lanciers d'Orléans, très crânes avec leur chapka à plumet vert, leur tunique rouge et verte et les flammes rouges et blanches qui frémissent au bout des lances, ferme la marche.

« Oui, pense Pellier, c'est quand même un beau cortège, et un événement inouï ! » Il a bien cherché, et s'est renseigné comme il l'a pu sans trahir le secret : jamais, dans aucun pays, un prince héritier du trône n'est venu rendre visite à un professeur d'équitation dans son manège.

Baucher prend un peu d'avance, ouvrant la route aux Altesses juillettistes ainsi qu'il le faisait autrefois comme simple piqueur pour le beau-frère de Napoléon ou le fils de Charles X…

Pellier vérifie une dernière fois sa cour : les piqueurs en redingote impeccable, les palefreniers dans leurs bourgerons fraîchement lavés, pas un brin de paille qui ait échappé au balai, et dans les écuries l'on devine les chevaux pansés, nattés, frottés au chiffon humide… Lui-même a revêtu sa tenue des grands jours : bottes à l'écuyère, culotte blanche, frac noir.

Sur le sable, on a posé des pochoirs aux armes de France avant d'arroser : l'effet est superbe, mais il est peu probable qu'il ait le temps d'être vu avant d'être piétiné.

Quant au manège, il est pavoisé, hersé, briqué, et la tribune des dignitaires ressemble à un reposoir tant elle est fleurie – mais on y a disposé des rafraîchissements et des cigares, rarement présents sur les calvaires de campagne.

« J'espère qu'il sera content », se dit Pellier en apercevant derrière le maréchal le lieutenant général marquis Oudinot, président du Comité de cavalerie. Celui-là est un véritable homme de cheval, fils de maréchal d'Empire et à ce titre formé comme page à Versailles par le vieux Jardin avant de guerroyer pour l'Empereur – et plus récemment pour Louis-Philippe. Sous Louis XVIII, il avait commandé les grenadiers à cheval de la Garde, puis l'école de Saumur. Pellier avait servi sous ses ordres dans ces deux postes et depuis lors, c'est à lui que le lieutenant général s'adressait pour remettre aux ordres un cheval capricieux ou donner des leçons à son fils.

Il avait convoqué le maître de manège en décembre de l'année précédente, et au lieu de le conduire aux écuries de l'hôtel, on l'avait introduit pour la première fois dans le cabinet de travail du marquis.

Le décor convenait à un guerrier doublé d'un penseur : sous une draperie copiée d'une tente militaire, les bibliothèques d'acajou chargées de livres d'histoire et d'art militaire ne laissaient place, dans le dos du fauteuil de bureau, qu'à un grand trophée d'armes arabes – mousquets incrustés de nacre et sabres damasquinés formant soleil autour d'un casque drapé d'un turban –, toutes prises en 1835 à la bataille de la Habrah, où il avait commandé une brigade sous l'autorité nominale du duc d'Orléans. Le mobilier était d'allure vaguement Renaissance espagnole avec des pieds et des montants torsadés, chaque dossier de siège portant les armes du marquis, seul noble d'Empire à porter comme fils de duc ce titre que Napoléon jugeait ridicule.

Il marchait de long en large quand Pellier entra. C'était un presque quinquagénaire pas très grand mais solide, le poil blond grisonnant, le front haut, l'air décidé et pour l'heure un peu ennuyé.

Il s'assit et sans préliminaire ni salutations :

— Dites-moi, Pellier, qu'est-ce que c'est que ce Baucher ?

— Eh bien mon général, c'est mon associé au manège, répondit l'écuyer un peu désemparé qui, du tac au tac, ne trouva rien de mieux.

— Je le sais bien, parbleu ! C'est pour cela que vous êtes là ! Mais je voudrais savoir qu'en penser…

— Vous l'avez vu au Cirque, mon général…

— Comme tout le monde… Il fait faire à ses chevaux des choses que l'on croirait impossibles, mais qui n'ont rien à voir avec le travail de peloton… alors de là à vouloir catéchiser l'armée ! Vous savez qu'il a écrit au ministre ?

Pellier fit un signe de dénégation en masquant son amertume.

— Je donnerais cher pour savoir ce qu'il y avait dans cette lettre…

Oudinot feuillette un dossier devant lui et continue comme se parlant à lui-même…

— Il a servi les Borghèse mais n'a reçu aucune faveur pendant les Cent-Jours… ensuite employé chez le duc de Berry jusqu'à sa mort… Est-il bonapartiste ?

— Je n'entends rien à la politique, mon général, et Baucher n'en parle jamais.

Oudinot ne releva pas ce signe presque certain d'opinions dissidentes.

Il marqua un temps, se renversa dans son fauteuil et, semblant s'apercevoir que Pellier était resté debout, lui désigna d'un geste autoritaire une chaise placée du petit côté du bureau – siège de secrétaire plutôt que de visiteur de marque.

— Si je comprends bien ce que me mande le maréchal, Baucher lui a envoyé le premier tirage d'un ouvrage à paraître – une « méthode d'équitation » – en se proposant pour l'enseigner aux officiers instructeurs de manière à ce qu'elle se répande dans l'armée.

— Excellente idée mon général, si vous voulez mon avis… glissa Pellier. J'ai lu le manuscrit qui est d'une clarté extraordinaire !

— Facile à dire, Pellier. À supposer même que ce soit un nouvel évangile, il sera critiqué des militaires comme des civils ; et surtout beaucoup de gens seront tout simplement choqués de l'idée qu'un écuyer de cirque qui s'exhibe tous les soirs devant la populace comme un vulgaire paillasse enseigne à des officiers. Ils ne jurent que par les exploits des cavaliers de Murat qui montaient comme des sacs mais chargeaient avec ardeur… sans parler du vicomte d'Aure qui se gausse partout des idées de votre ami… et qui est encore fort bien en cour. Baucher n'a jamais servi, ne va pas dans le monde, et je crois bien qu'il est le fils d'un marchand de vin, n'est-ce pas ? »

Pellier se garde de rappeler au général marquis que si le père de Baucher vendait en effet du vin, le grand-père d'Oudinot brassait de la bière, ce qu'il ferait peut-être encore lui-même sans son père, le héros de Friedland… Il entrevoit les conséquences de ce qui se passe : pour Baucher ce peut être la gloire officielle et l'autorité reconnue qui lui manquent, mais pour le manège Baucher et Pellier ce serait une réclame formidable, et la victoire finale sur le vicomte d'Aure dont chacun sait qu'il a quitté la rue Duphot en déconfiture. Il connaît son général : il a droit à une minute pour le convaincre.

Il se lance :

— C'est une nouvelle équitation, mon général, toute nouvelle même si elle n'oublie aucun des bons principes des vieux maîtres. Et elle donne d'excellents résultats avec tous les chevaux et la plupart des élèves. Mais ce n'est pas au Cirque que vous verrez comment il dresse les chevaux rétifs et éduque les cavaliers : il faut venir au manège.

Oudinot se massa le menton.

— Vous avez raison, Pellier, il faut voir… et d'abord avoir d'autres avis que ceux du public du Cirque ou des gandins du Bois. Je vais vous envoyer Novital.

Écuyer en chef de Saumur depuis juillet 41 après quinze ans de service comme simple écuyer, Novital était aussi autoritaire avec ses interlocuteurs qu'avec ses chevaux. Il posait au brave à trois poils même s'il n'avait fait – avec honneur – que la campagne d'Espagne du duc d'Angoulême – d'où il était revenu haïssant le vicomte d'Aure et colportant sur lui des anecdotes peu honorables.

— Excellente idée ! s'écria Pellier.

Oudinot sourit et lissa ses favoris :

— Ce ne sera pas facile pour Baucher, Pellier. Novital ne voudra pas engager son autorité d'écuyer en chef sans une bonne raison. Il est de ceux pour qui les pékins sont tout juste bons à cirer les bottes des officiers, et pour lui votre Baucher n'est sans doute qu'un acrobate. Et il est aimable comme un dogue. Mais s'il est convaincu, tout le monde le sera. J'envoie un courrier à Saumur dès demain matin, et vous, tenez-moi bien au courant. Et pas un mot de cette conversation à quiconque ! Mais je veux tout savoir...

— Et vous, mon général, viendrez-vous ?

— Merci, Pellier, dit le général sans répondre.

Et il attira à lui un dossier qu'il commença à compulser, tout en sonnant de sa main libre.

Il aurait aussi bien pu dire « Rompez », et l'écuyer le prit comme tel : il se leva, s'inclina roidement, et prit la porte qu'ouvrait un valet de pied sans que le général relève le nez de son travail : la brochure qu'il préparait pour promouvoir l'absorption de l'administration des haras par l'armée, afin qu'elle puisse élever elle-même ses chevaux et obtenir enfin de bonnes remontes. Car toutes ces chamailleries d'écuyers sans utilité pour la guerre n'étaient pas l'essentiel : avec un bon cheval d'armes, une instruction élémentaire dispensée par des officiers expérimentés suffisait à faire de n'importe quel paysan un cavalier apte au service.

Oudinot savait que Novital pensait comme lui, et il comptait sur lui et sur son franc-parler pour convaincre le maréchal de renoncer à son caprice et de concentrer son attention sur le seul sujet qui compte : les remontes, sur lesquelles d'ailleurs d'Aure avait écrit des choses fort intelligentes. Il fallait en finir avec cette production de chevaux impropres au service ou impossibles à dresser qu'on était obligé d'acheter faute de mieux, à moins de se ruiner en les important d'Allemagne, et la cavalerie retrouverait son lustre.

Moins d'une semaine plus tard, il entendait dans son antichambre la voix rageuse de l'écuyer en chef se plaignant de n'être pas aussitôt introduit puisqu'il avait rendez-vous. Oudinot sonna et la porte s'ouvrit. Novital en jaillit comme un diable de sa boîte, saluant à peine son supérieur et s'écriant :

— Mon général, c'est à n'y pas croire, nous faisions fausse route car la question des remontes est dépassée ! La méthode de Baucher permettra de dresser les pires carcans pour en faire de bons chevaux de troupe, et en évitant ce déchet nous ferons d'énormes économies ! Mais ce n'est pas tout, mon général… »

L'homme était petit et sec. Le cheveu hérissé, la moustache en bataille, il semblait dans un état de surexcitation mêlant colère et émerveillement et marchait de long en large devant Oudinot qui s'était rassis :

— Non, ce n'est pas tout ! Les chevaux seront formés bien plus vite qu'aujourd'hui, et les cavaliers aussi ! Économies, économies, le roi sera content !

Virevoltant dans la pièce, il s'arrêta face au général assis à son bureau, se pencha vers lui les poings sur la table, et d'une voix grave, en martelant les syllabes :

— Mon général, croyez-moi : la méthode Baucher est la fontaine de jouvence de notre équitation ; elle sera dès demain entre les mains de tous mes écuyers. Les assouplissements, les attaques, l'effet d'ensemble : avec cela n'importe quel clampin montera mieux que tous les instructeurs de notre temps, mieux que vous et moi, même, et mettra aux ordres la pire carne ! Et c'est très facile à apprendre. La haute école, les acrobaties du cirque, le galop sur trois jambes, c'est autre chose, mais avec les bases de Baucher tout le travail de peloton s'effectuera très aisément. Il faut que vous alliez voir cela, mon général, et vous serez de mon avis : l'ordonnance de 1829 est bonne à jeter au feu, et notre cavalerie va redevenir la meilleure d'Europe.

Et il se redressa en croisant les bras d'un air de défi furieux.

Oudinot le toisa du fond de son fauteuil, impavide :

— C'est pour cela que vous aviez envoyé en éclaireur votre adjoint, qui a failli se faire désarçonner, me dit-on ?

— Mon général, je vous avoue que je pensais que c'était encore un pékin qui allait nous apprendre que la bride se met sur la tête. Mais Rousselet a été formel : même s'il admet avoir monté un cheval trop fin pour lui, il a reconnu que la méthode est celle de l'avenir. Alors je suis venu, j'ai vu…

— … et vous avez été convaincu, termina plaisamment Oudinot.

Deux jours plus tard, à la brune, un coupé aux armes de Reggio s'arrêtait devant la porte du manège Pellier et Baucher. À la porte, l'apprenti mâchonnait un brin de paille. Le valet de pied du général descendit et lui donna une bourrade :

— Va chercher ces messieurs pour le général Oudinot, gamin.

C'était l'heure où, les reprises finies, les deux maîtres de manège faisaient leur tour d'écurie avec le premier garçon, un ancien jockey haut comme trois pommes, noueux et tordu comme un cep. Le manège comptait une quarantaine de chevaux d'école et il y en avait toujours quelques-uns qui toussaient, boitaient, maigrissaient ou avaient « l'air triste », signe de coliques potentiellement mortifères. Dans la coursive centrale entre les stalles, encadrée par les croupes lustrées et les queues soyeuses comme par une colonnade vivante, seul brillait le fanal porté par Pellier, qui prohibait tout éclairage, toute flamme, dans ses écuries. On entendait des bruits confus d'ébrouements, de foin mâchonné, de sabots heurtant le sol. Certains chevaux étaient couchés, d'autres somnolaient debout la tête basse, d'autres encore se retournaient vers les hommes qui passaient dans un mouvement serpentin de l'encolure. Tout au fond, les chevaux de Baucher reposaient dans leurs boxes.

L'atmosphère était tiède, parfumée par la chaleur animale et la couche de fumier que l'on laissait en hiver sous la paille. Une espèce d'intimité solennelle régnait, où les hommes semblaient des intrus, passant derrière les chevaux en amortissant leurs pas et parlant à voix basse pour ne pas troubler leur repos, comme des serviteurs attentifs et discrets, accomplissant le rituel quotidien des instructions au premier garçon – qui le plus souvent proposait lui-même la solution : mouiller le foin, appliquer de la bouillie bordelaise, donner du son ou du mash… Ils commentaient aussi les incidents du jour – les chutes des clients, les facéties des vieux chevaux de manège qui en savent plus que leurs cavaliers d'un moment et s'arrêtent pile, refusent de quitter la piste pour faire la plus simple volte, ou au contraire la raccourcissent en coupant tellement les coins qu'ils parcourent un rectangle diminué de moitié. Et ces jours-ci, leur conversation qui s'étendait aux visites de marque récemment reçues regorgeait de mensonges par omission. Baucher cachait avoir écrit au ministre, et Pellier d'avoir été convoqué par le général qui arrivait justement à l'improviste, en civil certes mais tout botté et éperonné.

Pellier fit les présentations ; les écuyers qu'Oudinot connaissait affectaient les uns la raideur taciturne du militaire, les autres des airs d'homme du monde qu'ils étaient parfois. Il trouva que Baucher avait plutôt l'allure d'un professeur ou d'un homme de lettres, courtois et réservé, mais sans abattage particulier. D'ordinaire intraitable sur les horaires, Baucher se dit en souriant trop heureux que le général ait trouvé le temps de venir le voir sans prévenir malgré ses hautes occupations.

Sans répondre, Oudinot se tourna vers Pellier :

— Vous avez toujours Jézabel ?

C'était une jument particulièrement rétive que, quelques mois plus tôt, le général avait revendue à Pellier à vil prix après avoir renoncé à l'utiliser.

— Elle est toujours là, mon général… et son caractère ne s'est guère amélioré même si certains de mes meilleurs élèves sont parvenus à la circonvenir assez pour un tour de Bois…

Pellier voyait déjà où l'autre voulait en venir et, pendant qu'Oudinot ne le regardait pas, s'efforça de dissuader Baucher par un regard sombre et des signes de tête éloquents.

— Monsieur Baucher, la connaissez-vous ? Lui avez-vous déjà appliqué votre méthode ?

— Je ne crois pas, mon général.

Pellier confirmait d'un signe de tête.

— Eh bien, n'est-elle pas le meilleur sujet pour une démonstration ? Je connais mieux que personne ses défauts… et j'aimerais voir ce que vous pourrez en tirer.

— Ou plutôt ce que vous pourrez en tirer avec mon aide, mon général, car vous êtes venu équipé pour monter, répondit Baucher en cornant sa moustache. Je ne puis toutefois pas vous garantir de résultat en une seule leçon...

— Je m'en doute; mais je me ferai une idée. Vous savez que vous avez impressionné le capitaine de Novital, monsieur Baucher.

— Je montais l'un de mes chevaux dressés, mon général; mais c'était sans doute trop facile, vous avez raison. Nous allons voir ce que nous pouvons faire de Jézabel.

— Je vous préviens qu'elle est raide comme une planche de la tête à la queue, et décidée à le rester.

Déjà l'apprenti sellait la jument et éliminait la paille de sa queue, pendant que le premier garçon rallumait les quinquets du manège. Un instant plus tard, Baucher commençait les flexions de nuque et d'encolure à pied. Jézabel résista un moment, se pointant à demi, tournant les hanches plutôt que de plier un pouce de sa colonne vertébrale. Puis insensiblement les défenses s'adoucirent, et au bout d'une dizaine de minutes Baucher passa les rênes à Oudinot qui l'avait observé en silence et commença un peu maladroitement, puis trouva le geste et ressentit dans sa main cette impression d'une serrure dans laquelle on vient enfin de glisser la bonne clé.

— Cric-crac-croc, murmura Baucher... Vous avez pris le pli, mon général, et vous verrez que cela ne s'oublie pas.

Le travail se poursuivit à cheval : le général réalisa quelques flexions en place, se promena dans le manège en allant de droite et de gauche, puis dessina quelques voltes; Jézabel tournait assez docilement, tout d'une pièce.

— Et maintenant, mon général, après la nuque et les épaules, nous allons fléchir les hanches de cette jument.

Il s'approcha et saisit la rêne gauche, tout près du mors.

— Veuillez donner de l'éperon gauche, je vous prie.

Et lui-même attira énergiquement à gauche la tête de Jézabel, qui fit pivoter ses hanches vers la droite; Baucher la caressa longuement.

— Cessez l'éperon dès qu'elle cède, surtout!... Maintenant recommençons... voilà... à vous d'essayer sans moi; Excellent, mon général, excellent...

Oudinot souriait, ravi de redevenir un élève au bonheur duquel suffisent les compliments du maître.

Baucher donnait ses instructions de sa voix sourde, sans beugler comme les maîtres de manège militaires mais sur le ton de la conversation, expliquant en détail chaque geste et l'effet à en attendre, répétant sans se lasser.

Après trois ou quatre flexions de chaque côté, Baucher dit :

— Pour marcher au trot, marchez au trot.

Et le général s'exécuta. Il effectua sans trop de difficulté quelques changements de direction et revint vers les écuyers plantés au milieu du manège :

— Si je ne savais pas ce qu'était cette jument, je ne pourrais pas l'imaginer, déclara-t-il... Je crois avoir compris mais si vous le voulez bien, monsieur, poursuivons, je veux la faire galoper.

Il fallut un certain temps, le retour au travail en place, au reculer, et deux ou trois interventions directes de Baucher, tenant d'une main la rêne pendant que de l'autre il guidait la jambe du général, mais à la fin il put enchaîner trois ou quatre départs au galop sur une volte à chaque main. Jézabel suait et soufflait, l'encolure festonnée d'écume, mais elle mâchait son mors et ne tirait plus.

Le général repassa au pas sans foulée de trot intermédiaire. Il soufflait un peu lui aussi – et fit un tour à chaque main, rênes longues, pour le retour au calme.

— Pellier je vous reprends cette jument au prix auquel je vous l'ai vendue, s'écria-t-il en souriant.

— Mon général, répondit l'autre avec malice, je préférerais le prix auquel vous l'aviez achetée vous-même !

Oudinot mit pied à terre et tendit la main à Baucher :

— Topez-la, monsieur, votre méthode est vendue... Mais par exemple j'en veux un exemplaire pour moi aussi !

— Pas de petite démonstration alors ?

— Inutile, je vous ai vu à l'œuvre au Cirque, et ce qui m'intéresse ce n'est pas ce que vous savez faire, c'est ce que vous savez enseigner ; ce sont des talents différents, et pas toujours réunis.

— Pour la méthode je dois avoir une épreuve d'imprimeur, mais pleine de fautes et de coquilles... Le ministre n'a pas été mieux traité, vous savez.

— Ce qu'il en a lu a suffi à le rendre curieux, mais moi je lirai tout de la première à la dernière ligne. Mais surtout, monsieur Baucher, il faut passer à l'ex-pé-ri-men-ta-tion, et en vraie grandeur, avec de vrais chevaux d'armes et de vraies recrues, en nombre. Vous y sentez-vous prêt ? Je vous garantis qu'ils sont moins bons cavaliers que moi et que Jézabel est une princesse comparée à beaucoup de leurs chevaux.

— Mon général, je crois avoir connu le pire dans les deux espèces parmi les piquets et les clientèles de mes manèges ; je n'ai aucune crainte.

Oudinot réfléchit un instant puis, frappant sa paume gauche avec ses gants pour ponctuer chacune des étapes, présenta son plan :

— Il faudra passer devant le Comité de cavalerie. Soyez prêt, je m'en occupe. Nous laissons passer Noël, comité en janvier, expérimentations en mars à la garnison de Paris, et Saumur pour finir, car ces messieurs ne seront convaincus par la nouveauté que si d'autres l'adoptent avant eux.

Ayant ainsi donné ses instructions comme à la veille d'une bataille, il les salua et sauta dans son coupé qui partit au grand trot.

Pellier se tourna vers Baucher :

— Alors, François, voilà le moment !

Baucher cornait furieusement sa moustache, à gauche puis à droite, et souriait largement.

— Voilà le moment, mon vieil ami... si le général se montre aussi convaincant qu'il semble convaincu !

Et il rentra chez lui.

Il ne fallait pas douter d'Oudinot : au début de l'année 1842, Baucher fut convoqué devant le Comité supérieur de cavalerie qui ne résista pas – « il les a ensorcelés », dit à Pellier Oudinot qui revenait prendre des leçons avec Jézabel deux fois par semaine. Au début de mars, Soult ordonna que les officiers et instructeurs des régiments de la garnison de Paris et de la garde municipale soient formés par Baucher avec leurs chevaux – y compris quelques-uns des plus difficiles. Ils travaillèrent au quartier de Sens, et après une quinzaine de jours les rapports favorables s'empilaient sur la table d'Oudinot, ceux de Novital étant les plus exaltés. Le maréchal ministre se glissa une ou deux fois dans les tribunes, et décida qu'il était temps de manifester publiquement que la cavalerie française était à la veille d'une nouvelle ère.

Il donna ses ordres, sollicita les princes, et organisa cette journée du 21 mai qui avait commencé au quartier de la Garde, aux Célestins, avec la présentation d'une cinquantaine de chevaux du rang travaillés depuis deux mois par les officiers de la garnison de Paris selon la méthode Baucher : mouvements individuels et collectifs, travail en pelotons, manœuvres d'ensemble... Tout fut effectué sans accroc, avec des chevaux et des cavaliers qui semblaient découvrir le plaisir de s'entendre. Et plus d'un ne pouvait croire que le travail n'avait duré que quelques semaines.

Et maintenant tout le cortège s'entasse dans la cour du manège de Baucher pour un moment de plaisir : la démonstration du maître et de son fils devant les princes, le ministre, et tout ce que Paris compte de généraux et d'officiers d'état-major.

Pellier se multiplie, veillant ici à ce que l'on prenne soin du cheval d'un dignitaire, indiquant ici à une ordonnance où attacher le sien, pendant que ses illustres invités gagnent la grande tribune du manège. On se récrie sur la qualité de ce que l'on a vu aux Célestins, et les officiers qui ont participé à l'expérience n'en finissent pas de jurer qu'ils y ont amené des chevaux ordinaires, et de préférence les plus difficiles ; plus d'un avoue avoir choisi celui qui lui semblait le mieux à même de prouver par ses défenses irréductibles l'inefficacité de la méthode, et avoir été pris à son propre piège. « Nous le prenions pour un saltimbanque, mais c'est un nouveau La Guérinière, un nouveau Pluvinel que ce pékin-là », disent-ils en évoquant les fondateurs de l'équitation française.

Le silence se fait : Cuzent lance un air de valse pour annoncer le pas de deux des Baucher père et fils, qui exécutent en douceur une reprise assez courte, sans galop sur trois jambes ni autres acrobaties de cet acabit, mais où l'on retrouve tous les exercices du canon classique, réalisés avec des effets invisibles et dans une légèreté incroyable. À la tribune un vieil officier, ancien page de Louis XVI, se tient les coudes fléchis comme s'il exécutait lui-même les mouvements et murmure en souriant d'un air ravi sous sa moustache blanche « comme dans des blancs d'œufs en neige, comme dans des blancs d'œufs en neige »...

Ils terminent par un moment magique où le père au centre du manège pivote sur lui-même dans un enchaînement de pirouettes piaffées au rythme métronomique, pendant que le fils tourne autour de lui dans un passage plein d'élévation et de majesté.

Dans la tribune, c'est à ne pas laisser tomber une épingle et le plancher craque sous la charge ; derrière les princes et le président du Conseil, assis à la balustrade, on se presse debout. Ceux qui ont vu Baucher au Cirque finissent par se laisser retomber sur leurs talons en se disant qu'ils ne verront rien de mieux ici dans la bousculade et la chaleur. La bande des amis – Rul, Gaussen, Got, autour du Nez-de-cuir et de Seymour désormais rallié dont Henri montait un cheval – se serre derrière la foule et cherche à écouter les commentaires, attentive aux notes discordantes dans la belle unanimité – un peu en vain, jusqu'à ce que La Genevraye s'adresse lui-même à l'aide de camp du duc de Nemours, Édouard de Colbert, qui ne mâche pas ses mots :

— Tout cela est bel et bon, mais sans doute un peu truqué ; on verra bien ce qui se passera à Lunéville avec de vrais chevaux et hommes du rang, et surtout des escadrons entiers à faire manœuvrer ensemble.

Ils apprennent ainsi que l'expérience devra se poursuivre plus largement encore à Lunéville, où commande Oudinot, et vers laquelle Henri Baucher partira dès le lendemain matin, son père devant continuer à instruire à Paris les officiers qui viendront de toutes les provinces.

Sans attendre cependant, le maréchal ministre ordonne que l'on achète deux exemplaires de la méthode Baucher dans chaque régiment de cavalerie, et que l'on rédige très vite avec l'aide du maître un volume sur le dressage des jeunes chevaux, dont l'utilisation devra sans tarder être rendue obligatoire. Pour les cavaliers, il faut prendre le temps de faire passer les instructeurs sous la férule des Baucher.

En partant, Soult serra la main de l'écuyer :

— Ceux qui disent qu'on n'a pas eu besoin d'équitation à Austerlitz ont raison, mais dans les batailles futures elle rendra notre cavalerie encore plus forte grâce à vous, monsieur, et je vous en remercie.

Le duc d'Orléans se montre plus disert :

— Monsieur Baucher, il faut que je réapprenne l'équitation avec vous, si vous le voulez bien, et j'ai hâte que mon fils ait l'âge de profiter de vos leçons. Il faudra aussi que vous veniez à Neuilly pour que toute la famille puisse vous applaudir, n'est-ce pas Nemours ?

— Mais… oui, certainement, sans doute, bredouille Nemours qui s'incline et file vers le cheval que lui amène Colbert.

Nul ne s'en étonne tant sa réputation de raideur et de mutisme est établie.

Le duc d'Orléans se redresse alors de toute sa taille et s'écrie à la cantonade :

— Messieurs, mon ancêtre Henri IV avait su reconnaître le génie de Pluvinel, et Louis XV se croyait assez bien servi pour se passer de celui de La Guérinière ; quant à moi, je ne laisserai pas celui de monsieur Baucher sous le boisseau : il faut que l'armée en bénéficie la première comme de toute nouveauté utile, mais d'ici peu nous verrons aussi mieux monter à cheval sur les boulevards et au Bois, où je proclame achevé le règne du A renversé !

Un tonnerre d'applaudissements et de rires mêlés salua les paroles du prince qui, avant de se mettre à cheval, essaya quelques flexions avec sa monture, et le cortège doré sur tranche repartit vers l'ouest.

— Voilà des applaudissements que l'on entendra jusqu'à la rue Duphot, grommela La Genevraye à Gaussen en voyant Seymour sauter sur son cheval Fortunatus, qui venait de participer au spectacle sous la selle d'Henri Baucher.

— Achille, dit le lord, venez-vous ? Il faut que le Boulevard sache !

— Je vous fais confiance, milord, répondit Nez-de-Cuir, peu soucieux d'assister au déchiquetage public qu'allait sans doute faire subir à d'Aure son thuriféraire converti. Je vous rejoins un peu plus tard... au Café de Paris, n'est-ce pas ?

— Au Café de Paris ! répondit l'Anglais qui partit, suivi d'un petit peloton d'officiers habitués de l'endroit, parmi lesquels Nez-de-Cuir aperçut Colbert visiblement engagé dans un échange assez vif avec l'un de ceux qui avaient participé à l'expérience.

— Vous me voyez jouer à ce jeu-là ? disait avec animation l'officier à Colbert qui s'enquerrait sans doute des « truquages » qu'il supposait un instant plus tôt.

Oudinot sourit :

— Je suis on ne peut plus satisfait, messieurs, dit-il aux deux maîtres de manège qui le raccompagnent. Monsieur Baucher, soyez prêt à être appelé à Neuilly, et que votre fils ne tarde pas à rejoindre Lunéville. J'ai dans l'idée de donner en juillet un vrai carrousel où l'on verra manœuvrer des escadrons entiers, et j'ai déjà invité les princes !

Et il remonta sur sa jument dont il flatta l'encolure, hilare, en disant à Pellier :

— Finalement, je n'avais pas eu tort de l'acheter, cette bonne Jézabel.

# Chapitre XI
# Près du Capitole

*« La messe est dite. »*

*Salon de conversation du manège Duphot,*
*13 juillet 1845, trois heures de l'après-midi*

Il fait chaud, et depuis quelques semaines il faudrait à un homme du monde avoir quitté Paris pour ses terres – ou fermé ses volets pour faire croire qu'il y est parti.

Le salon de conversation est ouvert aux deux sexes. Au-dessus des lambris de chêne sombre règne un papier peint vert imitant le cuir gaufré, que recouvrent presque entièrement des lithographies et gravures de courses anglaises, mais aussi les plus récentes de Carle Vernet et d'Alfred de Dreux. C'est le plus confortable de l'extraordinaire établissement équestre construit pour d'Aure sept ans plus tôt, en 1838. La presse de l'époque avait salué l'éclairage intégral au gaz, manège compris, le luxe des écuries, l'élégance des salons du cercle où l'on trouve billard, piano, fumoir… et n'avait pas dû attendre deux ans pour publier les annonces d'une vente aux enchères suite à la faillite de la société. Les lieux ont alors abrité toutes sortes de réunions, mondaines et politiques, et même un magnétiseur jusqu'à ce qu'au début de 1843, l'écuyer de Fitte rouvre le manège, avec semble-t-il plus de rigueur.

Monsieur de Fitte et son manège sont du style qui convient à ce quartier de l'église de la Madeleine, sans conteste la paroisse la plus élégante de Paris – ou en tout cas la plus prisée des nouveaux favoris de la fortune et du souverain, ceux qui ont suivi le conseil de Guizot et se sont enrichis « par le travail et par l'épargne » – sans exclure un peu de prévarication ou de trafic d'influence. De Fitte porte quotidiennement l'habit noir et le haut-de-forme que Pellier ne sort qu'en grand tralala, les dames disposent chez lui de locaux réservés pour prendre un peu de repos ou se changer, et les messieurs peuvent y passer la journée à taquiner la bille sur tapis vert, lire les journaux ou jouer aux cartes. Il ne manque qu'une salle à manger pour que l'on soit dans un véritable cercle.

On ne voit guère dans les salons Baucher, qui donne ici ses leçons depuis sa brouille avec Pellier. Le brave instructeur s'est vexé de voir reparaître en 1844 les *Dialogues sur l'Équitation*, sortis sous leur double signature dix ans plus tôt, sous le seul nom de Baucher. « À l'époque, grognait-il, François ne valait pas un sou sur la place de Paris et c'est grâce à mon nom qu'un éditeur a bien voulu prendre le risque ; il était bien content qu'en le mettant sur la couverture j'endosse ses élucubrations ! »

La bande a perdu du monde en route : Lancosme-Brèves et La Genevraye ont suivi leur maître, mais Gaussen et Got n'ont pas apprécié l'ambiance fashionable du manège Duphot, et la présence trop fréquente de Seymour, néophyte du bauchérisme dont l'enthousiasme nouveau prend encore plus de place que l'opposition d'hier, avait éloigné le purissime Rul.

Sur les fauteuils crapaud en tapisserie, ceux d'acajou à cuisse de grenouille, ou encore les tout nouveaux Voltaire couverts en chintz se sont répartis les premiers disciples : La Genevraye, Lancosme-Brèves, Gaussen, Rul, Got, Cuzent. Ils forment un demi-cercle respectueux autour de la méridienne pourpre sur laquelle trône, près de la cheminée, la robe claire de Caroline Loyo, aux pieds de laquelle s'est établi Seymour, qu'elle ne regarde pas. Tournée de l'autre côté, elle bavarde à voix basse avec un homme de trente-six ans, émacié, barbu, dont l'œil étincelle au fond d'orbites creusées, qui s'accoude à la cheminée sans se mêler aux autres. Ce nouveau venu, c'est Clément Thomas, condamné en 1834 pour avoir participé à Lunéville aux émeutes qui tentèrent d'amplifier la révolte des canuts lyonnais. Évadé en Angleterre puis amnistié en 1837, la plupart des hommes présents s'étonnent de voir parmi eux ce fauteur de troubles qui n'est nullement connu comme un écuyer émérite, mais comme l'un des rédacteurs du très républicain *National*. Il serait bien seul si Caroline qui n'a pas d'idée politique ne trouvait pas quelque charme à son regard de braise, et surtout ne se disait pas qu'étant un peu la maîtresse de maison, elle se devait de ne pas le laisser se morfondre tout seul.

Pellier fait son entrée, marchant en prenant garde à ne pas faire sonner ses éperons, comme dans la maison d'un mort. La Genevraye va vers lui, lui donne une espèce d'accolade à laquelle son masque donne l'air du baiser d'une bête, et le remercie de sa présence.

— Il m'a fait demander de venir, grommelle-t-il, mais je ne sais pas pourquoi.

Il sort de sa poche le message que lui a porté un commissionnaire :

— « Mon cher Pellier j'espère que notre petit différend ne vous empêchera pas d'être comme tous mes vrais amis au manège Duphot ce soir à sept heures… » C'est grave ?

— Je n'en sais pas plus que vous, répond Seymour, mais j'imagine que ces messieurs du gouvernement lui ont fait quelque avanie.

— C'est tellement facile, gémit Gaussen… Ils ne sont pas à une bévue près.

— Heureux de vous voir, Pellier, dit Lancosme-Brèves du fond d'un divan à l'appui d'une sorte de salut de canne. Nous en sommes tous au même point que vous : un billet énigmatique mais pressant… et nous voilà ! conclut-il comme agacé de sa docilité. Baucher se fait attendre et d'un regard, Caroline encourage Seymour à distribuer les havanes qu'il a pris soin d'apporter, tout en se levant pour servir elle-même les liqueurs sorties d'un fort joli cabinet marqueté d'écaille qui trône dans un coin de la pièce sur un large guéridon à pied bulbé :

— Je ne suis pas madame Sand qui en fume elle-même, mais je devrais changer de métier si j'avais le nez trop sensible, déclare-t-elle pour détendre l'atmosphère.

— C'est tout de même étrange qu'il nous réunisse juste aujourd'hui, pour le troisième anniversaire, dit Lancosme-Brèves en allumant son havane.

— Tout a déraillé ce jour-là si vous voulez mon avis, lui répond La Genevraye.

Seymour opine du chef, assombri par le souvenir de ce 13 juillet 1842 qu'ils ont vécu ensemble.

Ce jour-là, Seymour, Lancosme-Brèves et La Genevraye étaient attablés sur le trottoir du Café de Paris devant leur déjeuner d'adieux ; ils étaient restés à Paris pour attendre le résultat des élections du 9, qu'ils commentaient mollement en feuilletant les journaux.

— On dit que les Tuileries sont aux cent coups, jubilait Lancosme-Brèves, et que cette Chambre n'a rien d'introuvable pour Louis-Philippe…

— En fait ils n'ont pas perdu grand-monde, tempéra La Genevraye. Mais dans leur position, ne rien gagner, c'est une vraie défaite… Vous avez vu qu'Oudinot a été élu à Saumur ?

— En battant Delessert, un pilier du trône de Juillet ! s'écria Seymour. Mais franchement, je ne conçois pas qu'un général soit député, et député d'opposition qui mieux est…

— J'espère que ça ne nuira pas à notre ami Baucher… Le camp de Lunéville est une idée d'Oudinot et c'était la dernière étape avant Saumur, murmura Lancosme-Brèves.

— Rassurez-vous mes amis, expliqua La Genevraye dont la qualité d'ancien maire faisait un meilleur observateur politique, l'opposition dynastique d'aujourd'hui n'est autre que la majorité qui se ralliera au prince dès son avènement ; tout le monde le sait et l'attend avec plus ou moins d'impatience ; mais enfin le roi a soixante-neuf ans et même s'il se porte bien, son règne ne durera plus très longtemps. Alors Baucher sera l'homme du nouveau roi et rien ne pourra l'atteindre…

— Pourquoi spéculer sur la mort de Louis-Philippe, répliqua Seymour. Vous savez, il n'y a pas deux mois que les princes et le président du Conseil sont venus adouber Baucher dans son manège, ce qui ne s'est jamais vu, pas plus que son invitation à Neuilly voici quinze jours !

— À Neuilly ? s'étonna La Genevraye. Qu'est-il allé faire là-bas ?

— Une démonstration devant toute la famille royale ; il ne vous a pas raconté cela ? répondit Seymour qui tout à coup leva la tête et sauta sur ses pieds en voyant arriver un cavalier qui galopait sur le Boulevard au mépris des règlements.

Il avait reconnu la livrée de son écurie de Sablonville, celle-là même dont il venait de vendre les chevaux, écœuré des courses par une tricherie. L'allure excessive et l'air un peu décomposé du cavalier lui faisaient craindre une mauvaise nouvelle – un incendie peut-être, la catastrophe qui menace toujours ces amoncellements de paille et de foin – et il courut vivement à la rencontre du lad qui sautait à terre pour lui parler à l'oreille avec animation. Revenant à pas lents vers la table, il s'assit, et fit un geste à ses deux amis pour qu'ils se penchent et rapprochent leurs têtes.

Les mains sur leurs épaules, il murmura :

— Pouvez-vous garder un secret, messieurs ? Dans quelques heures Paris sera en deuil, et demain ce sera la France : monseigneur le duc d'Orléans vient d'avoir un accident de calèche sur le chemin du château de Neuilly. Il a été emporté dans une boutique juste en face de mes écuries. On le soigne, mais il n'a pas repris conscience et mon lad me dit qu'il a entendu un médecin envoyer son valet à la

Bourse pour faire vendre tout ce qu'il a – ce n'est pas signe d'un bon pronostic…

Il semble tout à coup réaliser ce qu'il est en train d'annoncer, et l'émotion de l'ami l'emporte un instant sur le flegme du dandy qui cache ses larmes, la tête dans les mains, en murmurant :

— C'est terrible, il y a encore deux jours nous parlions de la saison de courses ensemble.

— Sait-on ce qui s'est passé ? demanda Lancosme-Brèves.

— Apparemment les chevaux se sont emportés, le prince a voulu sauter, mais il s'est pris le pied ou le sabre dans les couvertures du briska, et il est tombé la tête la première sur une borne… Voiture trop légère et chevaux trop vifs – je le lui avais souvent dit…

— Pauvre jeune homme, pauvre princesse, pauvre petit prince, et pour finir pauvre pays, gronda Nez-de-Cuir, lugubre… Dieu sait que je n'aime pas beaucoup cette dynastie de barricades, mais j'avais fini par espérer qu'elle nous garantisse mieux des Rouges que la branche aînée. Le roi a près de soixante-dix ans, le comte de Paris est encore un petit enfant, et nous aurons donc une régence, ce qui a presque toujours été le prélude à une guerre civile.

— Pas en 1715 cependant, rétorqua Lancosme-Brèves, et c'était un Orléans.

— Oui, mais le régent Philippe était un homme fin et habile, tout le contraire de Nemours qui est une buse… Je vous conseille, messieurs, d'avoir sous la main quelques lettres de change à tirer hors de France et un passeport visé le jour où le roi mourra, car le drapeau rouge ne tardera pas à flotter sur Paris…

— Et dans l'immédiat, poursuivit Lancosme-Brèves, voici Baucher sans protecteur... Qui sait si Lunéville ne sera pas annulé ? Il faut aller le prévenir...

— Vous n'en aurez pas le temps, cher ami, dit Seymour. La nouvelle vole de bouche en bouche, bien plus vite que nous ne pourrions le faire : regardez.

En effet, comme une risée d'ouest qui gonfle en coup de vent, la rumeur balayait le Boulevard, si calme et presque désert un instant plus tôt. Il s'emplissait de passants qui s'interpellaient pour échanger des nouvelles, les uns hagards, les autres abattus, d'autres se donnant de l'importance en répandant des détails plus ou moins vérifiés. On voyait des signes de croix, des montres tirées pour vérifier qu'on avait le temps de courir à la Bourse, des mains se levant pour appeler un fiacre ou un commissionnaire. Des cavaliers arrivaient sans cesse du Bois, hors d'haleine, et en un instant s'improvisa un cortège pour aller à la porte Maillot soutenir la famille royale de ses prières – et savoir les premiers si le prince en réchapperait. On l'annonçait mort tous les quarts d'heures, et deux ou trois fois on le donna pour remis : « Il a parlé en allemand ! C'est pour demander sa femme ! » On entendait : « Le roi est parti de son château de Neuilly à pied ! » ; « Le conseil des ministres est annulé ! » ; « Le médecin est arrivé », puis : « Le prêtre est à son chevet ! »

Seymour passa vite chez lui – à l'étage au-dessus – dicter ses instructions à son agent de change, sauta à cheval et fila vers les Sablons. Les deux autres se serrèrent sur le tilbury de Lancosme-Brèves qui le manœuvrait en maître et parvint à s'extraire de la foule pour prendre le trot vers le faubourg Saint-Martin. Dans ce quartier ouvrier, ils s'attendaient à voir sans doute moins de tristesse – alors que Lancosme-Brèves était certain que son noble et carliste faubourg Saint-Germain se retenait de pavoiser. Il fut étonné de voir que chez les pauvres au moins l'humanité l'emportait sur la politique : les femmes versaient une larme sur le beau jeune homme aperçu dans ces mêmes rues quelques semaines plus tôt, et sur le petit orphelin de trois ans – et même sur la veuve, quoiqu'elle fût allemande. Les hommes se disaient qu'à tout prendre, il valait mieux être un humble qu'un mort... et que tous ses écus ne lui avaient pas sauvé la vie, bien au contraire : « Ça ne peut pas nous arriver à nous autres qui allons à pied. »

Ils trouvent Pellier et Baucher causant dans la cour : la rumeur les avait bien devancés, et le manège se préparait à prendre le deuil et à interrompre les reprises dès que la nouvelle serait officielle. Il fallait s'organiser pour que les chevaux soient montés ou mis en longe chaque jour par les piqueurs et les palefreniers.

À deux heures, un communiqué rassurant fut diffusé à la Bourse et ne fit qu'accroître l'inquiétude. Le prince expira à quatre heures et demie. On le sut très vite au faubourg Montmartre, et l'accablement s'abattit sur les écuyers et leurs amis.

Baucher mâche sa moustache avec furie. Il faut lui arracher les mots.

— Hélas ! dit-il seulement aux trois amis... Et je ne pense pas seulement à moi... nous perdons beaucoup tous autant que nous sommes. Dire qu'il y a quinze jours je suis passé sur cette même route, devant la boutique où on l'a porté, pour aller au château donner un spectacle à la famille royale ! Je me rappelle très bien ce tas de cailloux sur lequel il a dû trébucher. J'ai pensé que les cantonniers étaient partout les mêmes et que le roi lui-même n'échappait pas à leur travail de cochon sur le chemin de sa maison...

— Ça s'était bien passé? demande Lancosme-Brèves, histoire de parler un instant d'autre chose, comme on en ressent le besoin dans les moments de deuil, et aussi pour chercher une raison de se rassurer.

— Aussi bien que possible, répond Baucher. On nous a d'abord montré les écuries qui sont très vastes et magnifiquement arrangées, à l'anglaise, avec des boiseries superbes, des paillassons sur tous les cloisonnements, et surtout des boxes pour tous les chevaux de selle... ils ont aussi un manège couvert un peu à l'écart, sur l'avenue Sainte-Foy. Ce n'est qu'un bâtiment de charpente mais il est fort commode, et il y a même une petite tribune où l'orchestre de Cuzent prenait toute la place... La famille royale est restée dans son char à bancs arrêté à l'entrée. Ils étaient tous là : le roi, madame Adélaïde, la reine, les cinq princes – Orléans, Nemours, Joinville, Aumale et Montpensier, j'avais bien appris ma leçon de duchés... Des jeunes gens élégants, vifs, qui nous ont salués très simplement Henri et moi, tout comme la princesse Clémentine. Ils ont goûté le spectacle, je crois, puis le roi est descendu pour me saluer et me remercier quand j'ai mis pied à terre; il a beaucoup complimenté Cuzent, auquel il a offert une épingle enrichie de diamants...

— Et sur la méthode, a-t-il dit quelque chose? s'impatiente Lancosme-Brèves.

— Il a juste hoché la tête quand le duc d'Orléans a rappelé les expériences en cours tout en précisant qu'on n'enseignait pas « tout cela » à tous les officiers, ce qui l'a fait sourire... et il s'est étonné de ce que l'on dresse aujourd'hui au manège des chevaux anglais : « De mon temps m'a-t-il dit, on n'en faisait que des coureurs. »

— Et Nemours ? demande Seymour.

Baucher reste un instant silencieux, fronçant le sourcil pour chercher dans sa mémoire un signe qu'il aurait alors négligé mais qui pourrait s'avérer aujourd'hui décisif.

— Silencieux comme à son habitude, mais sans cet air hostile qu'on lui avait vu lors de la visite au manège. Il m'a dit quelque chose comme « Je suis impressionné »... qui ne tirait pas à conséquence.

— C'est lui qui devrait présider le carrousel de Lunéville en lieu et place de son frère, murmura Lancosme-Brèves, mais c'est dans à peine une semaine et je crains que les pompes funèbres durent davantage, sans parler du deuil...

Seymour apparaît enfin, couvert de poussière, triste et morne.

Il décrivit le sinistre spectacle du prince agonisant devant tous dans une bicoque misérable, l'accablement plein de dignité de ses parents, les gestes fous du cocher, désespéré d'avoir crié de sauter au prince avant de s'arrêter quelques centaines de mètres plus loin, et qui voulait se jeter à la Seine.

Le service funèbre à Notre-Dame aurait lieu à la fin du mois : le grand spectacle de Lunéville fut donc contremandé.

Quelques semaines plus tard, le duc de Nemours passa par Lunéville et l'on improvisa pour lui une présentation, sans rien du faste et de l'air de fête qui auraient dû l'accompagner selon le projet d'Oudinot – qui ne vint pas, retenu à Paris par son mandat de député. On vit non seulement un carrousel de haute école interprété par les officiers, mais de véritables manœuvres de troupe : deux escadrons de cent vingt cavaliers chacun réalisèrent sans aucune difficulté, alors même que les chevaux n'avaient qu'un petit mois d'instruction, des conversions, cercles concentriques, ailes de moulins et autres évolutions permettant de se préparer à la bataille.

L'armée portait le deuil : des crêpes noirs aux drapeaux, aux épées des officiers, aux instruments de la fanfare dont les trompettes devaient jouer en sourdine. Le duc et ses officiers d'état-major regardèrent le spectacle sans broncher, sauf Colbert qui chuchotait sans cesse à l'oreille de son maître.

Quand Henri Baucher s'avança, lui présentant ses condoléances pour la perte qu'il avait subie, en son nom et au nom de son père, Nemours répondit simplement :

— Je vous remercie, monsieur. Mon pauvre frère avait beaucoup d'admiration pour votre père et pour sa méthode ; il avait souhaité la voir démontrée dans les exercices militaires car il jugeait que c'était indispensable pour se former un avis complet.

Il fallut se contenter de ce demi-compliment qui semblait plutôt une critique implicite du jugement de son aîné – ou la justification anticipée d'un désaccord.

Les amis réunis trois ans plus tard au manège Duphot n'en finissent pas de ressasser ces souvenirs malheureux, quand Baucher arrive enfin, au bras de son fils Henri. Il sourit comme un malade qui ne veut pas qu'on le plaigne.

Il s'accoude à la cheminée en pendant à Clément Thomas, boit une gorgée de kirsch du verre que lui tend Caroline, et d'un ton qui se veut léger :

— Mes amis, la messe est dite : un arrêté du Conseil supérieur de cavalerie interdit l'usage de ma méthode dans l'armée.

Un silence accablé lui répond.

— Mon sort était bien fixé depuis Lunéville, reprend Baucher. Mais je croyais en Soult, dont je n'avais pas de raison de douter. C'est à Saumur que les écailles auraient dû me tomber des yeux, mais j'ai voulu laisser une chance à la raison de triompher et c'est pour cela que jusqu'ici je suis resté discret sur ce qui s'est passé là-bas.

On fit silence et l'on rapprocha son siège car jusqu'ici, jamais le maître n'avait raconté ce qui s'était passé pendant ces trente-six jours d'où il était revenu mutique et désabusé, à la grande surprise de ceux qui avaient des amis à Saumur, où l'on ne parlait que de l'enthousiasme des écuyers et des officiers, et de la bauchérisation en cours de l'école sous la badine de Novital.

— Vous avez fait la connaissance de monsieur Clément Thomas, qu'il est inutile de présenter. Il m'a proposé, et je l'ai accepté, d'écrire toute cette histoire et de la publier en bonne place dans son journal. Mais je me dois de vous en donner la primeur, à vous qui m'avez toujours soutenu.

— Je croyais que vous ne vous occupiez pas de politique, bougonna La Genevraye... et elle n'a rien à faire dans les manèges, comme dans les églises ou les cercles : notre présence à tous autour de vous le montre bien, je crois...

— Mon cher ami, je suis bien d'accord avec vous, mais c'est la politique qui s'est occupée de moi et, au risque de vous attrister, je vous dirai que c'est plutôt une espèce de complot qui me poursuit depuis des années, celui de personnes de votre monde qui n'ont pas votre intelligence et ne peuvent admettre que le fils d'un cabaretier devienne un écuyer de quelque influence. J'en ai assez, et si je ne crois guère en la République comme régime, je pense qu'elle serait plus respectueuse du talent et du travail.

— Je vous comprends, dit Seymour tristement, et je crains qu'à force de vilenies de ce genre, Louis-Philippe ne nous fabrique une nouvelle révolution.

— Mais que vous faut-il à la fin, s'agace Lancosme-Brèves, le roi fait tout pour les bourgeois et reçoit aux Tuileries les fabricants de châles et de chandelles – bien obligé d'ailleurs car la véritable aristocratie le boude.

— Sa bienveillance alors ne s'étend pas aux professeurs d'équitation, coupa Baucher – et il y en a au moins un qui est un véritable aristocrate, qui ne boude pas du tout, et que le ministre écoute, sinon le roi. Vous comprendrez mieux en m'entendant vous lire cette lettre du maréchal Soult :

Le 9 juillet 1845

– je passe les politesses d'usage... voici le passage qui compte :

> Et d'abord, j'ai constaté que votre système de dressage était inséparable de votre méthode d'équitation ; que le département de la Guerre n'avait point à apprécier les avantages ou les inconvénients de cette méthode appliquée aux services civils, et que j'avais à résoudre une seule question, celle de savoir si elle offrait des avantages militaires ; en d'autres termes, si votre système de dressage et une partie de vos principes d'équitation pouvaient être substitués avec avantage au mode déterminé par l'ordonnance du 6 décembre 1829 sur l'exercice et les évolutions de cavalerie.
> Un examen attentif de cette question m'a démontré :

> - que les principes que vous avez posés ne pourraient être suffisamment bien enseignés aux militaires, qui restent trop peu de temps sous les drapeaux pour devenir des écuyers capables de les comprendre et de les appliquer sans danger pour eux et pour leurs montures ;
> - que d'ailleurs votre méthode, plus ou moins efficace pour les chevaux de manège…

— Cet homme est-il aveugle ou stupide ? s'écrie Rul. « Plus ou moins efficace » ? On croit rêver !

— Vous n'avez pas encore eu droit au meilleur, dit Baucher qui reprend sa lecture :

> … plus ou moins efficace pour les chevaux de manège, donc, rendrait les chevaux de troupe trop fins et trop susceptibles pour pouvoir supporter la pression et la gêne du rang.

— Soult qui a fait la guerre ne peut penser cela, grogne La Genevraye ; c'est quand ils ne sont pas soumis que les chevaux s'agitent dans le rang…

Baucher continua en forçant le ton pour souligner la violence de ce qu'il lisait en martelant chaque mot :

> Qu'enfin l'excès de finesse pouvait être nuisible au cheval de rang, et que demander à ce cheval une instruction plus étendue que l'ordonnance de 1829, plus de susceptibilité que n'en comporte le genre de service qu'il est appelé à rendre, était incompatible avec les exigences des manœuvres et des évolutions.

Au brouhaha qu'avait déclenché la dénonciation de l'« excès de finesse » succéda un morne silence.

— Je me demande quel trou du cul du ministère a rédigé cela, murmura rêveusement Lancosme-Brèves, qui se tourna vers Caroline avec un sourire d'excuses : Pardon, mais il n'y a pas d'autre mot…

— Le chef du bureau de la cavalerie s'appelle Rampand, indiqua Clément-Thomas.

— Pas étonnant qu'il ne vole pas très haut, s'égaya Cuzent dont le calembour tomba pour une fois à plat

— Je crains, hélas, que le rédacteur de cette missive ne soit pas forcément un fonctionnaire du ministère, mais peut-être un certain écuyer bien en cour, dit Baucher d'un ton devenu rageur. Je reconnais son style et les critiques ineptes qu'il me fait depuis toujours… Mais comment Soult peut-il signer des sottises pareilles en ayant lu les rapports des officiers que j'ai formés à Saumur, de l'écuyer en chef et du directeur, et tous ceux qu'il a reçus depuis des colonels des régiments ? C'est bien de politique qu'il s'agit, je le crains, conclut-il en se tournant vers La Genevraye.

— J'ai bien peur que vous ayez raison, répondit Nez-de-Cuir. Le maréchal vieillit, et il se pourrait bien que sa présence auprès du roi soit gênante au moment où le duc de Montpensier épouse une infante d'Espagne, car il n'a pas laissé de très bons souvenirs de l'autre côté des Pyrénées.

— Il n'y a surtout pas laissé beaucoup de beaux tableaux, s'exclama Gaussen.

Soult était célèbre pour la magnifique collection de Vélasquez, Ribera et autres Murillo pillés dans les églises et les couvents de la péninsule en 1810.

— Quoi qu'il en soit, j'imagine que le sacrifice de votre méthode est l'un des moyens qu'il a trouvés pour se rapprocher du duc de Nemours et s'assurer de son soutien auprès du roi, conclut Clément Thomas. C'est ainsi que va notre pays sous cette monarchie, et cela doit être dénoncé car ce sont des mœurs de cour…

— … qui n'ont plus cours ! s'écria l'incorrigible Cuzent qui obtient cette fois quelques sourires.

— Disons de cour d'usurpateur et nous serons d'accord, ajouta mélancoliquement Lancosme-Brèves. Mais vous disiez, cher maître, que dès votre voyage à Saumur la cause était entendue ?

Baucher hoche la tête et commence son récit par un soupir.

— Au début de 1843, il m'a été confirmé que les officiers instructeurs qui n'étaient présents ni à mes cours de Paris ni à ceux d'Henri à Lunéville viendraient à Saumur pour que je leur dispense mon enseignement avec l'assistance de mon fils. Nous sommes arrivés le 16 février, et avons commencé notre travail avec nos élèves, quarante-trois capitaines instructeurs et vingt-quatre écuyers de l'école. Novital, dont vous connaissez l'adhésion à mes principes, m'a accueilli à peu près comme le messie. Le général commandant l'école, Prévost, fut moins enthousiaste ; un peu gêné, il m'a remis à titre d'instruction une espèce de manuel sur l'éducation des jeunes chevaux, inspiré de ma méthode, mais très défectueux et partiel.

— Je vous avais prévenu, l'interrompt Seymour ; Colbert, l'aide de camp de Nemours, se vantait au Jockey, un soir qu'il avait un peu trop bu, de savoir qu'à Saumur vous trouveriez forte partie : « L'école ne se vendra pas pour quelques chopines », disait-il, ajoutant que les officiers sauraient bien où était leur devoir, et qu'ils étaient le dernier recours.

— Peut-être s'agissait-il de cela... Ce jour-là j'ai décidé de repartir. Le général Prévost m'a convaincu d'attendre au moins l'arrivée de l'inspecteur général de Sparre, membre du Comité de cavalerie, chargé de superviser l'opération.

— Celui qui vient de mourir ? questionne Pellier

— Celui-là même. Ce dut être assez soudain car il a siégé tout récemment au Comité de cavalerie qui a décidé de me fendre l'oreille. Prévost voulait surtout que je voie qu'il n'était que le messager, je le comprends maintenant. J'avais rencontré de Sparre à Paris avant de partir, et il ne m'avait rien dit de particulier. Il arriva quatre jours plus tard et j'eus avec lui une conversation que je n'hésiterai pas à qualifier de burlesque : « Nous voulons bien de votre méthode, mais nous ne voulons pas d'équitation », m'expliqua-t-il... Et après une longue discussion il me proposa un arrangement pour le moins étrange, consistant à « ne pas parler des jambes » dans mon cours !

— La méthode d'équitation sans équitation, c'est un peu comme le couteau sans lame, commente Cuzent

— Et sans jambes il lui manque aussi le manche! compléte Got.

— Riez si vous voulez, dit Baucher avec lassitude, car en effet ce serait drôle s'il ne s'agissait pas d'une chose aussi sérieuse que la formation de notre cavalerie. En tout cas je n'ai pas ri ce jour-là mais ai dit au général que je repartirais aussitôt pour Paris si je n'avais pas toute latitude. Comme à l'époque Soult tenait encore bon, j'ai eu gain de cause et nous avons pu commencer à travailler. De Sparre est parti très vite et tout s'est bien passé. Les élèves, au départ sceptiques sur la méthode que Novital leur avait fait pratiquer un peu à la va-comme-je-te-pousse, et surtout avec une brutalité très excessive, apprenaient vite et bien. Nous donnions quatre reprises d'une heure et demie par jour, plus une heure pour les sous-officiers, si bien que le soir nous n'avions plus ni voix ni pied, n'est-ce pas Henri ?

Baucher Junior sourit tristement :

— Ça, nous n'avons pas ménagé nos peines ! Nous reprenions aussi parfois les leçons en particulier avec ceux qui avaient des chevaux difficiles ou qui ne comprenaient pas très vite…

Son père poursuit :

— Novital envoyait des rapports dithyrambiques, que Prévost confirmait sur un mode plus paisible, et j'étais certain que Soult était bien informé des progrès des officiers, ce qui était l'essentiel. À la fin du mois de mars cependant, je reçus à Saumur une lettre de De Sparre, tout aussi étrange que sa conversation de février, où il expliquait à nouveau que, selon lui, je ne devais enseigner que le dressage des jeunes chevaux et non ce qu'il appelait la « haute école » et qui n'est que l'équitation académique un peu élaborée qu'il me semble que des instructeurs devraient connaître, même sans l'enseigner aux troupiers. Pour vous qui connaissez le sens des mots, il n'y avait aucune vraie haute école, je veux dire aucun air relevé, dans mon enseignement de Saumur. Cet homme ne comprenait pas qu'il s'agit d'un tout, d'un système cohérent, et non d'un livre de recettes. Il confessait d'ailleurs ne pas être assez instruit de ma méthode pour se prononcer ! Il m'annonçait aussi que le cours s'interromprait au 1er avril au lieu du 15. C'était un peu dommage, mais avec de tels élèves les trente-six jours vrais de travail avaient suffi. J'ai su par la suite que soixante-neuf d'entre eux ont rendu des rapports favorables, contre trois défavorables ! Cela n'a pas empêché le général de Sparre, le lendemain de mon départ, de prendre un ordre du jour interdisant la méthode

« sauf en ce qui concerne le dressage des jeunes chevaux », sur lequel Novital s'est assis.

— Et depuis ? demande Caroline.

— Depuis, rien. La méthode est appliquée dans les régiments et les colonels envoient des rapports dont certains m'adressent une copie. Ils sont favorables dans l'ensemble, même si je me rends compte qu'une fois revenus dans leurs garnisons les instructeurs mettent parfois ma méthode à leur sauce. Je me préparais à proposer au ministre que nous allions, Henri et moi, visiter les régiments et y donner des cours d'une semaine. À nous deux, nous en aurions eu pour une petite année, voyages compris.

— Et maintenant, questionne Seymour, qu'allez-vous faire ?

— Je vais aider monsieur Clément Thomas à écrire les articles qu'il prépare, et qui feront du bruit, n'est-ce pas ? dit-il en se tournant vers le journaliste.

— À n'en pas douter, répond le barbu. Car ce que monsieur Baucher ne dit pas, c'est que nous pouvons clairement dire que la décision du Comité a été influencée, pour ne pas dire forcée, par son membre le moins légitime, inspecteur de la cavalerie par droit de naissance – j'ai nommé monseigneur le duc de Nemours. Et il a eu un mot superbe qui confirme ce que pense monsieur Baucher de l'influence qu'il subit : « Je ne veux pas d'une méthode qui prend sur l'impulsion. »

— Qu'en dites-vous, Seymour, vous qui le connaissez bien ? lance Baucher au lord.

— Cela n'a pas le sens commun, intervient Gaussen, on prend forcément sur l'impulsion dès que l'on dresse un cheval, sinon il vous trimballe !

— C'est du d'Aure tout craché, indubitablement ; être trimballé, c'est ce que monsieur d'Aure appelle l'équitation large, soupire Seymour.

— Du d'Aure en barres, interrompt Cuzent...

— Vous savez, poursuit l'Anglais, qu'il se prépare à faire à nouveau faillite, ou en tout cas à être mêlé à la faillite du manège de la Chaussée d'Antin ?

— N'y a-t-il rien d'autre à faire que de les dénoncer dans la presse républicaine ? s'inquiète Lancosme-Brèves. Cela ne servira qu'à nous donner à tous une réputation de coupeurs de têtes. Ce qu'il faudrait, c'est rattraper le coup d'une manière ou d'une autre. Vous devriez aller voir Oudinot, Baucher.

— Vous me voyez faire une telle démarche ? Et puis Oudinot ne peut rien sans le soutien de Soult. Non, ils vont être fustigés... et on verra bien après.

— Vous avez raison, insiste La Genevraye, il n'y a plus rien à faire et quoi qu'il m'en coûte, je pense que seul un journal républicain peut dénoncer cette vilenie : la presse du régime, n'en parlons pas, mais la légitimiste soutiendra Saumur comme repaire d'aristocrates.

Accablé, Lancosme-Brèves fait un geste d'assentiment écœuré.

— Quant à moi, termine Baucher, je pars en tournée dans toutes les capitales du continent avec le cirque Soulié ; ça me changera les idées et remplira ma bourse. On ne me reprendra pas à vouloir secouer la routine militaire – et en travaillant gratis qui plus est.

Et il vide d'un coup son verre de kirsch. Quand il le repose, ses amis voient que ses yeux sont humides.

— Voilà un kirsch bien raide, s'écrie-t-il alors, j'en ai les larmes aux yeux.

Et grimaçant un sourire, il tend son verre pour qu'on le serve à nouveau.

# Chapitre XII
# La victoire en tombant

*« Vous avez gagné, Baucher. »*

*8 avril 1855, Paris, rue Pigalle, chez François Baucher*

Somnolant dans ses oreillers, les yeux mi-clos, Baucher revit son triomphe : il sent dans ses fesses, dans son dos, dans ses jambes, chacune des foulées de Géricault, quinze ans plus tôt – comme il est capable d'imaginer à pied tout ce que ressent un cavalier : c'est dans cet état, un peu hypnotique, qu'il a toujours écrit ses livres.

Il recherche maintenant cette espèce de transe pour estomper un autre souvenir, plus récent et plus cruel : sa jument qui fait en plein travail à pied un écart incompréhensible, et, avant qu'il ait pu le corriger, cette serre gigantesque qui lui semble s'abattre sur lui, le saisissant et le frappant aux épaules, aux reins, aux cuisses, pour le jeter à terre rompu de fractures : le grand lustre du Cirque s'est détaché, et c'est miracle qu'il ne soit pas mort, un miracle qu'il doit bien attribuer au manquement de la jument à son théorème de l'obéissance aux seules forces transmises, éliminant toute force instinctive. C'est bien cette dernière, sublimée par le danger qu'elle a perçu, qui a jeté la jument dans un écart désespéré, sans lequel la carcasse de métal et de verre serait tombée sur lui en plein, au lieu de ne le toucher que de côté. C'était le 9 mars 1855, il y a juste un mois.

Dans son lit de malade, Baucher fait bonne figure aux visiteurs qui lui disent qu'il a eu de la chance ; mais estropié ou mort, pour lui, c'est tout un, et savoir qu'il pourra peut-être remarcher ne lui promet qu'un demi-calvaire. Il ne montera plus à cheval, ou très peu, pour illustrer un instant les leçons qui seront son seul horizon. Il ne dressera plus à la haute école la plus fine les chevaux les plus improbables et les plus contrefaits, comme le gros poney de mine Block, Buridan qui tirait des fiacres, ou Bouffe, le cheval du tailleur Humann, démontrant à tous que sa méthode est infaillible, même avec ceux-là. Il ne sillonnera plus le monde avec le cirque Soulié, ou invité par les grands, pour boire l'admiration de publics conquis. Alors, les souvenirs seront son seul secours… et c'est en imagination seulement qu'il montera – « comme Beethoven devenu sourd composa ses plus grandes œuvres », lui a assuré Cuzent, croyant lui faire plaisir…

Et dire qu'il commençait à s'ennuyer d'être devenu une sorte d'institution parisienne, reconnu par tous les initiés, qui se montre au bon peuple, à heures fixes, comme une figurine de coucou suisse, et dont on ne se demande même plus pourquoi il incarne la perfection équestre. Il en venait même à souffrir de passer ainsi sur la piste, après la danseuse de corde et les clowns, ou autres acrobates… mais il peut enfin s'avouer, maintenant, qu'il avait aussi besoin de ces moments de gloriole, et de la griserie un peu vulgaire des applaudissements… Il avait besoin du cirque, comme certains hommes conservent une vieille liaison avec une femme de rien, alors qu'ils sont mariés avec une épouse pleine de charme – et il y avait aussi la question d'argent bien sûr : Dejean payait bien, mieux que bien plus d'élèves qu'il ne pourrait en avoir, et d'ailleurs, c'est parce qu'on le voyait au cirque qu'on se disputait ses leçons à prix d'or, qu'on achetait ses livres par milliers, et qu'il était autre chose qu'un obscur maître de manège – et maintenant un maître de manège infirme…

Par moments, il enrage : cet accident le prive de ce qu'il commençait à espérer, avec une autre sorte de honte que celle de goûter les applaudissements des ignorants, en croyant distinguer, dans certains gestes, un retour possible dans la faveur des puissants. La pension attribuée par l'Empereur, explicitement motivée par les services rendus dix ans plus tôt à la cavalerie, et les leçons qu'on lui faisait donner au nouveau régiment des Cent-Gardes du souverain pouvaient en être les premiers signes – même si, dans le même temps, le gouvernement achetait à d'Aure son cours d'équitation pour vingt mille francs.

Du coup, il a réédité non pas seulement la *Méthode*, mais des *Œuvres complètes*, comme un écrivain, où il rassemble tout ce qu'il a écrit : le *Dictionnaire*, les *Dialogues*, les *Passe-temps équestres* et, bien sûr, la réfutation de la critique de la méthode par d'Aure, sans oublier les pièces du dossier de la grande injustice de 1843 : rapports de colonels par dizaines et *La vérité sur ma mission à Saumur* ; le libraire est sûr de lui, car il table sur les nouvelles illustrations, et sur le désir des lecteurs de la *Méthode* de connaître ses prémisses.

Mais cette édition nouvelle ne sera pas la dernière, car depuis deux mois qu'il monte à cheval dans sa tête, les yeux mi-clos dans son lit, Baucher reprend ses recherches : il s'agit d'imaginer comment il pourra monter sans jambes, ou presque « Voilà qui aurait bien plu au général de Sparre », se dit-il en riant en lui-même, mais sûrement pas à ce visiteur inattendu qui ne devrait plus tarder, s'il en croit la carte déposée ce matin par un valet de pied cérémonieux : on y lit que son maître « serait heureux de rendre visite à monsieur Baucher, si celui-ci en a convenance, à cinq heures et demie cet après-midi ». Il avait fait dire qu'il serait chez lui à cette heure-là – le moyen de dire autre chose quand on ne quitte pas son lit ! Et puis il s'attendait à cette visite : le capitaine L'Hotte, qui est son élève favori depuis 1849, tout en restant celui de l'auteur du message, la lui avait annoncée.

On frappa à la porte :

— M'sieur l'comte d'Aure, annonça solennellement le galopin qui servait de garde-malade.

— Merci, Basile, tu peux nous laisser, répondit Baucher.

D'Aure tendit sa canne et son chapeau que le garçon emporta comme le Saint-Sacrement, souriant jusqu'aux oreilles.

La canne était un jonc très fin ayant pour manche un andouiller de cerf ; pantalon de tartan, redingote appuyée aux hanches, et un tube soyeux qui étirait la silhouette : Basile n'avait jamais vu pareille gravure de mode parmi les messieurs qui venaient rendre visite à monsieur Baucher ; même monsieur le comte de Lancosme-Brèves aurait semblé fripé par comparaison. D'autres auraient dit que Basile ne savait pas différencier l'élégance du véritable homme du monde de l'apprêt de l'homme bien habillé, mais force était de reconnaître que, même s'ils étaient un peu neufs, les vêtements du comte d'Aure, devenu chef de nom et d'armes, étaient bien portés, comme la petite soixantaine qui n'avait pas voûté son dos, se bornant à blanchir son collier réduit à des favoris, et à dégarnir son crâne comme pour lui allonger le front.

— Parfaitement stylé, votre tigre, sourit d'Aure en s'approchant la main tendue.

Il n'a pas beaucoup de chemin à faire : la chambre est étroite, garnie d'un mauvais mobilier plaqué d'acajou, parmi lequel se reconnaît l'une de ces commodes à système dont la partie supérieure se soulève pour découvrir une table de toilette, un meuble pour logement de très petit bourgeois. Un instant, d'Aure se dit que Baucher, auquel la presse attribue des revenus considérables, est un Harpagon thésauriseur. Aux murs un crucifix, une lithographie mal encadrée montrant Baucher sur Partisan et, dans un cadre où elle repose sur du feutre rouge, la chaîne garnie de médailles à leurs noms offerte par les officiers formés en 1842.

Baucher lui rend sa poignée de main et, tout couché qu'il est, le regarde de haut pour dire d'un ton de prince s'adressant à son vassal infidèle :

— Venez-vous pour vous assurer que je suis mort, monsieur l'écuyer en chef, ou pour vous rallier à ma méthode ? Dans un cas comme dans l'autre, prenez donc ce fauteuil et causons.

Et d'un geste qui aurait pu servir à montrer son trône à un roi, Baucher désigne un fauteuil paillé, au siège recouvert d'un coussin de toile de Jouy bleue assortie aux rideaux.

D'Aure croise ses longues jambes, vérifie qu'aucun faux pli ne se forme dans ses effets, lisse ses favoris et répond en souriant :

— Quant au ralliement, n'y comptez pas ! Il ne serait pas à votre avantage – ni au mien d'ailleurs : le public aime à nous voir lutter. Et pour ce qui est de m'assurer de votre mort… je suis ravi de m'être trompé, car vous me semblez de taille à sortir vite de ce lit…

Puis il reprend son sérieux :

— J'espère que vous ne penseriez pas cela de moi, tout de même.

Il se redresse et regarde Baucher de son œil appréciateur de maquignon :

— À la vérité, je vous vois mal en point et je compatis. Vous ont-ils dit si…

— Si je pourrais remonter à cheval ? Pas sûr… mais je garde espoir.

— Ce serait dommage… Il y a quinze ans que je rêve de vous revoir monter, et sept que je vois des pseudo-Baucher à tous les coins de mon école.

— Des pseudo-Baucher ?

— Hélas oui, car ils n'ont pas votre talent, et comme il n'est pas imaginable de vous faire revenir, ils en sont réduits à lire votre livre en secret, à le commenter à voix basse, et à le pratiquer obscurément.

— Que me chantez-vous là ?

— La stricte vérité, Baucher. Il y a deux sortes de cavaliers à Saumur : ceux que l'équitation n'intéresse pas et qui ne jurent que par moi, et ceux qui vivent pour elle et sont vos disciples. Vous êtes au courant de l'affaire Raabe ?

— Plus ou moins ; je ne suis pas sûr d'être d'accord avec tout ce qu'il m'attribue.

— Eh bien, sachez que la meilleure moitié de Saumur s'est délectée de son dernier livre, où il me met en pièces et vous tresse des lauriers.

— Il a été mis aux arrêts pour cela, je crois… N'était-ce pas un peu sévère ?

— Trente jours ! Alors que trente fois le jour je croise un cavalier qui bauchérise !

Les yeux de d'Aure se voilent, et il soupire.

— Allons, je ne suis pas venu pour disputer, mais d'abord pour vous dire que je vous souhaite très sincèrement de vous rétablir au plus vite !

Il marque un temps.

— Et puis quelque chose m'a frappé : au moment même où vous avez subi ce terrible accident, j'étais moi-même victime de cette ridicule histoire avec Madame Isabelle.

Madame Isabelle était une modiste qui s'était passionnée pour l'équitation au point de vouloir la révolutionner à son tour, et avait réussi à atteindre l'Impératrice, toujours attentive aux femmes de mérite. Eugénie l'aida pour faire essayer par les cavaliers de l'école d'État-major une « méthode » qui consistait principalement à ne pas monter sur les chevaux, mais à leur arrimer sur le dos un petit échafaudage auquel on accrochait les rênes. Le cavalier courait à côté en cravachant le cheval, et le « surfaix-cavalier » était supposé vaincre toutes les résistances, et soumettre les chevaux les plus difficiles, « à la Baucher ».

Son passage à Saumur venait de faire une sorte de scandale, assez confus, mais dont visiblement l'écuyer en chef restait meurtri.

— Elle ne vous a pas envoyé à l'hôpital cependant, sourit Baucher en s'étonnant quand même *in petto* de la complaisance de l'autre envers lui-même.

— Non, bien sûr, excusez-moi. Mais à cause d'elle, je me prépare à démissionner, ce qui vaut bien pour moi une jambe cassée, croyez-le bien. Je suis à Paris pour me préparer une sortie convenable, car contrairement à vous, je suis incapable de subvenir aux besoins de ma famille sans émarger au Budget.

— C'est beau de l'avouer... surtout à un homme qui pourrait bien ne plus être en mesure de gagner sa vie. Mais cette histoire Isabelle est terminée, non ? Elle a quitté Saumur et les choses vont y reprendre leur cours normal...

— Ha !

D'Aure frappa du pied.

— Vous n'imaginez pas ce qu'ils m'ont fait subir... Il y a huit ans que ces messieurs les officiers veulent ma peau. Ils ne supportent plus qu'un civil soit l'écuyer en chef. Ils me reprochent surtout ce que j'ai écrit autrefois, sur la nécessité d'une école normale d'équitation civile en dehors de Saumur... Vous vous souvenez ?

— Bien sûr ! Votre dernière brochure est parue peu avant votre nomination. Je me souviens d'un étrange dithyrambe de madame Sand dans *La Presse*. Que lui aviez-vous fait pour qu'elle marque tant d'enthousiasme ?

Le comte caresse sa barbe en souriant et marmonne :

— Vendu quelques chevaux et un poney pour Maurice, et donné quelques leçons

— Rien de plus, vraiment ? Ce n'est conforme ni à votre réputation... ni à la sienne.

D'Aure reste silencieux et secoue doucement la tête en souriant, rêveur.

— Vous êtes un galant homme, continue Baucher, mais j'avoue qu'après vous avoir connu favori de la branche aînée, puis de la cadette, je n'ai pas été peu étonné de découvrir que vous étiez chéri de l'égérie des républicains les plus extrêmes !

— Ça m'a aidé en 48 : quand j'ai démissionné, elle a fait en sorte qu'on me rappelle... et ensuite, avec l'Empereur, tout a été simple, jusqu'à ce que son cousin s'en mêle et nous catapulte cette catin de Marie Isabelle.

Baucher pouffe :

— Je croyais qu'elle était modiste.

— Elle couchait avec ce vieux noceur de Plon-Plon, autrement dit le prince Napoléon, le cousin républicain et l'héritier de l'Empereur. Je me demande ce qu'il pouvait trouver à ce pot à tabac, lui qui a fait de l'Opéra et du Théâtre-Français ses harems, mais la chose est certaine. Des spécialistes évoquent le maniement approprié de la cravache par la donzelle... En tout cas, l'écuyer de l'Empereur, Fleury, m'avait prévenu qu'elle parlait en maîtresse au ministre, cet imbécile de Vaillant, comme à lui, et que même l'Empereur s'était intéressé à son invention ridicule, cette espèce d'échafaudage à ressorts qui martyrise les chevaux bien davantage encore qu'on ne vous a reproché de le faire.

— Vraiment ? susurre Baucher.

— Les essais à Paris m'avaient semblé suffire à montrer qu'il n'y avait rien à tirer de cette pseudo-méthode, et voilà Vaillant qui finit par l'envoyer à Saumur en donnant à Rochefort des instructions strictes : il était clair qu'on ne demandait pas aux écuyers de l'école de donner leur avis, mais d'adopter celui de la dame ! J'ai foutu le camp, le directeur de l'école aussi, et nous avons compté sur nos adjoints pour que l'affaire meure d'elle-même Je t'en fiche, ils se sont tous mis au garde-à-vous devant elle, comme si elle avait la moindre compétence équestre. J'ai compris depuis que mon adjoint, Montigny, comptait sur elle pour lui donner ma place : elle a donné des cours aux officiers de Saumur pendant près de six mois ! Vous n'aviez eu droit qu'à trois, je crois. Mais je n'aurais pas la vilenie de vous comparer à cette personne, soyez-en certain.

Pendant six mois, on avait mis sur le dos des chevaux de Saumur ce nouvel avatar du vieil « homme de bois » : un mécanisme qui « tient les rênes » comme le ferait un cavalier, mais de manière bien plus fixe, et les officiers de courir à côté des pauvres bêtes ainsi brêlées !

Privés de directeur et d'écuyer en chef, enseignants et élèves pensaient à leur carrière ou étaient tétanisés par les rappels incessants de la position d'héritier du trône de son « ami particulier » par l'écuyère, qui laissait entendre qu'à son retour de Crimée, forcément triomphal, il serait nommé inspecteur général de la cavalerie. L'adjoint de d'Aure, Montigny, jouait un jeu trouble pendant que son supérieur enchaînait les congés, autant pour fuir le champ d'une bataille misérable, que pour prendre soin de sa femme dans les villes d'eau où elle tentait de soigner une santé faiblissante.

Le prince Jérôme, dit Plon-Plon, revint si peu couvert de gloire de Crimée qu'il y gagna le surnom de « craint-plomb », mais connut d'autres succès, puisque sa liaison avec la ravissante Jeanne Arnould-Plessy, de la Comédie-Française, ne tarda pas à être publique. Ce fut pour madame Isabelle le commencement de la fin : la commission chargée de contrôler son travail retrouva son esprit critique, et dit enfin ce qu'elle avait toujours pensé sur la nocivité de sa méthode. Elle venait de rentrer à Paris.

Malheureusement pour lui, d'Aure n'avait pas attendu pour céder à sa manie de publier des brochures à tout propos, et celle intitulée *De la question équestre et de Madame Isabelle à l'École de cavalerie* était déjà sur le marché. La brochure comparaît la dame à Baucher en termes relativement flatteurs pour ce dernier, qualifié d'« artiste habile », mais plus d'un passage mettait en cause les autorités, accusées de « mépriser l'avis d'hommes compétents et impartiaux », révélait que vingt mille francs – plus que la solde annuelle d'un général – avaient été versés à la dame Isabelle, et posait enfin clairement la question : « Par qui donc est soutenue cette femme, qui a l'impudence de dire qu'elle donnera de l'avancement à ceux qui sont soumis parce qu'elle a le droit, le moyen, le pouvoir de le faire, comme elle brisera ceux qui résistent ? »

— J'ai eu ma réponse, grinça-t-il, quand j'ai été rayé de la liste des écuyers honoraires de l'Empereur

— Est-ce si grave ? demanda Baucher. Après tout ce n'est qu'un honneur de cour sans traitement, je crois.

— Ce n'est que le début. Je sais que Rochefort prépare un rapport au vitriol pour en finir définitivement avec les écuyers civils à Saumur et me faire remplacer par Guérin – votre disciple, soit dit en passant.

— Décidément, c'est la cour de l'Empereur de Chine que cette école, soupire Baucher. On finit par intriguer dans tous les sens !

— En tout cas, je suis venu à Paris pour essayer d'amortir la chute dont je ne peux plus que choisir la date, si je n'attends pas trop longtemps pour démissionner. Vous êtes le premier à le savoir.

Baucher se dit que la vengeance est décidément un plat qui se mange froid, mais qu'elle n'est pas aussi savoureuse qu'on le dit. Il se sent presque honteux, car ce que d'Aure ne sait pas, c'est que, quand madame Isabelle débutait à Paris, où ses essais au manège de l'état-major n'étaient pas triomphants, elle vint le voir avec force compliments pour lui demander une sorte de parrainage qu'il s'est bien gardé d'accorder. Mais il lui a donné un conseil : celui de se faire envoyer à Saumur, en ne laissant rien ignorer des « hautes protections » dont elle semblait jouir – le soir où elle était montée dans sa loge après le spectacle du Cirque olympique, le prince Napoléon avait partagé avec elle la loge impériale et l'attendait à la sortie des coulisses. « Tout se décide à Saumur, chère Madame, et c'est une maison soumise aux princes », avait-il conclu, fort de sa triste expérience, riant en lui-même du chien qu'il envoyait dans le jeu de quilles de l'école. Le résultat avait passé ses espérances au point de lui sembler amer.

Un moment de silence s'installe entre les deux hommes, puis d'Aure se redresse dans son fauteuil de paille et reprend, d'un ton grave et pressé comme celui d'un homme qui a préparé ce qu'il allait dire pour être sûr d'en avoir le courage :

— Il y a une autre chose que je voulais vous dire, Baucher, c'est que l'équitation militaire va disparaître, et la cavalerie avec. J'ai parlé avec des officiers qui étaient à la Balaklava avec d'Allonville, quand il a fallu secourir la Brigade légère anglaise : ils ont vu l'enfer. Les armes modernes de l'infanterie lui permettent de tailler en pièces n'importe quelle charge, sans perdre un pouce de terrain. Autrefois, les fusils se chargeaient par la gueule, chaque coup aveuglait le tireur par sa fumée, les portées étaient faibles. Les cavaliers essuyaient un premier feu à bout de portée, peu efficace, et étaient sur les fantassins avant qu'ils aient pu recharger. Aujourd'hui, ils doivent prendre deux ou trois décharges, un vrai feu roulant, et perdent un quart de leur effectif avant le corps à corps... On ne chargera donc plus, et on n'aura plus besoin de cavalerie, sauf pour porter des ordres, aller en reconnaissance et escarmoucher. Petit à petit, les effectifs diminueront, le prestige de l'arme s'évanouira, et ce ne seront plus les cavaliers militaires qui donneront le ton : on pourra peut-être enfin démilitariser l'équitation et créer une école civile pour former de bons écuyers, dont les élèves seront les gens du monde que l'équitation amusera. Ils monteront comme on joue du piano : pour le plaisir, pour la beauté du geste, et vous serez leur maître à penser...

Il laisse passer un long instant, sourit bravement, et enfin libère ce que son honneur de gentilhomme lui a ordonné de venir dire aujourd'hui à son vieil adversaire abattu, en concluant sur un ton badin, comme s'il s'agissait d'une partie de cartes ou d'un pari mondain :

— Vous avez gagné, Baucher.

— Croyez-vous ? répond Baucher. Il y aura toujours des promeneurs et des veneurs, j'imagine. À moins que plus personne ne monte à cheval d'ici deux ou trois décennies ? C'est moins de temps que depuis notre première rencontre.

D'Aure sursaute et semble prêt à bondir sur ses pieds :

— Vous n'y pensez pas ? Il y aura toujours des cavaliers pour le plaisir de monter, tout simplement, comme il y aura toujours des danseurs dans les salons !

— Je vous prends en flagrant délit de goût pour l'équitation, mon cher, vous qui avez toujours professé que vous n'aimiez pas cela...

— On change peut-être en vieillissant. Le fait est que je suis aussi heureux à galoper en plaine sur un bon cheval que vous à piétiner dans un manège, je peux bien vous l'avouer maintenant que notre querelle est finie.

— Mais je l'aimais bien, notre querelle : elle était un puissant aiguillon pour mes recherches, et vous n'imaginez pas comme vos contradictions m'ont aidé à affiner ma pensée.

D'Aure fait une moue et l'interrompt :

— Vous ne sembliez pas si heureux que je vous contredise dans mes *Observations sur la méthode de Baucher*, si j'en crois le ton de votre *Réponse* !

— Si vous nous relisez, vous comprendrez que j'avais raison car vous étiez de mauvaise foi, répond calmement le grabataire en le regardant dans les yeux. Mais si la bataille était restée purement équestre, il n'y aurait pas à vous en vouloir. Car tout de même, vous m'avez joué quelques vilains tours, surtout après la mort de ce pauvre duc d'Orléans.

— Colbert est venu me voir très vite après l'accident ; il était joyeux et impatient : « Nous en avons fini avec ce jacobin, me dit-il. Saumur sera pour vous. »

— Le jacobin, c'était moi ?

— Vous ou le duc, je ne l'ai jamais compris. C'était un ami pour moi, vous savez, et sa mort fut vraiment un chagrin dont je ne pensais pas du tout à tirer parti, et d'ailleurs j'ai quand même attendu encore cinq ans. Pendant ce temps-là, vous continuiez à me narguer au Cirque : Mayfly, Haydé, Block, Bouffe, Stades... On attendait les présentations de vos chevaux comme les débuts de nouvelles danseuses de l'Opéra, et moi je me ruinais à faire le maquignon et donner des leçons à des jean-foutre. On disait que vous gagniez dix-huit mille francs par an, et j'étais criblé de dettes ! Alors oui, j'ai joué ma carte et profité de ce que, civil pour civil, la cavalerie préférait un gentilhomme Quant à Nemours, je lui donnais des leçons presque chaque semaine ; il me parlait, de temps en temps, des réticences de Soult, qui de toute manière ne voulait pas pousser dehors ce brave Novital. Bien sûr il me soutenait, en grande partie pour pouvoir être d'un avis différent de celui de son défunt frère, au moins sur un sujet.

Au fond de son lit, incertain de pouvoir remonter en selle, Baucher se sent soudain très loin de toutes ces batailles et il lève une main pacifique comme pour les repousser de son esprit.

— Au fond, dit-il à son visiteur, je n'ai rien à redire à votre conduite ; je jouais mon jeu de mon côté – un peu maladroitement sans doute. Celui auquel j'en veux, c'est Nemours, qui a abusé de sa position.

— Alors, sans rancune ?

D'Aure se lève pour de bon, et tend la main pour dire au revoir.

Cette fois, le malade se redresse et tend la sienne :

— Sans rancune...

— Baucher, je veux être là la prochaine fois que vous monterez en public, dit en souriant l'écuyer en chef.

— L'Hotte vous dira cela... si toutefois cela arrive.

— Ce bon L'Hotte ; vous savez que, sans lui, je n'aurais pas osé venir vous voir.

— Il est aussi gentil garçon que bon cavalier, en effet. Vous verrez qu'il sera écuyer en chef et qu'il trouvera moyen d'enseigner nos deux manières à la fois.

— Quelle importance ? Tant que l'on se souviendra de nos disputes, et qu'on les prolongera, cela voudra dire que l'amour des chevaux et de l'équitation n'est pas mort.

— Dans l'intérêt des progrès futurs de l'Art, nous ne devons donc surtout pas nous réconcilier, assène finalement Baucher, l'index levé et la mine comiquement grave.

— Nous réconcilier ? Fi donc ! Nous ne sommes pas des héroïnes de mélodrame, répond le comte dans un sourire. Prenez soin de vous, Baucher !

— Et vous, de votre carrière !

En sortant, d'Aure se retourne et met le doigt sur ses lèvres ; Baucher lui renvoie son geste.

La porte se referme ; Baucher s'affaisse un peu dans ses oreillers, fatigué…

Un moment plus tard, Basile pointe son museau pour voir s'il a besoin de quelque chose, et brandit une pièce :

— Y'a pas, c'est vraiment un monsieur, il m'a donné cent sous ! Il m'a dit de bien m'occuper de vous, et de vous demander de m'apprendre à monter à cheval. Vous le ferez ?

— Bien sûr, Basile, bien sûr… Pour une fois qu'il me recommande à un élève !

FIN

# Post-scriptum

Antoine d'Aure donna sa démission le 13 juillet 1855, jour anniversaire de la mort du duc d'Orléans. Il termina sa carrière dans des postes honorifiques, inspecteur des Écuries impériales puis des Haras, jusqu'à sa mort en 1863.

François Baucher ne remonta plus à cheval en public, mais continua à enseigner et à écrire, élaborant une « deuxième manière » réputée plus douce pour les chevaux. Il mourut en 1873.

# Bibliographie sélective

## Œuvres de Baucher et d'Aure

François Baucher, *Œuvres complètes*, comprenant 90 pages de documents officiels en faveur de la méthode et *La vérité sur ma mission à Saumur*, à Paris, chez l'auteur et chez Dumaine, Librairie militaire, 1854 (accessible sur Gallica).

François Baucher, *Œuvres complètes*, réédition de l'édition de 1869, Belin, 2018.

Antoine d'Aure, *Observations sur la nouvelle méthode d'équitation*, 1842 (accessible sur Gallica).

Antoine d'Aure, *Traité d'équitation*, fac-similé de l'édition de 1893, Jean-Michel Place, 1987 (accessible aussi sur Gallica).

Antoine d'Aure, *De la question équestre et de Madame Isabelle à l'école de cavalerie*, Paris, Chaix, 1855 (publié par G. Houbré ; voir ci-dessous).

## Biographies

Gérard Guillotel, *L'Homme à cheval au XIX^e^ siècle, Antoine d'Aure*, Belin, 1999 (riche d'informations sur son sujet, sur l'époque, et sur Baucher).

Marion SCALI, *Baucher*, Belin, 2002, collection « Les grands maîtres expliqués ».

Gabrielle HOUBRÉ, *Grandeur et décadence de Marie Isabelle, modiste, dresseuse de chevaux, femme d'affaires, etc.*, Perrin, 2003, avec en annexe la brochure de d'Aure (plus passionnant qu'un roman).

Nicolas CHAUDUN, *Un centaure au crépuscule, Alexis l'Hotte*, Actes Sud, 2016 (biographie de référence).

André MONTEILHET, *Les maîtres de l'œuvre équestre*, Actes Sud, 2009 (dictionnaire biographique complet).

**Textes disponibles sur Gallica**

Clément THOMAS, « De l'équitation militaire, de l'ancienne et de la nouvelle école », articles parus dans *Le National* des 6, 10, 16 et 23 septembre 1845.

Alexis L'HOTTE, *Un officier de cavalerie, souvenirs*, Plon, 1905.

Charles-Maurice de VAUX, *Écuyers et écuyères, histoire des cirques d'Europe (1680-1891)* (Éd. 1893), Éd. Hachette BnF, 2013 (avec une étude sur l'équitation savante par Maxime Gaussen).

# Glossaire

*Les définitions ci-dessous n'ont pas d'autre ambition que de permettre de comprendre de quoi on parle à un lecteur qui n'est pas familier de l'équitation académique... à l'exclusion de toute prétention théorique ou doctrinale.*

**Les airs de manège** – Les airs sont à l'équitation académique ce que sont les pas à la danse : des figures précisément définies à exécuter dans une attitude prescrite – celle qui rend la figure la plus aisée pour le cheval. Les airs de haute école sont les sauts d'école, le passage et le piaffer, les airs de basse école, ou près de terre, tous les autres exercices.

**Appuyer** – Figure dans laquelle le cheval se déplace plus ou moins latéralement, en croisant ses membres l'un devant l'autre, incurvé du côté où il va et regardant dans cette direction. Apparue au XIXe siècle, sans doute issue de la manœuvre exécutée pour serrer les rangs.

**Ballottade** – Saut d'école dans lequel le cheval saute des quatre pieds en l'air et rassemble ses membres sous lui en montrant les fers de ses postérieurs.

**Basse école** – Travail académique se limitant aux airs près de terre.

**Chambrière** – Grand fouet utilisé pour encourager les chevaux à distance ; sa longueur (6,50 mètres) a déterminé le rayon des pistes de cirque ; on la fait claquer bien plus qu'on ne cingle le cheval avec.

**Changer de pied** – Le galop du cheval est, comme celui de tous les quadrupèdes, une allure dissymétrique dont la mécanique assez complexe n'a été vraiment connue qu'avec la chronophotographie, apparue en 1878, soit cinq ans après la mort de Baucher. Les écuyers avaient cependant bien vu que les chevaux galopaient tantôt « à droite », en avançant davantage l'antérieur droit ou à l'inverse « à gauche » ; chaque foulée est liée à l'autre par un temps de suspension où les quatre pieds du cheval sont en l'air ; changer de pied consiste à obtenir du cheval qu'il passe « d'un pied sur l'autre » pendant ce temps de suspension, comme il le fait naturellement pour changer de direction afin de trouver le meilleur équilibre (tourner à droite est plus aisé pour lui sur le pied droit, et inversement). En équitation académique on rapproche les changements de pied tous les quatre, trois, ou deux « temps » ou foulées ; Baucher inventa le changement de pied « au temps » c'est-à-dire à chaque foulée, qui est au programme des reprises de compétition les plus difficiles.
Le changement de pied de juste à faux consiste à passer par exemple sur le pied droit, alors que l'on tourne sur un cercle à gauche ; c'est un exercice de contrôle et d'équilibre.

**Cabriole** – Saut d'école dans lequel le cheval bondit comme un cabri des quatre pieds, puis jette ses postérieurs derrière lui avant de retomber au sol.

**Carrousel** – Sous l'Ancien Régime, jusqu'au XVIIe siècle, les carrousels étaient des ballets à cheval dans lesquels les participants – le roi et ses courtisans – donnaient en spectacle la magnificence de costumes de fantaisie, la beauté de leurs chevaux, et leurs qualités d'écuyers. Le plus célèbre, donné à l'occasion du mariage de Louis XIV avec l'infante Marie-Thérèse, a laissé son nom à la place située devant le Louvre où il s'est déroulé.

**Cavalcadour** – Les écuyers cavalcadours étaient ceux qui dressaient les chevaux personnels d'un souverain et l'accompagnaient partout à cheval.

**Courbette** – Saut d'école dans lequel le cheval se dresse sur ses postérieurs et sautille comme un oiseau (étymologiquement comme un corbeau) ; Saumur se dispense des sautillements…

**Demi-pirouette renversée** – voir pirouette.

**Encenser** – Se dit d'un cheval qui lève et baisse la tête dans un mouvement qui rappelle celui d'un encensoir.

**Épaule en dedans** – Exercice d'assouplissement dans lequel les antérieurs et les postérieurs du cheval marchent sur deux pistes parallèles dans la même direction, les antérieurs en piste intérieure ; le cheval tourne sa tête vers l'intérieur du manège, ploie sa colonne vertébrale de la tête à la queue et engage franchement ses postérieurs sous sa masse. Inventé par La Guérinière au XVIIe siècle, cet exercice est aujourd'hui encore l'« alpha et l'oméga » de l'équitation... mais Baucher prétendait s'en passer !

**Étalonnage** – Activité qui consiste à vendre les saillies d'un étalon.

**Flexion, flexionner** – La flexion d'encolure est un assouplissement théorisé par Baucher ; elle consiste à obtenir du cheval qu'à la demande il fasse pivoter sa tête sur sa nuque, puis ploie toute son encolure, d'un côté, de l'autre, et dans son axe ; cet exercice permet de décontracter les muscles de l'encolure et d'éviter que le cheval « tire » ; exécuté dans le mouvement, il l'aide à améliorer son équilibre en « portant sa tête » au lieu de l'appuyer sur le mors.

**Hanche en dehors** – Exercice symétrique de l'épaule en dedans, dans lequel le cheval est ployé vers l'extérieur ; on parle aussi de croupe au mur.

**Haute école** – Travail académique qui comprend des airs relevés et des sauts d'école.

**Huit de chiffre** – Exercice consistant à enchaîner deux cercles tangents, en changeant de direction et d'incurvation du cheval qui doit fléchir son dos selon la courbure du cercle.

**Impulsion** – Ce qui fait qu'un cheval avance : « désir irrépressible du cheval de se porter en avant » pour les uns, « effet de l'action qui doit être produite par le cavalier » pour les autres, et notamment pour Baucher... Toute la querelle est peut-être contenue dans ces deux approches.

**Lançade** – Défense consistant pour le cheval à se cabrer puis à bondir en avant.

**Mash** – Aliment fortifiant et digestif composé de diverses céréales à demi cuites.

**Levade/pesade** – Sauts d'école en place : pour la levade, le cheval se tient uniquement sur ses membres postérieurs en formant un angle de 35 degrés avec le sol. La pesade est plus facile (car le porte-à-faux est moindre) : le cheval doit former un angle de 45 degrés avec le sol.

**Mézair** – Levade au cours de laquelle le cheval gagne du terrain, à chaque fois qu'il se relève ou s'abaisse. Cet air se situe entre le terre-à-terre rassemblé et la courbette. Son nom vient de l'italien *mezzo* : demi, moitié.

**Mis au bouton** – Se dit d'un cheval dressé de telle manière que l'on peut le monter les rênes longues, en les tenant par le bouton (aujourd'hui une boucle) qui les relie entre elles.

**Panneaux** – Plate-forme attachée au dos d'un cheval sur laquelle les écuyères de cirque exécutent des mouvements pendant que le cheval galope.

**Pare-bottes** – Planches de bois disposées le long du mur d'un manège, qui évitent de frotter la pierre avec ses bottes.

**Passage** – Air de haute école dans lequel le cheval trotte avec une élévation marquée, le temps de suspension naturel du trot étant allongé autant que possible.

**Pesade** – voir levade.

**Piqueur** – Dans une écurie princière, employé qui s'occupe des chevaux, les monte pour les garder en forme et effectue le premier dressage (le « débourrage ») des jeunes chevaux ; le dressage proprement dit est réservé aux écuyers.

**Pirouette** – Exercice de basse école dans lequel le cheval tourne autour de ses postérieurs qui parcourent un très petit cercle sur place, pendant que les antérieurs en tracent un beaucoup plus large ; s'exécute au pas et au galop très ralenti (« rassemblé »). La pirouette ou demi-pirouette renversée consiste au contraire à faire tourner les postérieurs autour des antérieurs ; c'est un assouplissement qui ne s'exécute en principe qu'au pas.

**Rassembler** – État du cheval, arrêté ou en mouvement, au maximum de sa soumission et de son dynamisme, dans une attitude où ses postérieurs sont avancés sous sa masse, son encolure à la fois redressée et fléchie, sa tête presque à la verticale, son équilibre parfait. Le travail académique permet au cheval, par la musculation et l'assouplissement de se « rassembler » pour exécuter les airs de manège.

**Tête au mur** – Exercice qui consiste à longer le mur du manège en tenant le corps du cheval oblique par rapport à lui, le nez au mur ; le mouvement des membres est celui d'un appuyer.

**Le piaffer** – Air dans lequel le cheval trotte sur place ou presque, le plus lentement et avec le plus d'élévation des membres possible.

**Saut de mouton** – Défense dans laquelle le cheval saute des quatre pieds ensemble puis jette sa tête en avant et vousse son dos pour obtenir un effet de catapulte ; c'est ce que font les chevaux que l'on monte pour la première fois – et les chevaux de rodéo – pour tenter de se débarrasser de leur cavalier.

**Tride** – Désigne l'élévation du geste des antérieurs d'un cheval, qui donne de l'élégance à sa démarche au pas et au trot notamment.

# Chronologie

| | La France | Les Centaures (faits historiques attestés) |
|---|---|---|
| **1751** | Mort de François de La Guérinière, écuyer. | |
| **1787** | | Naissance d'Achille de La Genevraye. |
| **1789** | 5-6 octobre : la populace envahit le château de Versailles ; deux gardes du corps sont lynchés ; la famille royale et la Cour quittent le château. | Antoine d'Aure (père) est chargé de veiller sur le fils de son capitaine, le duc de Guiche, futur duc de Gramont ; après le licenciement des Gardes, il s'engage dans la gendarmerie. |
| **1792** | Abolition de la monarchie | |
| **1796** | | 16 juin : naissance à Versailles de François, fils de Pierre Baucher, marchand de vin, rue Guillaume-Tell à Versailles. |
| **1799** | | 3 juin : naissance à Toulouse d'Antoine d'Aure, fils posthume d'Antoine d'Aure, officier de gendarmerie assassiné le 6 octobre 1798 par des partisans royalistes. |
| **1804** | Couronnement de Napoléon Ier. Rétablissement de l'école des pages à la Grande Écurie. | |

| | | |
|---|---|---|
| **1806** | | Antoine d'Aure entre au Prytanée militaire de Saint-Cyr. |
| **1810** | 2 avril : mariage de Napoléon Bonaparte avec Marie-Louise d'Autriche, fille de l'empereur François I^er d'Autriche. | François Baucher entre comme piqueur aux écuries du prince Borghese, gouverneur des départements français d'au-delà des Alpes, à Turin. |
| **1814** | 5 avril : abdication de Napoléon I^er.<br>3 mai : entrée de Louis XVIII à Paris.<br>10 août : visite de Louis XVIII à Versailles; rétablissement du vicomte et du chevalier d'Abzac à la tête de la Grande Écurie. | 13 mars : bataille de Reims, Achille de La Genevraye est gravement blessé au visage.<br>27 avril : le prince Borghese capitule devant les Autrichiens; Baucher rentre à Versailles chez ses parents.<br>Août : Antoine d'Aure, élève écuyer à la Grande Écurie de Versailles. |
| **1815** | Mars-juillet : les Cent-Jours. | |
| **1816** | 17 mai : mariage du duc de Berry avec la princesse Caroline de Naples.<br>5 juillet : naufrage de *La Méduse.* | Baucher est engagé comme piqueur aux écuries du duc de Berry à Paris. |
| **1818** | 29 septembre-21 novembre : congrès d'Aix-la-Chapelle; Richelieu obtient le retrait des forces alliées du territoire français. | Baucher épouse Antoinette Harel. Naissance de son fils Henri. |
| **1820** | Assassinat du duc de Berry. | Baucher perd son emploi et est embauché au manège du Havre par M. de Châtillon, auquel il succédera.<br>D'Aure devient écuyer de manège en titre.<br>Naissance de Caroline Loyo. |
| **1821** | 5 mai : mort de Napoléon à Sainte-Hélène. | |
| **1823** | Expédition militaire française en Espagne. | Selon L'Hotte, d'Aure y participe et en revient avec la Légion d'honneur. |

| | | |
|---|---|---|
| **1824** | 16 septembre : mort de Louis XVIII, auquel succède son frère le comte d'Artois sous le nom de Charles X ; ce dernier est beaucoup plus nostalgique de l'Ancien Régime et engage une politique autoritaire. | |
| **1826** | | Première brochure de d'Aure en faveur d'une école royale d'équitation. |
| **1827** | Visite de la duchesse d'Angoulême au haras du Pin. | Mort de d'Abzac ; d'Aure devient numéro 2 de l'école des pages qu'il dirige en fait avec le titre d'écuyer professeur. |
| **1828** | Ministère du libéral Martignac, loi sur la liberté de la presse. | D'Aure publie une nouvelle brochure proposant « d'organiser une école d'équitation civile et militaire ». |
| **1829** | Martignac remplacé par Polignac, « ultra » royaliste. | Mai : carrousel à Versailles, organisé par d'Aure pour la duchesse d'Angoulême et le duc de Nemours. |
| **1830** | 25 février : « bataille » d'Hernani.<br>27,28,29 juillet : révolution de Juillet.<br>31 juillet : abdication de Charles X ; l'école des pages est définitivement supprimée. | Fermeture de l'école des pages, vente aux enchères des chevaux, dont Le Cerf.<br>D'Aure se consacre au commerce de chevaux entre la Normandie et Paris. |
| **1831** | Été : la duchesse de Berry tente de soulever les provinces de l'Ouest pour son fils, le comte de Chambord.<br>Novembre-décembre : révolte des canuts de Lyon. | Baucher loue le cirque de Rouen aux Franconi pour y enseigner l'équitation. |
| **1832** | Épidémie de choléra à Paris. | |
| **1833** | Loi Guizot sur l'enseignement primaire. | Baucher publie le *Dictionnaire d'Équitation*, d'Aure une *Lettre sur l'équitation à Madame la Duchesse de ****. |

| | | |
|---|---|---|
| **1834** | Révolte des canuts à Lyon.<br>Émeutes à Paris, massacre de la rue Transnonain.<br>Création du Jockey club. | D'Aure publie son *Traité d'équitation*, dédié à lord Seymour, et s'établit maître de manège à Paris, rue Cadet, dans l'ancien manège royal.<br>Baucher s'associe avec Pellier, maître du manège de la rue du Faubourg-Saint-Martin ; ils publient ensemble des *Dialogues sur l'équitation*. |
| | Louis-Napoléeon Bonaparte, neveu de Napoléon Ier, tente de soulever la garnison de Strasbourg. | D'Aure crée une association nationale pour l'amélioration du cheval français qui « importe » des chevaux de Normandie. |
| **1838** | Création de la Société des gens de Lettres par Balzac, Sand, Hugo et Dumas. | Ouverture du manège Duphot, somptueusement installé, construit pour d'Aure qui le dirige.<br>Baucher commence à se produire au Cirque olympique. |
| **1839** | Juillet : premier discours du député Alexis de Tocqueville. | D'Aure cherche à vendre une jument à Baucher et se ridiculise en la montant[2].<br>Déconfiture du manège Duphot, d'Aure est ruiné.<br>9 juin : Baucher fait ses débuts au Cirque olympique sur Partisan. |

2. C'est la seule rencontre attestée entre d'Aure et Baucher, racontée par Gaussen dans un article paru en 1878 dans la revue des Haras ; il ne donne aucune date sinon « il y a au moins une quarantaine d'années », et précise que d'Aure dirigeait encore le manège Duphot ; on l'a située arbitrairement dans ce récit en 1838, ce qui est cohérent avec ces indications ; les causes de la débâcle équestre de d'Aure sont entièrement imaginées, mais le récit des faits est celui de Gaussen.

| | | |
|---|---|---|
| **1840** | Crise égyptienne : écartée du règlement du conflit entre l'Empire ottoman et l'Égypte de Méhémet Ali, qu'elle soutient, la France menace d'entrer en guerre et mobilise partiellement...<br>6 août : tentative de soulèvement des troupes de Boulogne par Louis Napoléon Bonaparte, qui est arrêté et emprisonné. | D'Aure publie *De l'industrie chevaline*, Baucher *Passe-temps équestres.*<br>23 septembre : Baucher présente Géricault au Cirque des Champs-Élysées. |
| **1842** | 13 juillet : mort du duc d'Orléans, héritier du trône, des suites d'un accident de calèche. | Baucher publie sa *Méthode d'équitation*, d'Aure *Réflexions sur une nouvelle méthode d'équitation* ; Baucher, *Réponse aux observations de M. d'Aure...* |
| **1843** | Première loi sur le réseau ferroviaire. | Cours des Baucher, père et fils, à Saumur. |
| **1844** | | Baucher se produit à Berlin. |
| **1845** | 3 février : Karl Marx est sommé de quitter Paris.<br>13 avril : Victor Hugo est nommé pair de France.<br>Alfred de Musset et Honoré de Balzac sont nommés chevaliers de la Légion d'honneur. | La méthode Baucher est interdite dans l'armée.<br>D'Aure publie *De l'utilité d'une école d'équitation.* |
| **1846** | Évasion de Louis Napoléon Bonaparte du fort de Ham. | |
| **1847** | | D'Aure nommé écuyer en chef à Saumur. |
| **1848** | Février : la révolution renverse Louis-Philippe et instaure la IIe République. | D'Aure donne sa démission, qui est refusée.<br>L'Hotte rencontre François Baucher à Lyon. |
| **1851** | 2 décembre : le président élu Louis Napoléon Bonaparte procède à un coup d'État et... | |

| | | |
|---|---|---|
| **1852** | … prend le titre d'Empereur des Français. | |
| **1853** | | D'Aure publie son cours d'équitation. |
| **1854** | Septembre : débarquement des troupes franco-britanniques en Crimée.<br>25 octobre : bataille de Balaklava, la brigade légère de cavalerie britannique est quasiment exterminée ; les chasseurs d'Afrique sauvent les rescapés. | Novembre : arrivée de madame Isabelle à Saumur, où elle restera jusqu'en avril 1855. |
| **1855** | 15 mai : ouverture de l'Exposition universelle de Paris (jusqu'au 15 novembre).<br>9 septembre : les Russes évacuent Sébastopol après 332 jours de siège. | 9 mars : Baucher gravement blessé par la chute du lustre du cirque des Champs-Élysées : il ne paraîtra plus à cheval en public.<br>17 juillet : Antoine d'Aure démissionne de ses fonctions d'écuyer en chef de Saumur ; il est nommé inspecteur des écuries impériales. |

# Table

## Troisième partie
## Le fait des princes

Achevé d'imprimer par CPI BUSSIERE,
en avril 2022
N° d'impression : 2064614
Dépôt légal : mai 2022 - Edition 01
52/4968/9

*Imprimé en France*